# LA SENSITIVA RILUTTANTE

LA SERIE DI SASHA URBAN: LIBRO 3

## DIMA ZALES

♠ MOZAIKA PUBLICATIONS ♠

Pubblicato da Mozaika Publications, stampato da Mozaika LLC.
www.mozaikallc.com

Copertina di Orina Kafe
www.orinakafe-art.com

e-ISBN: 978-1-63142-523-3
ISBN: 978-1-63142-524-0

# CAPITOLO UNO

UN BACCANO infernale mi strappa dalle gradite braccia del sonno.

Con il cuore che batte forte, scatto in posizione seduta.

Mi ci vuole un momento per individuare la fonte del rumore fastidioso.

È il mio telefono.

Agguanto bruscamente il funesto dispositivo e fisso il nome di chi mi chiama.

Invece di un numero, c'è scritto 'Privato'.

"No" dico all'ignoto addetto al telemarketing... o chiunque sia il rompiscatole. "Non rispondo, se non so chi mi stia chiamando."

Il telefono continua insistentemente a squillare, perciò tocco lo schermo per rifiutare la chiamata e aspetto di vedere se lasciano un messaggio vocale.

Non lo lasciano.

Poi vedo che ore sono, e mi arrabbio a tal punto, che quasi scaglio il telefono contro la parete. È l'ora in cui di solito mi alzo per andare al lavoro, ma oggi non devo farlo... Uno dei pochi pro del lasciare un lavoro ben pagato.

A peggiorare le cose, c'è la mia estrema sensazione d'intontimento. Chiaramente, devo ancora concedermi del sonno dopo quella tirata notturna per Nero.

Il bastardo manipolatore.

Mi brontola lo stomaco.

Se sono sveglia, tanto vale che mi prenda qualcosa da sgranocchiare.

Mi alzo in piedi, indosso dei pantaloni della tuta e una comoda t-shirt per festeggiare la disoccupazione, e a passo pesante vado in bagno per fare le mie cose.

Il livido sulla spalla, causato dall'orco, è giallo violaceo nello specchio del bagno, ma non fa molto male... senza dubbio, per gentile concessione degli impacchi di piselli surgelati.

Profumi deliziosi arrivano dalla cucina, e il naso mi trascina fin lì per indagare.

"Non sono solo sciocchezze" dice Felix a Fluffster, il cui piattino con i chicchi d'avena è vicino ai pancake di Felix. "Sono quasi stato ucciso."

"Buongiorno." Vado dritta al bancone, prendo un piatto e ci metto sopra dei pancake. "Come va?"

"Felix è depresso" risponde mentalmente Fluffster, e l'espressione sulla faccia del mio cincillà/domovoi è la versione da roditore più simile ad un sogghigno.

"Prima, si è lamentato per aver dormito sul divano del salotto, poi ha detto che non riuscirà mai ad avere una donna, e adesso è agitato perché..."

"Era una conversazione privata." Felix punta minacciosamente la forchetta verso il corpo peloso di Fluffster.

Guardo la forchetta, incredula. Felix si è dimenticato di ieri sera, quando Fluffster ha trasformato un succubo inebriato dal sesso in un frullato sanguinolento?

"Sasha sa cos'è successo" replica Fluffster, come se non avesse vicino una forchetta. "Allora, perché la definisci privata?"

"E penso che tu *avrai* una donna, Felix" dico, sedendomi con i pancake. "Prima o poi" aggiungo con una strizzatina d'occhio, infilzando con la forchetta la bontà carica di carboidrati. "Soprattutto, se le parole 'avere' e 'donna' hanno una definizione molto vaga."

La porta d'entrata si apre con uno schianto, interrompendo la confutazione di Felix. Guarda il telefono, probabilmente per controllare le riprese della sicurezza, e ci informa: "È Ariel."

"Finalmente" dice Fluffster nella mia testa, e provo una fitta d'invidia per la sua capacità di essere così eloquente, con la bocca piena di avena. "Non è mai tornata a casa, ieri sera."

"Siamo in cucina" grido, per assicurarmi che Ariel non pensi di sgattaiolare in camera sua, fingendo che vada tutto bene. "Ci sono i pancake."

Metto finalmente un boccone di pancake in bocca, e l'esplosione di sapori mi strappa un mugugno di apprezzamento.

"Sono fatti di patate" spiega arcignamente Felix, e la sua espressione imbronciata si allenta. "È un piatto tradizionale russo." Più cupo, aggiunge: "Dopo essere quasi stato ucciso, mi è venuta voglia di mangiare qualcosa che mamma mi avrebbe preparato da piccolo."

"Ciao a tutti" dice Ariel con l'entusiasmo di un bambino iperattivo, drogato di cioccolato e anfetamine. "È bello vedere che Fluffster sta benone. Come state voi?"

Indossa i vestiti di ieri sera, ma deve aver fatto qualcosa con il trucco, poiché sembra avere una luce dentro di sé.

"È una lunga storia" risponde Felix, scambiando con me un'occhiata confusa.

Se sta pensando quello che sto pensando io, ha tutti i diritti di sentirsi confuso. È il comportamento da 'sfilata della vergogna' più strano che abbiamo mai visto.

E se Ariel e Gaius fossero innamorati? Dopotutto, secondo i film, quando uno si trova in questa condizione, assume dei comportamenti bizzarri.

Oppure sta provando qualcosa di nuovo come automedicazione per il disturbo da stress post-traumatico?

Come per sottolineare le mie riflessioni, Ariel vortica per la cucina come un tornado... senz'altro usando i suoi poteri da Conoscente per muoversi così velocemente. Prima che io possa dire chinetosi, si sta già sedendo a tavola con un piatto pieno di pancake, una forchetta, un coltello e un'espressione affamata sul viso perfetto.

"Raccontami cos'è successo" dice, eccitata, e si ficca in bocca un pancake alle patate. Perfino la sua masticazione sembra aver messo il turbo.

Mi schiarisco la gola. "Allora, ti ricordi di Harper... La cosa che ha usato il sesso per cercare di uccidermi all'Earth Club? Beh, lui... o com'è poi saltato fuori, *lei*... era qui ieri sera."

Ariel mi guarda a bocca aperta, e ingoia rumorosamente il terzo pancake. "Sapevo che era una *lei*. Ma cosa ci faceva, qui?"

"Sapevi che era una *lei*, e non me l'hai detto?" Taglio energicamente a metà un pancake alle patate con la forchetta.

"Non sapevo che non lo sapessi." Ariel si stringe nelle spalle. "Per me, era ovvio che cosa fosse."

"Non importa." Felix risistema il proprio piatto. "Il fatto importante è che ieri sera ha cercato di ucciderci. E ci è quasi riuscita, addirittura, ma Fluffster ha salvato la situazione."

Fluffster gonfia fieramente la coda verso l'alto e si siede più dritto, il che lo fa assomigliare ad un suricata peloso, invece di donargli l'austerità che probabilmente cercava.

Ariel lascia cadere la forchetta e fissa me e Felix con diversi tipi di espressione accusatoria. "Siete usciti di casa, dopo che ti ho accompagnato qui? Ma allora come ha fatto Fluffster..."

"No" dico. "Lei era *qui*, nell'appartamento, subito dopo che mi hai accompagnato."

Ariel impallidisce. "Come può un succubo essere stato invitato..." Guarda Felix e si dà una pacca in fronte. "Era il tuo appuntamento?" La sua voce diventa più alta. "Hai invitato un succubo a casa nostra?"

"Non sapevo nemmeno che fosse una Conoscente di qualche tipo" replica Felix. "Non aveva l'aura. Come potevo saperlo?"

"Dall'odore" diciamo io ed Ariel all'unisono.

"Quale odore?" Felix annusa l'aria, come se il profumo di Harper potesse essere ancora presente. "Vi riferite al suo profumo? Era incredibilmente buono, ma..."

"Lascia stare" dice Ariel, e le sue spalle si accasciano così tanto, che mi aspetto di vederle cadere fino alle caviglie. "Tu non frequenti i locali, perciò non hai mai incontrato un membro della loro specie. È tutta colpa mia. Avrei dovuto essere qui." Si nasconde la faccia con le mani. "Mi dispiace così tanto."

"Senti" la consolo, sentendomi a disagio per il suo repentino cambiamento di umore. "Stiamo bene. Con Fluffster intorno, non ci può accadere niente di male. Non in questo appartamento."

La coda di Fluffster si gonfia a tal punto, da diventare più grossa del resto del corpo.

"Raccontami esattamente cos'è successo." Ariel

abbassa le mani, ma il suo viso è ancora insolitamente pallido. "Ogni più piccolo dettaglio."

Io e Felix facciamo a turni con le spiegazioni. Lui comincia da quando ha conosciuto Harper, si è preso una cotta, e l'ha invitata per un giro di giostra, 'seguendo il consiglio stesso di Ariel'. Poi le racconto di quando sono entrata nell'appartamento e ho tentato di combatterla, dopo aver sentito l'odore del nemico... e di come Fluffster abbia concluso l'affare.

"Mi dispiace tantissimo" ripete Ariel, quando abbiamo terminato. "Avrei dovuto essere qui. Non è perdonabile. Se le cose fossero andate in un altro modo, io..."

Smette di parlare e una vera lacrima le riga la guancia.

Io e Felix ci scambiamo delle occhiate estremamente preoccupate. Probabilmente, come me, era convinto che i condotti lacrimali di Ariel avessero smesso di funzionare molto tempo fa.

"Potrebbe avere un disturbo bipolare, o simile?" chiede Fluffster... presumibilmente, solo nella mia testa. Il piccoletto è chiaramente sulla stessa lunghezza d'onda. "Ho visto qualcosa a proposito di questa malattia su YouTube."

Mi stringo nelle spalle davanti al cincillà.

"Mi dispiace" mormora di nuovo Ariel, poi si riempie la bocca di pancake.

"Io, in realtà, ho una domanda" dico, per assicurarmi che non ricominci a scusarsi. "Possiamo avere dei guai con il Consiglio, per la fine che ha fatto Harper?"

Ariel deglutisce il cibo. "Era per legittima difesa. E cosa più importante, lei non aveva l'aura, perciò non era protetta dal Mandato." La sua voce è un po' più ferma. "Infatti, se le autorità degli umani venissero a ficcare il naso, potremmo rivolgerci al Consiglio, per far chiudere un occhio alla polizia."

"Eh?" Inarco un sopracciglio.

"Immagina, se un Conoscente di una certa età fosse condannato all'ergastolo" s'intromette allegramente Felix. "La lentezza del loro invecchiamento, dopo un po', verrebbe notata... per non parlare di cosa succede, quando la condanna in prigione si protrae per un anomalo numero di anni."

"Ma questa non deve diventare una scusa per violare le leggi degli umani." Ariel corruga la fronte. "Per esempio, se violi il database di una banca importante" lancia un'occhiata significativa a Felix, "il Consiglio potrebbe anche decidere di lasciarti marcire in prigione per un po', specialmente se non hai dei poteri appariscenti che..."

"Perché tutti spifferano segreti, oggi?" brontola Felix. "Io te lo racconto una volta..."

"Ti vanti sempre di essere un hacker" replico in difesa di Ariel. "Solo l'altro giorno mi dicevi di essere entrato nel DMV."

Felix mi scocca un'occhiata irritata, poi anche lui si riempie la bocca di pancake.

"Perché Harper non era sotto il Mandato?"

domando. "Non sembrava troppo giovane per questo. Quelle della sua specie sono persone non gradite, come le negromanti?"

"No" dice Ariel. "Lo sono pochissimi tipi di Conoscenti."

Felix si schiarisce la gola. "È probabile che siano venuti qui entrambi dalle Altre Terre. Quando mi hai parlato della visione sulla conversazione tra Chester e Beatrice, lui aveva detto qualcosa sul 'qui' e sugli 'atteggiamenti liberali', quindi mi chiedo se i nostri cattivi non provengano da un mondo antecedente al Mandato. In quei luoghi, a volte, non vedono di buon occhio gli accoppiamenti tra tipi diversi di Conoscenti, e a volte, come qui nelle società più conservatrici, le relazioni omosessuali."

Provo una fitta di compassione per Beatrice e Harper. Se Felix ha ragione, loro volevano soltanto stare insieme in pace, ma Chester se n'è approfittato, indirizzando Beatrice verso un destino fatale.

D'altro canto, essere vittima di pregiudizi in un mondo lontano non è una ragione per accordarsi sull'uccidere *me*. Questa scelta, qualunque sia il motivo, ha determinato la morte di Beatrice. Idem per Harper, anche se devo ammettere che le sue azioni sono ancora più facili da comprendere.

Se avessero ucciso una persona che amo, non desidererei la vendetta?

Anche Felix sembra cupo, quando prosegue. "Oppure, se provenivano da questo mondo, Harper può non essere andata avanti con il Mandato a causa della fidanzata, a cui, essendo una negromante, esso non era consentito."

Ariel appare pensierosa. "Ha senso."

"Davvero?" domando.

"Immagina di avere un amante, ma di non poter parlare con lui della cosa più importante della tua vita" dice Felix.

Annuisco, ricordando che Ariel aveva perso sangue da naso, occhi e orecchie, quando le avevo fatto delle domande esplicite sul mondo dei Conoscenti, prima di assoggettarmi al Mandato.

Il telefono di Ariel trilla, rompendo il momentaneo silenzio.

Ci dà un'occhiata, poi solleva uno sguardo colpevole. "Devo scappare."

"È per lavoro?" chiedo con la massima noncuranza. "O..."

"Ci vediamo più tardi, ragazzi" dice, come se non avesse sentito. Poi ripete l'interpretazione del Diavolo della Tasmania, mettendo in ordine le sue cose e abbandonando la cucina ad una velocità tale, che potrebbe violare i limiti di un'autostrada.

Io e Felix mangiamo in silenzio, finché non sentiamo sbattere la porta della stanza di Ariel... Spero significhi che si sia solo cambiata i vestiti. Poi si chiude di botto la porta d'entrata, seguita dal rumore delle chiavi nella serratura.

Guardo Felix. "È solo un'impressione mia, o gli andirivieni di Ariel sono un po' strani? Non si è nemmeno fatta la doccia."

"Di solito, a quest'ora, va in ospedale, perciò può essere questo" risponde in modo poco convincente.

"Sono preoccupato" dice telepaticamente Fluffster, riassumendo le mie emozioni alla perfezione.

"Teniamola d'occhio." Dopo aver finito gli ultimi bocconi, Felix dice: "Adesso devo scappare anch'io. Nel mio caso, è decisamente per lavoro."

"Allora riordino io." Con l'appetito rovinato, infilzo l'ultimo pancake senza pensare. "Grazie per aver preparato la colazione."

"Fluffster mi ha raccontato di Nero" dice Felix nell'alzarsi. "Sono certo che troverai un altro Mentore... e un lavoro."

Annuisco, ma appena Felix esce dalla stanza, dico: "Non sapevo che fossi così pettegolo, Fluffster."

"Ero solo in pensiero per le finanze" ribatte il cincillà, sconcertato. "Tu l'hai detto a me e ad Ariel, quindi ho pensato che potesse saperlo anche Felix."

"Ti sto solo prendendo in giro." Lo gratto dietro l'orecchio. "Ovvio che l'avrei detto a Felix."

Finisco il mio cibo e comincio a rassettare.

Sto per finire in cucina, quando provo uno strano senso di vuoto alla bocca dello stomaco, e un'ondata di paura mi scuote il corpo. Mi ricorda quello che ho provato, quando gli orchi di Nero hanno messo in scena quegli incidenti per me, l'altro giorno... La differenza è che, adesso, so che dovrei essere al sicuro qui in presenza di Fluffster.

Il telefono squilla nella mia stanza.

E se fosse quella, la causa del mio malessere?

Alzandomi con cautela, per non inciampare in qualcosa e creare una profezia che poi si avvera, mi precipito in camera mia e controllo l'identità di chi chiama.

È un numero privato.

Proprio come stamattina.

# CAPITOLO DUE

AFFERRO il telefono e considero l'idea di rispondere alla chiamata.

I sintomi dell'ansia peggiorano.

È un incubo? Mi trovo in *The Ring*?

In effetti, ho guardato una videocassetta di recente...

Lascio di nuovo che la chiamata finisca nella segreteria telefonica, e la paura diminuisce.

È chiaro, il mio intuito non vuole che parli con chi sta telefonando.

Però voglio sapere cosa sta succedendo, quindi devo capire di chi si tratta.

Corro alla porta e intercetto Felix, mentre sta per andarsene.

"C'è un modo per capire chi chiama da un numero privato?" chiedo, brandendo il telefono.

"Certo. Ci sono diverse app per questo. Alcune bloccano le telefonate private, altre cercano di smascherare il numero per te. Perché?"

"Qualcuno oggi mi ha svegliato con una telefonata privata, e mi ha appena richiamato adesso" spiego. "Entrambe le volte, ho provato una strana sensazione."

"Probabilmente è pubblicità" dice Felix. "Prova qualche app e, se non funziona, fammi sapere."

Se ne va, e per qualche minuto gioco con il telefono per installare delle app che promettono di rivelare numeri privati e, se lo voglio, di bloccarli.

Una volta impostata la trappola tecnologica, aspetto un'altra misteriosa chiamata.

Dopo aver fissato il telefono per due minuti, capisco il mio sbaglio. Se continuo a guardarlo così, non suonerà mai, questo è assodato dalla Legge di Murphy/Chester.

Quindi mi comporto come se stessi aspettando l'ebollizione del tè: fingo di non essere affatto interessata alla chiamata.

Comincio la farsa dando un'altra pulita alla cucina, poi passo al bagno.

Parto dallo scarico della vasca, che contiene una palla di capelli gigante, composta da capelli miei e di Felix.

Felix perde i capelli come un Beagle, e probabilmente a quarant'anni sarà calvo. Io ne perdo una quantità da signora, tutto sommato. Il caso interessante è Ariel, che sembra non perdere mai un capello dalla testa (né un pelo altrove, per quanto ne sappia).

Fa parte anche questo della sua super-forza?

Getto la disgustosa palla di capelli nella spazzatura, mi lavo le mani e studio la spazzola di Ariel.

Nessun capello, come al solito.

Pensavo che avesse un disturbo ossessivo-compulsivo nel raccogliere i capelli dopo ogni doccia e sessione di spazzolatura, ma questo prima che sapessi dei Conoscenti e dei suoi poteri. Adesso mi faccio delle domande.

Per capriccio, entro nella stanza di Ariel e controllo se ci sono capelli sul suo cuscino e in altri probabili posti.

Nulla.

È per questo che, con i suoi capelli, sembra sempre uscita da una pubblicità dello shampoo?

Per un attimo, fantastico su uno scambio di poteri tra me ed Ariel. Quanto sarebbe favoloso essere super-forte?

Riprendendo con gli sforzi di riordino, prendo i sacchi della spazzatura in cucina e in bagno, ed esco dall'appartamento per metterli nell'impianto di smaltimento dei rifiuti.

Le grandi menti, evidentemente, pensano alle stesse cose, poiché Rose sta andando verso la stessa destinazione. Come al solito, è in ghingheri.

"Sasha." Mi rivolge un caldo sorriso radioso. "Come va stamattina?"

"Bene" dico con cautela. "Ma adesso ho altre avventure più folli, da condividere con te."

"Devi ancora raccontarmi come ti sei unita alle nostre fila." Infila i sacchi della spazzatura nello scivolo, arricciando il naso per il disappunto. "Dovremmo pranzare adesso, che non sei così impegnata con il lavoro."

"Certo." Mando i miei sacchi dietro i suoi. "Hai in mente un posto?"

"Che ne dici di qualcosa a Le District? Lì c'è molta scelta." Tiene le mani distanti dal corpo.

"Affare fatto." Chiudo lo smaltimento dei rifiuti. "Quando?"

"Che ne dici di oggi all'una?" chiede, tornando verso il suo appartamento.

Le sto di fianco, tenendo il passo. "È okay. Vuoi che ci andiamo a piedi insieme?"

"No." Stringe, impacciata, la maniglia della porta con la mano sinistra, probabilmente perché quella mano non ha toccato la spazzatura. "Prima, vado a fare una passeggiata."

Entra e chiude la porta dietro di sé, quindi non faccio in tempo a proporle di camminare insieme... e probabilmente è meglio, dato che devo fare diverse cose prima di pranzo.

Torno nell'appartamento, tolgo altra polvere dai punti più ovvi, poi vado nella mia stanza con uno sbadiglio.

"Cominci a cercare lavoro?" Fluffster, seduto vicino al mio portatile, lo tocca con la zampa pelosa. "L'affitto e le bollette non si pagano da soli."

Mi sale immediatamente la pressione. "Penso che, in effetti, *inizierò* a cercare lavoro." Aperto il portatile, mormoro sottovoce: "Schiavista peloso."

Mentre aggiorno il curriculum, rifletto sulla gravità delle mie finanze. Mi rimangono novantamila dollari dell'inaspettato bonus di Nero, più alcuni risparmi precedenti. In qualunque posto all'infuori di Manhattan, questa somma di denaro durerebbe per un po', ma in questa città mi devo preoccupare... soprattutto per le inevitabili chiamate di mamma, i costosi servizi di pulizia di massacri di Pada, l'acquisto illegale di pistole, e chissà cos'altro.

Ovviamente, se le cose dovessero diventare veramente gravi, potrei sempre dare in pegno la collana dall'aria costosa che Nero mi ha regalato per la Grande Festa. D'altra parte, i diamanti potrebbero essere falsi, e non so quanto possa valere la pietra centrale (quella che Nero aveva magicamente trasformato in un poligrafo durante il mio incontro con il Consiglio). Ho anche un paio di libri di magia molto rari, che erano costati a papà un occhio della testa, ma se fossi costretta a venderli, probabilmente piangerei.

Perciò, a malincuore personalizzo il curriculum per un posto nell'industria finanziaria... Il male minore.

Avevo sempre immaginato che, come prossimo lavoro, avrei fatto l'illusionista full time in TV, ma questo sogno è concluso. Invece, tra poco scoprirò se altri posti a Wall Street sono tanto sgradevoli quanto il fondo di Nero... o peggio.

La mia conoscenza dell'industria finanziaria, o i miei poteri psichici, mi suggerisce che potrebbero davvero essere peggio.

Quando raggiungo il sito con gli annunci di lavoro, decine di essi sembrerebbero combaciare con i miei studi ed esperienza, anzi, ce ne sono così tanti, che presto mi stufo di candidarmi a tutti.

"Manderò altre candidature più tardi" dico ad alta voce, nel caso in cui il mio cincillà stia spiando oltre la mia spalla, pronto ad assumere le sue sembianze mostruose per accertarsi che abbia una migliore etica nella ricerca di un lavoro.

Ma Fluffster non è in vista, perciò mi ricompenso per la diligente ricerca di un lavoro con la pianificazione di un bel numero di magia con cui intrattenere Rose a pranzo. Mi ci vuole qualche minuto per inventarmi qualcosa di molto subdolo, e preparo l'occorrente, abbigliamento compreso. Il mio umore, peggiorato dalla ricerca di lavoro, migliora sensibilmente quando infilo i mazzi di carte nelle tasche dei pantaloni che indosserò a pranzo.

Dentro di me sorrido, nell'immaginarmi l'espressione di Rose.

Dato che manca un po' di tempo prima di pranzo, decido di riguardare la parte della meditazione della cassetta mandata da Darian. Se riuscissi a controllare consapevolmente i miei poteri, potrei gestire meglio la mia vita in generale.

Accendo la TV e tolgo la cassetta dalla modalità pausa.

"In parole povere, devi imparare un tipo particolare di meditazione" ripete Darian dallo schermo. "In parte, essa consiste nell'azzerare la tua mente; un'altra parte riguarda il credere nei tuoi poteri senza ombra di dubbio. Non mi aspetto che tu impari a padroneggiarla in tempi brevi, e non ci proverei nemmeno, nel tuo attuale stato di deprivazione del sonno. Per cominciare, devi imparare ad inspirare ed espirare, contando fino a cinque."

Mi rendo conto di non aver ancora recuperato pienamente il sonno, ma la curiosità supera lo sforzo e cerco di seguire il resto delle istruzioni.

"Siediti in qualunque posizione con la schiena dritta." Darian si liscia il pizzetto, meditabondo. "Può essere la tipica posizione del loto o semplicemente una sedia." Guarda stranamente la mia sedia dallo schermo. "O perfino il bordo del letto." Guarda il mio letto dallo schermo. "Il punto fondamentale è sedersi con una buona postura."

Metto in pausa e provo vari modi di sedermi. Optando per la posizione del loto, incrocio le gambe, posando ogni piede sulla coscia opposta, e raddrizzo il più possibile la schiena.

Il mio respiro rallenta sempre di più, mentre interrompo la modalità pausa.

"Chiudi gli occhi e segui il tuo respiro" dice Darian. "Adesso metti in pausa la registrazione e prova."

Faccio come dice, concentrandomi sull'aria che entra ed esce dai polmoni.

Quando mi passano per la testa pensieri sporadici (per esempio l'immagine dello sguardo penetrante di Nero), li lascio andare e mi concentro nuovamente sul respiro.

DIMA ZALES

Grazie alle poche lezioni di yoga e agli esercizi di respirazione che Lucretia mi ha insegnato, questa parte dell'allenamento non è così difficile come potrebbe esserlo per un altro newyorchese, e nel giro di poco tempo mi sento calma come una mucca indù sotto effetto del Valium.

Avvio la registrazione e chiudo di nuovo gli occhi, pronta ad affrontare la prossima fase dell'allenamento.

"Questa fase non è necessaria tutte le volte" dice Darian. "Solo all'inizio." Sbircio attraverso le ciglia, e lui ammicca davvero sullo schermo... come sapendo che l'avrei fatto in quel preciso istante. "Devi credere ciecamente nei tuoi poteri. Incarna quella convinzione. Sii una veggente. Respirala. Vivila."

"Più facile a dirsi che a farsi" mormoro, e rimetto in pausa la cassetta.

A occhi chiusi, mi concentro sulla realtà di essere speciale.

Attacco il mio naturale scetticismo con l'arma migliore: le prove. In realtà, ho avuto tante visioni che poi si sono realizzate... Troppe per non prenderle in considerazione. Ho anche avuto innumerevoli intuizioni che si sono rivelate valide e, grazie alle perfide macchinazioni di Nero, ho persino previsto le forze imprevedibili del mercato.

Ad ogni respiro, mi soffermo su questa nuova realtà, e quando mi viene un dubbio, lo affronto con altre prove inconfutabili.

Mi ci vuole un momento, ma ad un certo punto non metto più in dubbio le mie capacità. Ora posso considerarmi innanzitutto una veggente, ed un'illusionista come seconda remota opzione.

Sentendomi pronta, avvio di nuovo il video.

"Adesso devi svuotare completamente la tua mente. Diventa come un lago placido" spiega Darian, dandomi poi delle indicazioni. "Alla fine, entrerai nello Spazio Mentale" continua, "che è la chiave della profezia cosciente."

"Come posso sapere quando ci sono riuscita?" mormoro sottovoce.

"Te ne accorgerai, quando avrai raggiunto il tuo obiettivo, credimi" dice Darian dallo schermo. "Vorrei poterti dare anche le istruzioni dettagliate per lo Spazio Mentale in sé, ma non posso. Quando lo raggiungerai, capirai il perché. Posso solo dirti di non arrenderti. Mentre per molti veggenti ci vogliono decenni o più per arrivare a questo livello, tu dovresti riuscirci molto prima. Con la tua naturale abilità e la spinta che ti ha dato il numero in TV, sei più potente di quanto tu possa immaginare."

"Grandioso" brontolo, notando che sto perdendo la calma duramente acquisita. "Lasciami tentare."

Metto di nuovo in pausa la cassetta e seguo il respiro secondo le istruzioni di Darian. Poi pratico quello che ha definito 'la scansione del corpo', in cui la mia consapevolezza passa dai piedi al centro della fronte.

"Fingi che lì ci sia un nuovo occhio" ricordo le sue parole, e lo faccio alla lettera, immaginando la mia faccia come una di quelle maschere da veggente del Rito... quelle con un occhio sulla fronte.

Non succede nulla.

A meno che lo Spazio Mentale non significhi provare un'estrema sonnolenza... perché questo è il solo risultato che ottengo.

Mi siedo nella posizione del loto per quella che mi sembra un'altra ora, e comincia a farmi male la schiena.

Cerco in qualche modo d'incorporare il mal di schiena nella meditazione, ma poi si manifestano i crampi alle gambe.

Mi stufo presto di controllare il respiro e inizio ad assopirmi, quasi cadendo sul fianco.

"Forse devo riprovarci quando ho dormito abbastanza" dico allo schermo in pausa. "O forse lo Spazio Mentale si verifica quando si va a dormire?"

Darian non ha risposte per questo, perciò sciolgo la posizione da meditazione con uno sbadiglio.

"Solo un pisolino, magari" dico, stendendomi sul letto.

Mi aspetto di fare fatica ad addormentarmi con la luce che penetra dalla finestra, ma non appena chiudo gli occhi, un'ondata di piacevole torpore mi trascina nell'incoscienza.

———

LO STOMACO MI BRONTOLA RUMOROSAMENTE. Tanto rumorosamente, da svegliarmi.

Resto sdraiata in un pigro torpore, pensando di

tornare a dormire. Ma dato che probabilmente non succederà, apro gli occhi.

Sono nella mia camera ed è mezzogiorno.

È stato un bel sonnellino. Potrei abituarmi a questo beneficio della disoccupazione.

Nell'alzarmi, noto di non aver avuto visioni in sogno, mentre dormivo. Presumo, quindi, che lo Spazio Mentale non si trovi nei sogni, che a sua volta significa che non ho completato la meditazione nel modo corretto.

Oh, beh.

Controllo il telefono.

Sono le 12:35, e sono in ritardo per il pranzo con Rose.

Mi metto in moto di scatto, mi preparo ed esco di casa.

———

MENTRE CAMMINO tra i negozi di Le District, scopro un difetto nel nostro piano. Non abbiamo concordato un ristorante specifico, e qui ce ne sono tanti.

A peggiorare le cose, Rose non crede nei cellulari, quindi non posso mandarle un semplice messaggio per scoprire dove sia.

Immaginando di potermi affidare all'intuito come in qualunque altra situazione, lascio che le gambe mi portino dove vogliono.

I miei poteri da veggente sono vivi e vegeti, mi ci vuole solo un minuto per localizzare Rose, che sta facendo la fila davanti ad un locale dal profumo celestiale. Avrei potuto farmi guidare anche solo dal naso, invece di affidarmi alla magia psichica.

Esaminando la fila di Rose, rimango stupita a scoppio ritardato.

Non è da sola.

Qui, in mezzo a tutte queste persone, c'è Vlad, il suo meditabondo amante vampiro che sembra molto più giovane di lei.

E non l'ho mai visto così poco meditabondo. Ha delle rughe vicino agli occhi per un accenno di sorriso, mentre ascolta quello che sta dicendo Rose.

Mi avvicino a Rose e la saluto con un abbraccio.

Quando mi ritraggo, il suo sguardo saetta preoccupato da me a Vlad, ma si rilassa visibilmente quando gli tendo la mano per farmela stringere.

Nota per me stessa: non essere troppo suscettibile con la dolce metà di Rose.

"Quindi puoi uscire durante il giorno?" chiedo a Vlad, lasciando andare la sua mano gelida.

Mi accorgo poi che sto parlando della sua natura in pubblico. Il Mandato, tuttavia, non mi provoca dolore, perciò forse è un'affermazione troppo ambigua per mettermi nei guai.

"Non credere a tutte le voci che senti" risponde Vlad, evasivo. Il lieve sorriso di prima è svanito, ma ha sempre un tono cortese.

"Chiaro" dico, e guardo Rose. "Com'è andata la passeggiata?"

"È stata molto piacevole." Allunga la mano per

prendere quella di lui. "Probabilmente, la riprenderemo dopo pranzo."

"Dove volete sedervi, ragazzi?" Chiedo, osservando la gente intorno a noi. "Volevo dirvi una cosa piuttosto privata."

"Possiamo prendere un tavolo laggiù." Rose indica la fila vuota di tavoli meno panoramica, ma più riservata. "E poi" stringe la mano di Vlad, "ho appena sentito una parte della storia."

Certo.

Vlad era presente, quando il Consiglio mi ha interrogato, quindi sa piuttosto bene cos'è successo.

Chiacchieriamo per il resto dell'attesa lungo la fila, poi Rose ordina delle crêpes saporite, io prendo un sandwich Croque Madame e Vlad ordina un caffè.

"I vampiri seguono solo una dieta liquida?" sussurro, non appena raggiungiamo il tavolo più lontano... fuori portata d'orecchio di esseri non soprannaturali.

"Non lo berrò veramente." Vlad mette il caffè davanti a Rose. "Volevo solo comprare qualcosa."

"È molto gentile da parte tua." Taglio il mio sandwich, affamata, lasciando che il morbido tuorlo d'uovo si sparga in tutto il piatto.

"Stai tergiversando" dice Rose. "Raccontami la tua storia." Mette il sale sulla crêpe, beccandosi uno sguardo di rimprovero da Vlad. Si preoccupa per la sua pressione?

Dato che sto sbavando per il cibo, snocciolo una breve versione dei fatti, dallo spettacolo in TV, alla primissima visione degli attacchi degli zombie che seguirono, allo scontro con Beatrice, fino alle due varianti del mio incontro con il Consiglio, nella visione e nella realtà.

Quando dico che Gaius ha minacciato Ariel di morte, per tenermi la bocca chiusa sul coinvolgimento suo e di Darian nel numero in TV, l'espressione di Vlad s'incupisce.

Merda.

Vlad è il capo di Gaius, il comandante degli Esecutori, e Gaius ha ammesso di non aver agito in veste ufficiale, quando ha aiutato Darian. L'ha fatto per ottenere una visione.

Ho appena rovinato qualcosa?

"Secondo te, non farà comunque qualcosa ad Ariel, giusto?" chiedo con incertezza, cercando aiuto da Rose.

"Vlad non ha intenzione di affrontarlo. Vero, caro?" Rose appoggia una mano tranquillizzante sull'avambraccio di Vlad.

Lui serra le labbra. "Gaius è troppo ambizioso per il suo bene."

"Se tenta di fare qualcosa, lo rimetti al suo posto" dice Rose in tono confortante. "Se ti do un..."

"Lascia continuare Sasha con la sua storia" la interrompe Vlad. "Non affronterò Gaius per questo. Non ancora, almeno."

Voglio chiedere cosa stava per dire Rose quando l'ha interrotta, ma capisco che sarei scortese, perciò addento finalmente il sandwich. La combinazione di prosciutto, formaggio fuso e pane croccante s'integra così perfettamente con la salsa e l'uovo, che giuro di scrivere un'ottima recensione sul locale.

E forse di sposare lo chef, senza averlo neanche visto.

"Non avresti permesso davvero al Consiglio di uccidere Sasha, se il voto fosse andato come nella sua visione del sogno, vero?" Rose gli lancia una severa occhiata, mentre continuo ad abbuffarmi.

"Sono certo che Nero avrebbe fermato l'esecuzione molto prima del mio intervento" risponde Vlad, e la ruga sulla sua fronte ritorna nella tetra posizione naturale.

Ha ragione?

Nella mia visione, Nero si era fatto avanti sul serio per dire qualcosa, subito dopo quel voto. Magari stava per dire: "Consiglieri, quella che avete appena deciso di uccidere con il voto è la mia gallina dalle uova d'oro. Non se ne parla neanche. Sono io che devo tormentarla, e chiunque trovi da obiettare verrà ridotto a pezzi..."

"Prendi anche troppo sul serio le tue responsabilità con gli Esecutori" dice Rose a Vlad, prima di dare un bel morso alla crêpe.

Studio lui con curiosità. "Perché pensi che Nero mi avrebbe protetto?"

"Si è offerto di essere il tuo Mentore." I suoi occhi scuri sembrano risucchiare la luce delle lampade alogene che ci circondano. "Non aveva mai fatto una cosa del genere, prima."

"E probabilmente sarà l'ultima volta" replico,

infilzando l'ultimo boccone di sandwich. "Come ho detto, mi sono staccata dal suo ruolo di Mentore."

Vlad lancia a Rose un'occhiata indecifrabile.

Sfrutto l'occasione per assaggiare un altro boccone paradisiaco.

Nessuno dice nulla, mentre mastico. Il ruolo di Mentore di Nero è un argomento tabù?

Per rompere il silenzio imbarazzante, proseguo con la storia, colmando le lacune che potrebbero esserci per loro in merito all'accaduto con gli orchi. Poi termino raccontando della defunta Harper.

La faccia di Vlad assomiglia adesso ad un cielo tropicale prima di un uragano. "Gaius sarebbe dovuto venire da me a fare rapporto sull'incidente nel locale." La sua voce è sferzante.

Anche Rose è accigliata, ma gli appoggia di nuovo una mano sul braccio, massaggiando delicatamente il muscolo teso. "Non era la Terra, caro. Se doveva andare da qualcuno a fare rapporto, erano le autorità di Gomorra."

Le sue narici si dilatano. "D'accordo. Ma faremo lo stesso una chiacchierata uno di questi giorni."

Ingoio gli ultimi residui del sandwich e cerco di scacciare la cupa atmosfera. "Allora" dico con una forzata allegria. "Vlad, sei in giro durante il giorno. Prima non potevi dare spiegazioni, che dici ora?"

Rose e Vlad si scambiano una rapida occhiata, poi lei dice: "La sua specie può uscire di giorno senza effetti nocivi." Gli rivolge un sorriso timido. "Loro cacciano, o cacciavano, di notte come molti altri predatori, e probabilmente è da questo fatto che derivano le leggende degli umani."

"Di solito, siamo troppo occupati per bighellonare durante il giorno" spiega Vlad. "Dato che non abbiamo bisogno di dormire, di giorno facciamo il nostro lavoro, mentre ci dedichiamo agli svaghi..." Lancia a Rose uno sguardo eloquente. "...di notte."

"Tranne il fatto che sei qui durante il giorno" osservo.

"Sto con Rose in ogni occasione possibile" risponde, mentre gli ritorna quel leggero sorriso.

Oh, no.

Stanno per pomiciare di nuovo?

Nonostante sia felice per loro, assistere alla scena l'ultima volta è stato imbarazzante.

"Conoscevi Rasputin?" chiedo a Vlad, in parte per evitare la pubblica dimostrazione di affetto, e in parte perché voglio davvero saperlo. "O eri in Francia ai suoi tempi?"

"L'ho conosciuto quando vivevo in Russia". Gli occhi neri di Vlad diventano distanti. "Ma ero in Francia quando si è messo in quel grosso guaio con il Consiglio di San Pietroburgo..."

"Aspetta" dico. "Quale guaio?"

"Non si diventa famosi nel mondo degli umani senza conseguenze" afferma. "Come hai scoperto anche tu."

È vero. Rasputin diventò quasi una figura leggendaria... e questo viola lo spirito del Mandato.

Probabilmente, fece anche arrabbiare i Conoscenti che lo circondavano.

"Quindi cos'è successo?" chiedo, incrociando lo sguardo impassibile di Vlad.

"Da quello che ho sentito, Grigori finse la propria morte e andò in esilio da qualche parte." Si stringe nelle spalle. "Ovviamente, un veggente... soprattutto con un tale potere... non si farebbe avvelenare da semplici umani, e men che meno sparare, picchiare e affogare, come si legge sui libri di storia."

"Ma come si può fingere una cosa così complicata?" domando. "Tutti gli articoli online dicono..."

"Come hanno fatto le persone in quello studio televisivo a dimenticare l'attacco dello zombie?" Rose strizza l'occhio a Vlad, prima di guardarmi di nuovo. "Come hanno fatto le persone in quell'hotel di Las Vegas a dare una spiegazione agli spari, quando tu ed Ariel avete lottato contro Beatrice?"

"Ma certo." Mi tampono le labbra con un tovagliolo. "Se Rasputin fosse stato aiutato da un vampiro, avrebbero potuto usare la malia per far credere agli umani qualunque storia."

"Di sicuro spiega perché la leggenda dell'assassinio di Rasputin sembri così improbabile" dice Rose. "Non fidarti di tutto quello che trovi nelle testimonianze scritte degli umani. Sono molto inaffidabili."

Vlad non sembra a suo agio nel parlare così apertamente dei poteri della sua specie, tuttavia approva con un cenno del capo.

"Quindi tutto ciò che si sa su Rasputin è falso?" chiedo, guardando Vlad. "O lo è solo la sua morte?"

"Tutto si può fingere" replica. "Ma non vale la pena di coprire certe informazioni, perciò dubito che lo fosse."

"E i figli?" domando. "In base alla storia degli umani, ebbe dei figli."

"Io non ci crederei" dice Rose. "Se avesse avuto dei figli, si sarebbe preoccupato di nascondere la loro identità, prima di andare in esilio."

"Potrebbe anche averli portati con sé" commenta Vlad.

"Hai idea di dove sia andato?" gli chiedo.

"No." Vlad porge a Rose una pila di tovaglioli. "Se queste informazioni fossero note, Grigori sarebbe morto. Ha davvero combinato un pasticcio a San Pietroburgo."

Guardo Rose, speranzosa.

Si stringe nelle spalle, nel pulirsi le mani. "Se non lo sa Vlad, non lo so nemmeno io" dice. "Conoscevo Rasputin solo grazie alla sua reputazione."

Sospiro per la delusione... ed è allora che ritorna, più forte che mai, la sensazione di pericolo.

Rose mi guarda, accigliata, e Vlad solleva un sopracciglio con aria interrogativa.

Mi sento pallida e la mia faccia dev'esserlo diventata.

"Qualcuno ha appena camminato sulla mia tomba" dico con voce sommessa e, come in risposta, il mio telefono squilla di nuovo.

## CAPITOLO TRE

GUARDO IL NOME "PRIVATO", inspiro per calmarmi, e sblocco il telefono.

Una delle app che ho installato mostra un numero che non sembra familiare, ma con il prefisso di zona 718.

"Aspettate un secondo" dico a Vlad e Rose, e digito il numero su Google.

Non sono fortunata.

Inoltro il numero a Felix insieme ad un messaggio.

*L'app ha rivelato un numero privato, ma non so ancora chi sia. Puoi aiutarmi?*

Lui risponde quasi immediatamente.

*Ho tanto lavoro da sbrigare adesso, ma me ne occuperò al più presto possibile.*

Lo ringrazio e rivolgo di nuovo l'attenzione a Vlad e Rose. "Qualcuno continua a chiamarmi per qualche motivo" spiego. "Probabilmente non è niente, ma Felix se ne sta occupando."

"Se si tratta di problemi, ce lo fai sapere." Rose piega le mani attorno alla tazza di caffè presa da Vlad. "Ne hai già passate abbastanza. Mi rifiuto di lasciare che qualcuno ti faccia del male di nuovo."

"Oh, grazie. Sei così dolce." Scuoto la testa, sperando di scacciare il sovraccarico di adrenalina, poi ricordo che oggi ho portato con me l'antistress migliore del mondo.

"Volete vedere una cosa fantastica?" chiedo ai miei compagni.

"Un trucco di magia?" Il volto di Rose s'illumina, lasciandomi intravedere la bambina che era molto tempo fa.

Vlad solleva entrambe le sopracciglia.

"So che il Consiglio mi ha vietato di esibirmi per gli umani" gli dico. "Ma se mostro un numero a voi due, non dovrebbero esserci problemi."

Rose gli lancia uno sguardo implorante.

"Se è qualcosa che solo noi possiamo vedere" dice, "non c'è problema."

"È un effetto ravvicinato" prometto. "Ora, Rose, vuoi farmi da aiutante, o lo farà Vlad?"

"Io" grida lei con la voce di una bambina di dieci anni. "Scegli me!"

Guardo Vlad, che annuisce, con il lieve sorriso che ricompare ai lati degli occhi.

"Rose" dico, infilando le mani in tasca, "nomina una qualsiasi carta da gioco ad alta voce."

"Sette di fiori" risponde Rose senza esitazione.

Se dentro di me ballo una giga, esternamente mi

limito ad annuire con approvazione e tiro fuori di tasca la mano destra.

"Mischia queste, per favore" dico a Vlad, mimandogli la mischiata all'americana.

Vlad prende le carte dalla confezione e le mischia abilmente sul tavolo.

"Grazie. Adesso rimettile nella confezione e dalle a Rose, che le terrà tra le mani."

Mimo come dovrà fare Rose a tenere le carte, e Vlad le posa delicatamente nelle sue mani protese. Non posso non notare come lui sfrutti quest'occasione, per sfiorare il suo palmo con le dita in una carezza.

"Scusate se dico una cosa ovvia" aggiungo, "ma solo come precisazione, ora che le carte vengono tenute in questo modo, non posso più modificarle."

Rose annuisce.

"Adesso" dico, sforzandomi di non lasciar trapelare l'eccitazione nella voce... la parte secondo me più difficile dell'essere un'illusionista. "Di' un numero da uno a cinquantadue."

"Quarantadue" risponde Rose sempre senza esitazione.

"Sei sicura?" domando. "Non l'hai detto perché, guarda un po', è la risposta alla domanda sulla Vita, l'Universo e Tutto Quanto in un famoso libro?"

"Posso cambiarlo con il ventiquattro?" Rose stringe più forte le carte tra le mani.

"Hmm." Mi gratto il mento, fingendo di pensarci su. "Sai che ti dico... Ti lascio cambiare idea, se è questo che vuoi." Mi guarda con vivo desiderio, mentre continuo. "In realtà, ti permetterò anche di cambiare il ventiquattro con qualcos'altro, se desideri, ma solo se lo fai nei prossimi cinque secondi."

Inizio a contare silenziosamente con le dita.

"Mi piace il ventiquattro" dichiara Rose dopo qualche riflessione. "Lo tengo."

"Sicura?" Assumo la mia migliore espressione impassibile.

"Affermativo" risponde Rose. "Ventiquattro."

"Okay. Dunque, le tue libere scelte sono il sette di fiori e il ventiquattro. Corretto?"

"Sì." Come molte persone in questa situazione, Rose comincia a sembrare a disagio.

"E avresti potuto cambiare idea" le ricordo.

Annuisce, mentre la sua inquietudine cresce visibilmente.

Calandomi al meglio nei panni dell'illusionista, fisso specificatamente le sue mani.

Le mani aggrappate al mazzo di carte, come se ne dipendesse la vita di Rose.

"No" dice. "Sarebbe impossibile."

"Prendi le carte dalla confezione e conta fino alla numero ventiquattro" le ordino, imperiosa. "Vediamo se l'impossibile diventerà possibile."

Rose estrae le carte e inizia a contare.

Al dieci, le sue mani iniziano a tremare per paura o per eccitazione... è difficile stabilirlo.

Al ventiquattro, percepisco che non vuole girare la carta, così la incito dicendo: "Gira la carta. Non voglio toccarla ed essere accusata di aver usato qualche trucco."

Rose gira la ventiquattresima carta.

È il sette di fiori.

Gli occhi di Rose diventano grandi come piattini, ma Vlad, tutto sommato, sembra fastidiosamente calmo.

"Come?" mormora Rose. "Hai già padroneggiato i tuoi poteri?"

"Ha mischiato Vlad quelle carte" le ricordo, ma l'euforia che provavo per l'iniziale reazione di Rose è rovinata. Non occorre essere una veggente, per sapere che è con la sua stessa teoria che tutti si spiegheranno gran parte di ciò che ho fatto. "Avresti dovuto essere tu la veggente, e non io, per indovinare così facilmente la posizione della carta."

Annuisce, ma titubante.

"Comunque, non avevo finito" dico, ed è la verità. "La prossima parte non si può affatto spiegare con i poteri da veggente." Prendo il sette di fiori nella mano destra e descrivo un gesto elegante.

La carta scompare dalla mia mano.

Rose resta a bocca aperta.

"Non è sparita davvero." Mostro la mano su entrambi i lati e ammicco con aria complice. "La carta si è teletrasportata."

Fisso la tasca di Rose e, quando vede dove sto guardando, si porta la mano al petto, come se stesse per svenire.

"Metti la mano in tasca." La indico.

Rose obbedisce con circospezione e, quando tocca la carta all'interno, sobbalza come se fosse una tarantola rabbiosa.

"Tirala fuori" ordino. "Vediamo che carta è."

Come muovendosi sott'acqua, Rose estrae la carta e la gira.

La carta è il sette di fiori.

Rose resta chiaramente senza fiato. "Non penso di *voler* sapere come ci sei riuscita. E io sono una strega."

Sorrido, mentre ritorna la precedente euforia della dopamina.

"Non sei rimasto colpito?" chiede Rose a Vlad, una volta riacquistata la compostezza.

Non posso biasimarla per averlo fatto. La faccia di Vlad è stata completamente inespressiva durante tutta la procedura, come se avessi appena letto il menù invece di eseguire alcuni dei migliori numeri nel mio repertorio.

Forse è una di quelle persone che si tengono dentro il senso di meraviglia, come mio papà, invece di mostrarlo apertamente come Ariel e Rose?

"Io so come hai fatto" afferma Vlad, il volto passivo come prima. Se fosse Felix, in questo momento ci guarderebbe trionfante. "Tuttavia, poiché Rose ha detto di non volerlo sapere, starò zitto."

"Ci ho appena ripensato" dice Rose. Si gira verso Vlad, facendo degli occhi da cucciola, e con voce esageratamente supplichevole (e un po' inquietante), aggiunge: "Ti prego. Ti prego, dimmelo."

"Come posso rifiutare?" Vlad mi lancia un'occhiata di scuse. "Posso?"

"È un paese libero" rispondo con la maggior calma possibile. Radunando le carte nella confezione, le metto in tasca e mormoro: "Inoltre, come puoi veramente sapere quello che ho fatto?"

"La carta nella tasca di Rose." Vlad picchietta delicatamente sul fianco di Rose. "L'hai nascosta lì, quando l'hai abbracciata."

"Sul serio?" Rose mi guarda con grande ammirazione. "Pensavo che fossi solo molto felice di vedermi."

"Bisognerebbe essere molto abili, per mettere lì quella carta così velocemente e senza che Rose se ne accorga" dico con noncuranza a Vlad. "Sei certo di questa teoria?"

Incrocia le braccia e annuisce.

Dannati vampiri.

Devono essere dotati di una soprannaturale attenzione per i dettagli, perché ho fatto esattamente ciò che ha descritto. Si chiama put-pocketing ed è la cosa più vicina al pickpocketing che pratico con gli amici più intimi. Sia il pickpocketing che il put-pocketing rientrano tra le competenze di base, che ho sviluppato negli anni passati a fantasticare sul mio spettacolo personale, e nonostante Vlad mi abbia beccato, sono comunque felice di aver avuto la possibilità di metterle in pratica.

"Ora lasciami spiegare perché la carta mostrava il numero che avevi scelto" dice Vlad, guardando specificatamente Rose e non me. "Il mazzo di carte usato era composto da cinquantadue identici sette di fiori, così ogni numero citato avrebbe portato allo stesso risultato."

"Ti ripeto, ne sei proprio sicuro?" Sorrido, impertinente, ed estraggo il mazzo dalla tasca sinistra.

Fredda come un cetriolo antartico, prendo le carte dalla confezione e le dispongo elegantemente a ventaglio... mettendo in mostra i diversi indici, affinché entrambi li possano vedere.

"Non è il mazzo che ho mischiato" dichiara Vlad con incrollabile fiducia. "Quello è nella tua tasca destra."

Se mi dovesse mai capitare di organizzare uno spettacolo per i Conoscenti, seguirò una nuova regola: niente vampiri tra il pubblico. O forse niente Vlad. Dovrò verificare se gli altri vampiri sono così fastidiosamente attenti quanto lui.

Vorrei negare di avere un mazzo nella tasca destra, ma offrirei a Vlad l'occasione di controllare nei miei pantaloni.

A Rose non piacerebbe, se lui lo facesse. Neanche un po'.

Decido di aggirare il problema. "Per avere un intero mazzo di sette di fiori in tasca, avrei dovuto sapere che Rose avrebbe nominato una carta precisa, e lo stesso vale per infilare di nascosto un sette di fiori nella tasca di Rose durante un abbraccio. Ma come potevo sapere che avrebbe nominato il sette di fiori? Le ho detto di dirlo?" Decidendo di condire il discorso con una piccola bugia, aggiungo: "Ha avuto l'occasione di cambiare idea."

"È vero" afferma pensoso Vlad... e dentro di me sorrido.

Non ho dato veramente a Rose la possibilità di cambiare la *carta*, dopo averla nominata; ero troppo felice per il fatto che avesse detto ciò che volevo, per correre questo rischio. Piuttosto, ho inscenato un dramma per permetterle di cambiare il numero nominato.

"Allora" dico a Vlad. "Tutta la tua catena di pensieri logici crolla."

"Hai sfruttato i tuoi poteri da veggente" afferma, ma senza la convinzione di prima. "Hai previsto che carta avrebbe scelto."

"Sbagliato." Sogghigno. "Te l'ho detto prima; non ho usato il mio potere per questo numero."

"Ma questo non lo diresti lo stesso?" Rose si massaggia le tempie.

"Non ho usato i miei poteri" ripeto. "Posso giurare su quello che volete. Anzi, vi lascerei usare i vostri poteri per vedere se sto dicendo la verità."

Non sto bluffando. Il motivo per cui sapevo che Rose avrebbe nominato quella carta è molto più semplice, e non riesco a credere che non lo capisca. Un anno fa stavo facendo un numero per Rose, e le avevo chiesto di nominare qualsiasi carta. Aveva scelto il sette di fiori. Poi, quando qualche mese dopo stavo facendo un altro numero simile, aveva scelto la stessa carta, quindi oggi ho deciso di giocare d'azzardo. Se avesse nominato qualsiasi altra carta, avrei preso il mazzo normale con le carte tutte diverse ed eseguito un altro degli innumerevoli numeri nel mio repertorio.

Poi mi accorgo di una cosa. Vlad non ha commentato niente su come abbia fatto sparire il sette di fiori dalla mano. Significa che sono stata così brava, che neanche un vampiro può beccarmi? Stavo usando una combinazione di palmo all'indietro e alcune mosse inventate da me, ed è fantastico sapere che funziona così bene.

"Credo che stia dicendo la verità" dice Vlad dopo una lunga pausa. C'è stata una punta di frustrazione nella sua voce?

"Allora, non sappiamo ancora come ha fatto quello che ha fatto?" Rosa guarda Vlad, e potrei baciarla per il suo logico errore. Pensa che, se si è sbagliato su un elemento del numero, valga lo stesso anche per tutti gli altri.

"Puoi ripetere tutto daccapo?" chiede Vlad, ora decisamente frustrato.

"Sarebbe così deprimente." Gli strizzo l'occhio, poi, rendendomi conto che Rose potrebbe ingelosirsi, strizzo l'occhio anche a lei. "Inoltre, come dicono nel mio mestiere, 'una volta è magia, due volte è didattica.'"

"Probabilmente è meglio così" dice Rose, alzandosi. "Volevo fare un'altra passeggiata." Aggancia con la mano il gomito di Vlad. "Per favorire la digestione."

"Devo andare anch'io" dico, e fuggo prima che i due piccioncini si mettano in testa di pomiciare un'altra volta.

———

INVECE DI ANDARE A CASA, passeggio e faccio la spesa per dopo.

Quando la natura chiama, vado alla toilette delle donne, metto la borsa della spesa sul lavandino sotto lo specchio, e saggio la porta dello scompartimento vicino.

La porta è bloccata, come quella accanto.

Provo una lieve ondata d'inquietudine.

Mi squillerà di nuovo il telefono?

Invece, sento lo scatto del telefono di qualcun altro dietro la porta, seguito da alcune risatine.

Adesso gli adolescenti si mettono a mandare messaggi al gabinetto?

Non c'è da stupirsi, se i fabbricanti ci mettono tanto impegno nel rendere impermeabili i dispositivi elettronici.

L'ultimo scompartimento è libero, quindi scaccio la sensazione di disagio e lo uso rapidamente... senza essere tentata nemmeno per un istante di prendere il telefono, mentre faccio le mie cose.

Mentre mi lavo le mani e mi guardo allo specchio, i due scompartimenti si spalancano.

Fissando le ragazze che ne escono, capisco immediatamente la fonte del mio disagio.

Conosco queste ragazze, anche se ricordo il nome solo di una di loro.

Roxy.

La seconda si chiama Maddie o Ashley, ma il nome

non importa. Il punto è che lei, insieme a Roxy, fa parte della combriccola di bulle della mia classe dell'Orientamento.

Sono letteralmente delle cagne... cioè, delle lupe mannare.

Roxy scorge la mia faccia nello specchio, e il suo sorriso si trasforma in un cipiglio da lupo.

Chiaramente, è ancora turbata per l'altro giorno, quando ho salvato Maya giocando alla roulette russa con Roxy e le sue cagne.

Purtroppo, al momento non ho una pistola e siamo le uniche persone in bagno.

Possono trasformarsi in lupe e attaccarmi a loro piacimento.

Qualcosa nei loro occhi mi dice che un attacco è esattamente ciò che sta per succedere.

Senza un attimo di esitazione, mi precipito verso la porta.

# CAPITOLO QUATTRO

LE MIE scarpe scivolano sulle piastrelle, mentre supero i lavandini di corsa.

Agguanto il pomello della porta infestato dai germi, la spalanco e schizzo oltre la soglia, poi la sbatto alle mie spalle... proprio davanti alla faccia compiaciuta di Ashley/Maddie.

Senza guardarmi indietro, mi precipito verso la vicina scala mobile.

La superficie riflettente di una colonna che oltrepasso conferma che mi stanno inseguendo in forma umana.

Correre è stato un errore di calcolo? Sono come cani, che inseguono tutto ciò che corre, perché in tal caso diventa automaticamente una loro preda?

Beh, posso sempre tirare loro addosso un gatto... opponendo resistenza e spaventandole abbastanza, da spingerle a chiedersi perché abbiano deciso d'inseguirmi.

Se solo avessi una pistola.

Non importa.

Terrò la strategia del gatto per la stessa situazione dei felini, cioè se mi metteranno con le spalle al muro.

Un piano prende forma a grandi linee nella mia testa e corro giù per la scala mobile, schivando le persone lungo il percorso mentre esco in Battery Park.

Le cagne mi seguono e stanno effettivamente recuperando terreno, nonostante entrambe le ragazze stiano correndo sui tacchi alti.

Seguo un sentiero per fare jogging e mi precipito verso la mia destinazione: un gazebo appartato che è il posto preferito di Rose.

La speranza è di trovarci lei e Vlad e che mi possano aiutare.

Un ciclista per poco non m'investe, ma devia appena in tempo.

Accelero e quasi travolgo una bambina su uno skateboard.

Lancio un'occhiata all'indietro. Le cagne hanno gettato via i tacchi alti e si stanno avvicinando più rapidamente.

Con una brusca svolta nei cespugli perfettamente curati, mi precipito giù per il tratto erboso che porta a destinazione.

Per un attimo, dubito che mi abbiano visto abbandonare la strada, ma poi un fruscio tra i cespugli alle mie spalle mi fa ricredere.

Non c'è traccia di Rose e Vlad da nessuna parte... ed è una brutta notizia. Ma potrebbero essere all'interno, oppure, poiché il gazebo ha due entrate, potrebbero essere appena usciti dal lato opposto rispetto a me.

Mentre mi avvicino al gazebo, spingo i muscoli al limite.

Il cuore mi martella nel petto.

Mi butto verso l'entrata.

Rose e Vlad non ci sono.

Merda. Spero di poterli incrociare sull'altro lato.

Scatto in quella direzione, ma sento un respiro affannoso subito alle mie spalle.

Mi giro e vedo Ashley/Maddie sul punto di afferrarmi.

Sogghigna e guarda dietro di me.

Seguo il suo sguardo.

Roxy sta entrando dall'altro lato del gazebo... braccandomi tra loro due.

Sembrerebbe il momento giusto per la strategia del gatto.

"Che cosa pensi di fare?" Lancio a Roxy un'occhiata feroce. "Non hai imparato la lezione l'ultima volta?"

Allungo le mani dietro i pantaloni... come per prendere una pistola.

Seguono il movimento con gli occhi, ma non arretrano.

Quando non estraggo alcuna pistola reale, la bocca di Roxy si piega in un sorriso predatorio, poi lei comincia a spogliarsi ad una velocità impressionante.

Ruoto verso Ashley/Maddie e la trovo già nuda.

Questa è la mia occasione.

Abbrancare un'adolescente nuda è più facile rispetto a un'adolescente vestita?

Se fossi in loro, mi sentirei vulnerabile... ma non danno minimamente quest'impressione.

Un lampo di energia mi suggerisce che è troppo tardi.

Si sono trasformate entrambe in lupe.

Ho un brutto presentimento, e arretro.

Entrambe le bestie snudano i denti, poi Roxy mi balza addosso.

# CAPITOLO CINQUE

SALTO DI LATO e i terribili denti di Roxy sbattono proprio accanto alla mia caviglia.

C'è una specie di movimento dietro le lupe, ma mi concentro sullo schivare il tentativo di Ashley/Maddie di masticarmi un ginocchio.

Roxy sposta momentaneamente il peso sulle cosce, quindi salta.

Una mano pallida nell'aria si chiude di scatto attorno al collo di Roxy, come con un gattino, e in quel preciso istante uno stivale inchioda a terra la coda della seconda lupa mannara.

"È così che si comporta una signora?" ringhia Vlad, con i lineamenti perfetti che passano da cupi a furiosi.

Rose compare alle spalle di Vlad, puntando ogni indice verso le prigioniere del suo amante, che vengono colpite da accecanti flussi di energia, e dopo un altro lampo, le lupe tornano ad essere delle adolescenti nude.

Vlad toglie il piede dal didietro di Ashley/Maddie, ma continua a tenere Roxy per il collo, apparentemente ignaro della sua nudità. "Ti ha spinto tuo padre a fare questo?" le chiede severamente.

Ritrovarsi improvvisamente tra le grinfie di Vlad dev'essere troppo sconvolgente per il cervellino di Roxy, perché se ne sta lì, a guardare a bocca aperta lui, Rose, e poi me.

Alla fine si divincola dalla sua stretta e incrocia le braccia per coprirsi. "Che cosa c'entra mio padre con tutto il resto?" replica, irascibile.

"Sono successe delle cose tra lui e Sasha." La voce di Vlad è dura. "Non sei abbastanza brava come attrice, per fingere di non saperne nulla."

"Ma è così." L'arroganza di Roxy sembra così distrutta, che quasi mi dispiace per lei. "Non mi dice mai..."

"Chi è suo padre?" chiedo, anche se posso intuirlo dal contesto.

"Chester" risponde Vlad, confermando il mio sospetto. "L'ex Consigliere che..."

"Oh, so chi è" affermo, e guardo Roxy.

Sì.

Ora che Vlad me l'ha fatto notare, vedo che Roxy ha proprio gli zigomi e il mento di Chester.

Lui, però, non è un lupo mannaro.

Poi mi ricordo della nostra ultima lezione di Orientamento.

Roxy aveva alzato la mano, quando il Dottor Hekima aveva chiesto chi avesse due diversi tipi di

Conoscenti come genitori. Per scherzo, allora, avevo pensato che il suo genitore non licantropo dovesse essere un'arpia o il kraken in libertà... e a quanto pare, ci ero vicina, poiché Chester è peggio di tutti e due messi insieme.

Ha i doppi poteri?

Può manipolare le probabilità come Chester?

Il Dottor Hekima diceva che era raro, ma anche che i manipolatori delle probabilità sono avvantaggiati in questo.

Il fatto che abbia i poteri di Chester potrebbe spiegare la mia sfortuna nell'incontrare lei e Ashley/Maddie.

Poi ricordo qualcos'altro... che Gaius mi aveva detto prima del Rito.

L'accusa di Chester nei confronti di Darian era dovuta ad una moglie morta. Una moglie *lupa mannara* morta, che si era suicidata in seguito ad una profezia, dove lei era la causa della morte della figlia. Era Roxy quella figlia? Ne è al corrente? Spero di no. Sconvolgerebbe la psiche di qualunque bambino. Forse avrei dovuto essere più gentile con...

"Non so proprio di cosa tu stia parlando" dice Roxy con la baldanza di sempre. "Ci siamo conosciute la settimana scorsa all'Orientamento e, quando l'abbiamo rivista, abbiamo deciso di divertirci un po'."

La fronte liscia di Rose si piega in un vero e proprio cipiglio. "Posso impedirti di trasformarti per giorni, signorina... forse anche per settimane, se lo desidero."

Protende le mani verso Roxy e l'energia comincia a crepitare attorno alle sue dita.

Roxy impallidisce, ma per chissà quale motivo lancia *a me* un'occhiata mortale.

Come se la minaccia di Rose fosse colpa mia.

"Sasha" mi dice Vlad. "Ti conviene andare a casa, mentre Rose discute di comportamenti da signore con queste ragazze."

Non serve chiedermelo due volte.

A testa alta e con la massima fierezza possibile, esco dal gazebo e me la filo alla svelta verso casa.

———

QUANDO ARRIVO A CASA, sono relativamente tranquilla. Nonostante la loro letale forma di lupo, è difficile non vedere Roxy e la sua banda come delle semplici adolescenti viziate. Inoltre, non riesco non provare pena per Roxy. Tra il suicidio di sua mamma e Chester come padre, quella povera ragazza ha tutti i diritti di essere un po' suscettibile.

Fluffster mi saluta sulla porta, così lo prendo per una dose di pet therapy, mentre gli racconto cos'è successo.

Quando sono sufficientemente rilassata, decido di dare un'altra chance agli insegnamenti di Darian.

Per evitare di mettere in pausa e riavviare la cassetta, la guardo daccapo, finché non ho memorizzato ogni fase della meditazione.

Ricordando quanto fossi stata scomoda con la

schiena e le gambe, invece di mettermi nella posizione del loto, mi accomodo su una sedia e chiudo gli occhi.

Eseguo la respirazione consigliata e faccio scorrere la consapevolezza in tutto il corpo, finché essa non si assesta sul mio 'terzo occhio'.

La mia mente adesso è serena come un monaco zen.

Anche se non riesco a raggiungere lo Spazio Mentale, dev'essere un bene per i miei livelli di stress.

"Rimettiti in carreggiata" ricordo a me stessa, e mi concentro di nuovo sul terzo occhio.

Sono così assorbita dal momento, che il passare del tempo diventa difficile da seguire. Galleggiando su una nuvola di relax, sento i palmi diventare più caldi.

Così caldi, che quasi scottano.

Da quello che ho letto, mani e piedi caldi sono classici segni di 'risposta al rilassamento', proprio come le estremità degli arti fredde sono la reazione corporea allo stress.

Continuo a respirare e svuoto ancora la mente.

Adesso ho i palmi così caldi, che sembrano aver preso fuoco.

Un'intuizione mi costringe ad aprire gli occhi, e sulle mie mani vedo formarsi dei fulmini.

Resto a bocca aperta.

Immediatamente, il mio sistema nervoso autonomo trasforma la profonda risposta al rilassamento nel suo esatto contrario.

Sto respirando a cento chilometri orari e il cuore mi batte contro la gabbia toracica.

Tutto il calore abbandona i miei palmi... e i fulmini a poco a poco si riducono.

La mia reazione di fuga-o-attacco, però, non scompare, comincia invece un'attività frenetica, mentre mi rendo conto di quale sarebbe stata la prossima fase della meditazione.

I fulmini avrebbero colpito i miei occhi.

# CAPITOLO SEI

INSPIRO PER CALMARMI, ma non funziona.

L'idea dei fulmini che mi finiscono negli occhi disturba una parte primordiale del mio cervello... il punto responsabile della paura dei ragni, di cadere e dei serpenti.

Questa paura è ovviamente irrazionale, e probabilmente aggravata dall'adrenalina che mi circola in corpo dall'incontro con le cagne. Quando ho avuto la primissima visione ad occhi aperti, ieri, i fulmini sono sprizzati dalle mani ai miei occhi. Felix mi ha fatto vedere un video che lo dimostra.

Purtroppo, la semplice consapevolezza che i fulmini sono innocui non mi è d'aiuto. Sono sempre stata impressionabile con le cose che mi finiscono negli occhi. Dopo il primo, orribile test per il glaucoma, ho perfino rifiutato quelli successivi, preferendo il rischio di contrarre la malattia.

Perché Darian non ha fatto commenti sui fulmini?

Di certo, si è dilungato parecchio su tutto il resto.

E a proposito, che cosa vuole veramente? Perché mi sta impartendo degli insegnamenti?

Non mi bevo la storia del regalo per la Grande Festa. Scommetto che rientra tutto in uno dei suoi piani... che in qualche modo culmina con noi due insieme... sempre se non ha mentito sull'aver avuto quella visione.

In ogni caso, quella visione non si avvererà, non finché mi sento così infastidita e frustrata a causa sua come adesso.

Poi mi passa per la testa un'idea... che avrebbe dovuto venirmi in mente ieri.

Temendo che sia troppo tardi, corro verso la porta per vedere se la scatola utilizzata da Darian per la spedizione della videocassetta c'è ancora.

Libero un sospiro di sollievo.

Il pacco squarciato è dove l'ho lasciato cadere ieri sera. Per fortuna, non ho ripulito in maniera così approfondita, e i miei coinquilini non si preoccupano se resta della spazzatura in corridoio.

Sull'etichetta di spedizione, proprio sotto il nome di Darian, c'è un indirizzo.

A differenza del pacco con la cassetta (che Darian ha finto di spedirmi dallo studio televisivo, dove può avere o non avere lavorato), questo indirizzo è dell'Upper East Side, e dista solo quaranta minuti di metropolitana.

Inserisco l'indirizzo nel telefono, mi vesto alla svelta, ed esco di casa.

È ora di rivolgere a Darian alcune domande precise.

———

SORPRESA, sorpresa. L'elegante palazzo di Darian ha un portiere con un frac, i guanti bianchi e un cappello.

"Prenda l'ascensore fino al quattordicesimo piano" mi dice, quando spiego per chi sono venuta. "Lasci che l'accompagni."

Mentre seguo l'uomo, per poco non salto su e giù dall'eccitazione. Fino a questo momento, c'era la concreta possibilità che Darian avesse solo messo un indirizzo a caso sulla confezione, e in tal caso, il portiere non avrebbe conosciuto Darian... invece è così.

Ora mi tocca chiedermi se Darian non abbia inserito il suo vero indirizzo, perché voleva che venissi.

L'edificio è dotato di quattro ascensori con un solo pulsante. Il portiere preme il pulsante per me, e le porte all'estrema sinistra si aprono lentamente.

Entro, premo il pulsante della mia destinazione, e le porte si richiudono con la stessa lentezza.

Poi, esattamente come con l'altro giorno quand'ero fuori dalla stanza di Felix, dei fulmini esplodono davanti ai miei occhi.

———

SONO PRIVA DI CORPO, nel corridoio di un elegante palazzo.

Proprio di fronte a me c'è Nero. Ha afferrato

Darian per la gola e lo tiene sollevato facilmente da terra con una mano sola.

La mano libera di Nero si trasforma, sfocata, negli artigli morbosamente familiari che ho visto ieri durante il massacro degli orchi.

Con una voce che sarebbe buffamente profonda e gutturale in altre circostanze, ma che risulta agghiacciante in questo contesto, Nero ringhia: "Sapevi che l'orco l'avrebbe ferita. E quello che avrei fatto loro di conseguenza. E che lei mi avrebbe seguito di nascosto, mentre li massacravo. E come avrebbe reagito."

"Volevi sapere se sarebbe sopravvissuta, assoldando gli orchi, e ti avevo detto che non le sarebbe successo nulla. E infatti sta bene" replica Darian con voce strozzata e il volto di un malsano colorito viola.

Gli artigli di Nero saettano verso il petto di Darian.

Quest'ultimo strilla, e mi aspetto di vedere pezzi e frammenti del suo corpo che volano in ogni direzione.

Ma lui è intero.

Gli artigli di Nero si sono fermati proprio vicino alla sua camicia.

"Hai gridato" osserva Nero e, se avessi un corpo, proverei un brivido per la crudeltà emanata da quella voce profonda. "Significa che non avevi previsto se saresti stato vivo o morto?"

"Fermati subito" replica Darian con voce soffocata e gli occhi fuori dalle orbite. "Lei sta per uscire da quell'ascensore." Il suo sguardo saetta verso le porte all'estrema sinistra. "Se mi uccidi adesso, lo vedrà... e stavolta reagirà peggio di prima."

Poiché Nero è in grado di stabilire se le persone gli dicono la verità, devo dedurre che Darian era sincero, perché Nero lo lascia cadere, guarda la porta in questione e ringhia: "Se ti avvicini di nuovo a lei, morirai. Se le mandi un altro pacco, che sia un'altra cassetta, o un disco in vinile, o un'e-mail, o un DVD, o un cazzo di piccione viaggiatore... morirai."

Darian sembra sul punto di dire qualcosa, poi un lampo di luce esplode vicino al suo volto e rimane in silenzio. Significa che il fulmine del veggente ha appena colpito i suoi occhi, e che lui ha previsto cosa sarebbe successo, se avesse risposto?

Qualunque cosa Darian abbia intravisto nella visione... supponendo che non mi sia immaginata la fugace apparizione del fulmine... deve averlo davvero impressionato, poiché conferma annuendo così energicamente con la testa, da rischiare davvero un colpo di frusta.

"Vattene" ringhia Nero.

Darian gli volta le spalle e trafigge il pulsante dell'ascensore, come se la sua vita dipendesse dalla velocità di arrivo della cabina... e forse è così.

Le porte dell'ascensore più a destra si aprono e Darian salta dentro.

———

RIPRENDO i sensi e mi guardo intorno nella cabina dell'ascensore, confusa.

Dev'essere stata un'altra visione ad occhi aperti.

Significa che Nero e Darian stanno per iniziare quella conversazione.

Schiaccio con forza il pulsante del quattordicesimo piano, ma ciò non sembra migliorare la lentezza dell'ascensore.

Mi viene in mente una cosa.

Proprio come l'ultima volta, all'inizio della visione sembrava che un fulmine si sprigionasse dalle mie mani, finendomi dritto negli occhi... e non è stato poi così male. La prossima volta che pratico la meditazione, devo ricordarmi che la visione spontanea non ha provocato alcun dolore.

D'altro canto, forse, la sensazione cambia con il controllo cosciente.

Dopo quella che sembra un'ora, l'ascensore si ferma.

Saltando da un piede all'altro, premo il pulsante per aprire la porta, ancora e ancora, ma gli sportelli indifferenti strisciano di lato alla velocità di una lumaca ubriaca.

Balzo fuori dall'ascensore... e mi ritrovo faccia a faccia con Nero.

"Sasha." Inclina la testa di lato. "Che coincidenza?"

"No" sibilo, e salto indietro nell'ascensore.

Premendo il pulsante del piano terra il più rapidamente possibile, attivo il pulsante per chiudere le porte nella speranza che scorrano abbastanza velocemente, da permettermi di raggiungere Darian di sotto.

Esse si muovono a malapena.

Nero mi fissa con quei penetranti occhi grigio-azzurri, che mi ricordano le leggende sui serpenti in grado d'ipnotizzare la preda.

Sollevo la testa in una silenziosa sfida.

I suoi anelli limbari sembrano diventare palesemente più spessi, creando l'illusione che i cerchi scuri si stiano mangiando il bianco degli occhi e le iridi.

"Non ce la farai" sembrano dire i suoi occhi. "E anche se dovessi farcela, lo ucciderò, se ti rivolge la parola."

"Non oserai" replicano i miei occhi. "Se lo uccidi. io..."

Le porte finalmente si chiudono, lasciando la nostra gara di sguardi ad un punto morto.

La discesa sembra addirittura più lunga della salita.

Le persone in questo palazzo ultra-costoso non possono mobilitarsi per avere un ascensore migliore? Sarebbe più utile di un portiere.

L'ascensore si ferma.

Le porte cominciano di nuovo ad aprirsi, strisciando.

In lontananza, vedo la schiena di Darian: sta correndo fuori dall'edificio così velocemente, che si vedono balenare le suole delle scarpe.

Appena riesco a passare nella fenditura tra le porte che si aprono, esco... e mi lancio in una corsa.

Il portiere mi guarda, perplesso e affascinato.

Darian è fuori e sta chiamando un taxi, mentre raggiungo la porta.

Schizzo fuori dal palazzo.

Lui sale sul taxi.

Corro per raggiungerlo, o meglio ancora, per montare sullo stesso taxi.

Con uno stridio di pneumatici, esso sobbalza in avanti proprio mentre afferro la maniglia della portiera.

Darian fissa dritto davanti a sé, rifiutandosi di guardarmi.

Cerco di chiamare un taxi per gettarmi in un disperato inseguimento, ma subentra di nuovo la Legge di Murphy/Chester... i prossimi tre taxi sono già carichi di passeggeri.

Quando uno di essi si ferma, perdo di vista Darian completamente.

"Andiamo a casa" dico frustrata al tassista.

"E dove sarebbe casa?" chiede il tizio con un sorriso dai denti radi.

Gli do il mio indirizzo e resto seduta con aria cupa, elaborando l'accaduto.

Nero non vuole che Darian mi addestri, né che mi rivolga la parola. Magari Nero ha dei piani per me, oppure si vede ancora come mio Mentore, e in base alle regole dei Conoscenti, è una grave mancanza di rispetto insegnare al Pupillo di qualcun altro.

O forse c'entra con il fatto che ho raccontato a Nero del futuro teoricamente previsto da Darian... quello dove io e Darian e diventiamo amanti. Ma ciò presupporrebbe la gelosia di Nero, e di conseguenza dei sentimenti umani da parte sua... e questo appare inverosimile.

Qualunque sia il motivo, Nero ha appena fatto sì che io non possa chiedere aiuto a Darian.

Per quanto siano confuse le motivazioni di Nero, ci sono domande altrettanto importanti.

Come ha fatto Darian a farsi beccare da Nero, innanzitutto?

Lui è un veggente potente, eppure si lascia coinvolgere in una situazione dove penzola per aria, tenuto per la gola.

Rientra in qualche schema, o le sue abilità di veggente l'hanno tradito, proprio come quando ha baciato Kit (cioè la finta me) nel locale, l'altro giorno?

Forse sapeva di cavarsela con un avvertimento grazie al mio arrivo tempestivo... che non si sarebbe verificato, se non avesse scritto il suo indirizzo sul pacco.

Forse questo incontro è stato davvero lo scenario migliore per Darian. Dopotutto, alla fine, è rimasto ferito solo il suo orgoglio. Per quanto ne so, Darian potrebbe aver intravisto diversi futuri, e scelto quello in cui l'aggressione di Nero avrebbe catalizzato qualcosa di più grande. Diamine, quel qualcosa di più grande potrebbe anche essere solo il mio atteggiamento nei confronti di Nero.

Forse Darian voleva che vedessi il lato più spietato

di Nero, per eliminare ciò che percepisce come concorrenza sentimentale.

Non c'è da stupirsi, se la gente odia così tanto i veggenti. Tutte queste trame dentro altre trame sono sfiancanti.

Poi la domanda più importante di tutte mi colpisce come una mazza.

Come mai Nero sapeva del videoregistratore e della cassetta che mi ha mandato Darian? Ho ricevuto entrambi gli oggetti per posta e li ho guardati in camera mia ieri, completamente sola.

Con un brutto presentimento, ricordo le teorie sulle telecamere che Nero ha installato al fondo... teorie che spiegano come mai sapeva del livido causatomi dall'orco.

È possibile che Nero abbia un sistema di sorveglianza simile nel mio appartamento?

Nella mia camera da letto?

Il mio viso impallidisce al ricordo di tutte le volte in cui mi sono spogliata nuda in quella stanza, o peggio, dei miei incontri con Copperfield... la mia bacchetta magica massaggiatrice della Hitachi.

No. Neanche Nero sarebbe così...

Mi fermo. Chi sto prendendo in giro? Se gli ultimi giorni hanno dimostrato qualcosa, è il fatto che Nero sia capace di ogni genere di mostruosità.

Era *questo* che voleva Darian? Dimostrare che Nero è un pervertito e un guardone?

Prendo il telefono e scrivo a Felix.

*Quando torni a casa?*

La sua risposta arriva dopo pochi istanti.

*Ho esaurito il carico di lavoro, sto per decifrare questa storia del numero di telefono per te.*

Mi chiedo se dovrei dirgli di mollare tutto e tornare a casa, ma il problema del numero di telefono è importante, quindi rispondo:

*Grazie! Fammi sapere cosa scopri.*

Felix mi dà una risposta affermativa, e per il resto del tragitto in taxi pratico la respirazione per la meditazione da veggente... che offre inoltre il piacevole incentivo di tranquillizzarmi.

Ne ho decisamente bisogno.

Sto entrando nel nostro edificio, quando arriva il messaggio di Felix.

*Ho scoperto a chi appartiene quel numero. O più precisamente, a quale attività. È l'Izbushka Na Kurih Nojkah. Non è il numero principale, ma è comunque il loro. Non risponderei, se fossi in te. Sto andando a casa adesso. Ne riparliamo presto.*

Con la mente offuscata, entro in ascensore.

Tradotto dal russo, *Izbushka Na Kurih Nojkah* significa 'una capanna su zampe di gallina'. È il nome del ristorante appartenente a Baba Yaga, la strega che ha aiutato Fluffster a ricordare il suo ultimo proprietario, Rasputin, in cambio di (e cito sia la strega sia Il Padrino) 'un giorno, e non arrivi mai quel giorno, ti chiederò di ricambiarmi il servizio.'

A quanto pare, 'un giorno' è oggi, il giorno dopo il nostro incontro.

Ottimo.

Ora che ho dormito di più, senza avere alcuna esperienza di premorte per qualche ora, sono sicura che accettare di concedere a Baba Yaga un favore sia stata una cattiva idea. Non che abbia avuto molte scelte ieri sera, comunque. Ho pattuito che non mi dovrà chiedere di fare qualcosa d'illegale, ma adesso, con la mente più sgombra, posso facilmente pensare ad una serie di cose sgradevoli, che non sarebbero strettamente illegali, per esempio mangiare larve di tenia.

Con questo pensiero allegro, entro nel mio appartamento.

Fluffster mi viene incontro saltellando, e mi saluta mentalmente.

"Ehi, amico." Mi chino e lo massaggio sotto il mento. "Hai fame?"

"Avrei voglia di mangiare" dice, così gli do un po' di fieno biologico nella mia stanza.

Nonostante i precedenti pensieri sulla tenia, mi brontola lo stomaco, mentre Fluffster si butta sul suo piatto, perciò vado in cucina, tosto un paio di bagel e li guarnisco con formaggio spalmabile e salmone affumicato.

Nel frattempo, un'idea prende forma nella mia mente.

Estraggo il telefono e scrivo di nuovo a Felix.

*Facciamo un piccolo picnic a Battery Park.*

Felix risponde con un singolo carattere, il punto interrogativo, così rispondo: *È ora che sia io a nutrirti, per una volta.*

Una volta stabilita una zona particolarmente pittoresca, impacchetto i bagel e un paio di bottiglie d'acqua in una grande borsa marrone, e infilo le scarpe.

Proprio mentre apro la porta d'entrata, vengo pervasa dall'ormai noto ma sempre sgradevole terrore, e prendo il telefono.

Come sospettavo, il dispositivo infernale squilla nel giro di qualche istante.

È Baba Yaga.

Di nuovo.

# CAPITOLO SETTE

NON ACCETTO LA CHIAMATA.

Piuttosto, metto il telefono in cima alla scarpiera ed esco di casa, chiedendomi per tutto il tempo se i miei poteri provocheranno comunque degli attacchi di panico, nel caso in cui Baba Yaga chiamasse mentre il telefono è distante da me.

Pianificando mentalmente la conversazione con Felix, mi dirigo al nostro punto d'incontro. Si trova vicino ad un ristorante panoramico con specialità alla griglia, dove Ariel ci trascina sempre.

Felix non è ancora arrivato, quindi prendo posto su una panchina e faccio del mio meglio per calmarmi.

"Sei sola?" chiede Felix pochi minuti dopo... spaventandomi a morte. Vedendo la mia mano sul petto, solleva il monosopracciglio. "Sei molto nervosa?"

"Non puoi avvicinarti così di soppiatto alle persone" gli dico, mentre si siede accanto a me sulla panchina. "E sì, siamo tu ed io. Ariel non era a casa."

"Hmm." Felix si toglie lo zaino e lo mette sulla panchina, poi allunga la mano nella borsa marrone per prendere un bagel. "Ariel dovrebbe essere arrivata a casa, a quest'ora."

"Non sono mai stata a casa il martedì a quest'ora, quindi non lo sapevo."

"Mi sembra giusto." Felix addenta il bagel e si guarda intorno, come per assicurarsi che Ariel non si stia nascondendo dietro di lui. "Non esiste una regola per la sua nuova routine contaminata da Gaius."

Tiro fuori il mio bagel. "Quella cosa che i genitori dicono sempre sulle cattive influenze... contiene un fondo di verità, immagino."

Felix scuote la testa e mastica, meditabondo, mentre osserva il rilassante panorama sul porto di New York.

Seguo il suo sguardo fino alla Statua della Libertà. "Grazie per aver individuato il numero di telefono."

Ricambia il mio sguardo con espressione insolitamente seria. "Qualunque cosa voglia Baba Yaga, si tratterà comunque di cattive notizie. Tieni." Mi porge un telefono. "Questo è nuovo di zecca. Dovrebbe impiegarci un po', per capire il tuo nuovo numero... sempre se succederà. Nel frattempo, la tua è una negazione plausibile. Dopotutto, non puoi infrangere la promessa di ricambiarle il favore, se non te lo può chiedere."

"È un'ottima idea. Adesso che ci penso, il mio attuale telefono è quello vecchio del lavoro. Avrei dovuto restituirlo a Nero, quando mi sono licenziata.

Ora è proprio quello che farò, e confermerà ancora di più la negazione plausibile di cui parlavi."

"Sapevo che saresti stata brava in questo gioco subdolo" dice con orgoglio Felix. "Allora, come mai questo picnic?"

Gli racconto dell'incontro con le cagne e con Nero, e di quest'ultimo che mi ha portato alla conclusione di avere una telecamera nella mia stanza.

Felix sembra pensieroso, mentre distrattamente spezza in due il bagel. "Perché pensi che si tratti di videosorveglianza? E non solo di una microspia audio, intendo."

"Stavo pensando al tuo impianto di sorveglianza nel nostro corridoio, credo, e ho presupposto che Nero avrebbe fatto lo stesso." Prendo una delle bottiglie d'acqua e bevo una lunga sorsata. "Inoltre, sapeva della cassetta di Darian, così ho immaginato..."

"Con una microspia audio, Nero avrebbe potuto riconoscere la voce di Darian, quando hai avviato la cassetta." Felix addenta la metà del bagel nella mano destra. "In ogni caso, secondo me, tutta questa idea di una microspia... video o audio... è improbabile."

"Ma tu stesso..."

"Non so se conosci questa parte di me, ma sono molto paranoico in fatto di dispositivi wi-fi." Sebbene la porzione di bagel nella mano destra non sia finita, Felix morde la metà nella mano sinistra. "So cosa fa, e a chi appartiene, ogni dispositivo wireless del palazzo, e ciò mi rende abbastanza sicuro che non ci sia una microspia, o almeno non una che utilizza il wi-fi."

Addenta la metà del bagel di destra. "Con questo, il lavoro di Nero è molto più difficile" dice con la bocca piena. "Pensaci, quando avrebbe installato una cosa del genere?"

"Mentre eravamo a..." Non riesco a concludere il pensiero, poiché mi rendo conto che Fluffster avrebbe reso impossibile l'installazione di qualunque oggetto in nostra assenza. "Magari è successo prima che ci trasferissimo?" suggerisco invece. "Nero è proprietario dell'edificio."

"E come sapeva quale sarebbe diventata la tua stanza?" Felix guarda entrambe le metà morse che tiene in mano, alza le spalle, e si caccia in bocca gli avanzi della metà di destra.

"Tutte le nostre stanze potrebbero avere una microspia" dico. "È quello che farei io nei panni di Nero."

Felix scuote la testa, mentre finisce di masticare. "Non c'è mai stata una cosa simile in camera mia" dichiara con incrollabile certezza. "E in generale, mi è difficile credere che abbia potuto tenere nel nostro appartamento dell'hardware per tutto questo tempo, che registrava e trasmetteva informazioni, senza che me ne accorgessi. Come sai, ho dimestichezza con le apparecchiature di sorveglianza."

'Dimestichezza' è riduttivo. In quanto a tecnologia, Felix potrebbe essere la controfigura di Q in un film di *James Bond*. Come la pirateria informatica, ha a che fare con i suoi poteri di 'tecnomante'.

"Sono felice che tu abbia sollevato la questione"

dico. "Perché è proprio delle tue capacità che volevo parlarti, lontana dalla possibile portata d'orecchio di Nero." Inavvertitamente, schiaccio il bagel e un po' di formaggio spalmabile cola sul lastricato ai nostri piedi. Un piccione aggressivo lo divora, mentre continuo. "Credo sia giunta l'ora di capovolgere la situazione con Nero e hackerargli il culo. Non solo per scoprire se ci ha spiato, ma per conoscere i suoi segreti, se alcuni si rivelassero utili."

Fissandomi come se mi fossero cresciute le corna, Felix cerca di mordere un bagel nella mano destra, ma intercetta il palmo vuoto. "Vuoi che io violi il sistema di sicurezza di Nero."

Cercando di trasmettere un senso di calma, addento il bagel, bevo un sorso d'acqua, e annuisco con naturalezza. "Sì." Con un sorriso falso, aggiungo: "Voglio che violi Nero."

Felix ridacchia senza umorismo. "In altre parole, mi vuoi morto."

"Perché saresti morto?"

"Perché Nero mi beccherebbe ad 'hackerargli il culo', come lo definisci tu, e mi ucciderebbe." Felix sgattaiola lontano da me sulla panchina.

"Perché non diamo tutta la colpa a me? Non puoi impostare l'hackering, o quello che è, per dare l'impressione che sia io l'unica responsabile?"

"Così ucciderà te e non me? Cioè, finché non scoprirà il mio coinvolgimento, e allora ucciderà anche me."

"Non credo che mi ucciderebbe." Addento un altro

boccone, ma il bagel non ha più alcun sapore. "E come ho detto, mi prenderei *tutta* la colpa."

Felix svita il tappo di una bottiglia d'acqua. "Innanzitutto, ho progettato io il sistema di sicurezza di Nero. È..."

"Fantastico. Usa una backdoor" dico. "Ne hai lasciata una per te, vero?"

"Lavoravo per una macchina della verità ambulante e parlante, che poteva schiacciarmi come uno scarafaggio in qualunque momento." Felix rimette il bagel non terminato nella borsa marrone. "Ovviamente, *non* ho lasciato alcuna backdoor. E ne sono lieto, perché quando ho finito, mi ha chiesto se l'avevo fatto. Gli ho detto di no con sincerità e, guarda un po', sono ancora vivo."

"Ma predichi sempre che nessun sistema è impenetrabile."

"Non ho detto che l'installazione realizzata per Nero è impenetrabile." Felix sorseggia l'acqua. "È solo il miglior sistema di sicurezza che abbia mai impostato... senza una backdoor."

"Allora lo *puoi* fare?" Decido di giocare sporco e faccio gli occhi da cucciola. "Per favore? Giuro che mi assumerò io tutta la colpa."

"È troppo difficile" replica, dimostrando una straordinaria elasticità davanti ai miei occhi dolci.

"Ma non impossibile." Aggiorno lo sguardo, trasformandolo in quello di un cucciolo di basset hound affamato, uno con grandi orecchie penzolanti.

Il monosopracciglio di Felix gli danza sulla fronte,

mentre riflette per un mezzo minuto buono, poi si guarda intorno di nuovo, come se Nero fosse in agguato tra i cespugli. "Dovresti mettere un dispositivo fisico vicino alla sua stazione di lavoro, e tenerlo lì finché non ho finito. Ci potrei impiegare delle ore."

"Che tipo di dispositivo?"

Felix fruga nel suo zaino, estrae un wafer di silicio con dei circuiti, grande come una carta da gioco, e me lo porge.

"L'hai preso da un telefono?" La maga delle carte che è in me nota che l'aggeggio ha il peso di dieci carte e lo spessore di quattro circa, ma le dimensioni sono in realtà più ridotte: ciò significa che l'impalmaggio sarebbe più difficile per certi versi e più facile per altri.

"L'ho fatto io." Felix raddrizza la schiena. "Io lo chiamo Felix Extranet Low Latency Access Trojan Input Output. O abbreviato in F.E.L.L.A.T.I.O."

Cerco in lui qualche traccia d'umorismo, ma non ne trovo. "Fammi capire bene. Questo si chiama *fellatio*?" Faccio scomparire l'aggeggio proprio come il sette di fiori per Rose e Vlad, e lo riporto indietro con gesto enfatico. "Non pensi che ci siano già abbastanza allusioni al sesso nell'hackerare? Penetrazione. Backdoor..."

"Sei tu che hai detto di 'hackerargli il culo'." Felix mi ruba di mano il marchingegno. "È solo più semplice da ricordare così, e poi" si gratta dietro la testa, "questa FELLATIO si pronuncia 'fella', come in 'young fella', 't' come Mister T, e 'ai.o.', come nel gergo dei computer."

"Ma certo" biascico, e mi sfugge di bocca una

risatina, forse, isterica. "E sei sicuro che la *fellatio*" la pronuncio nella maniera più tradizionale, "riuscirà a penetrare adeguatamente Nero?"

"Mi servirebbe vicino a Nero per ore, prima di poter *entrare*" risponde Felix con un sorriso appena accennato. "Quindi, è impossibile."

"Ammettiamo che l'affare finisca magicamente nella tasca di Nero" dico, anche se uno stormo di farfalle irrequiete sta scendendo in picchiata nel mio stomaco, mentre immagino nitidamente di compiere una simile impresa. "Sarebbe d'aiuto?"

Felix estrae ciò che resta del suo bagel, ne prende un piccolo morso e lo manda giù con l'acqua, meditabondo dall'inizio alla fine. "Sì. Se la FELLA... cioè, questo dispositivo... finisse nella tasca di Nero, penso che potrei pene... intendo, entrare... nel suo sistema." Fissa il profilo del New Jersey dall'altra parte del porto. "Forse."

"Sembra fattibile" dico con una sicurezza che non provo. "Ma cosa succede, se Nero scopre la FELLATIO nella sua tasca?"

"Mi ritroverò morto stecchito." Felix mi guarda di nuovo. "Ma *posso* usare il mio potere per ordinare al silicone nel dispositivo di trasformarsi in polvere quando voglio, c'è anche questo da dire."

"Per questo, dovresti vederlo infilare la mano in tasca."

"Posso avere un'immagine di Nero piuttosto velocemente tramite le sue stesse telecamere di sorveglianza" dice Felix, mentre il suo viso riprende un po' di colorito. "Innescare un allarme di sicurezza è comunque una grossa preoccupazione..."

"Ma sei stato tu ad installare il sistema, perciò non faresti scattare nulla" replico, sicura di me stessa.

"Presumo di no." Quello nei suoi occhi neri potrebbe essere il barlume di qualcosa simile all'eccitazione.

"Ottimo." Sogghigno, delineando la parte iniziale del mio folle piano.

"Ti conviene sperare d'aver ragione, quando sostieni che Nero non ti farebbe del male" commenta Felix, appena ho terminato. "Perché ne avrai la prova concreta."

"Non credo che lo farebbe" mento.

"Okay" replica Felix, e fruga di nuovo nel suo zaino.

Tira fuori il suo computer portatile e si mette a digitare molto velocemente; sono quasi certa che stia schiacciando tasti a caso per fare colpo.

Poi il dispositivo FELLATIO emette un forte segnale acustico.

"Tieni." Mi porge l'aggeggio. "Non tirarlo fuori, e non parlarne, una volta che siamo arrivati a casa."

Annuisco solennemente, prendo un mazzo di carte, getto via quelle pubblicitarie e i jolly, poi ficco la FELLATIO nello spazio libero.

"Forse è meglio se non torniamo nemmeno a casa contemporaneamente." Infilo le carte in tasca e mi alzo.

"Va' pure" dice Felix. "Io farò un po' di shopping, devo riempire la mia stanza vuota."

"Buona idea." Comincio a tornare indietro a piedi, e

da sopra la spalla dico: "Grazie, Felix. Ti devo un favore."

"Un grosso favore" borbotta, poi se ne va.

———

MI DIRIGO verso casa e incrocio Ariel proprio mentre sta uscendo dall'appartamento. Porta l'outfit da dominatrice-Catwoman della nostra gita all'Earth Club, ed è chiaramente scontenta del fatto che l'abbia beccata con quello addosso.

"E così, hai potuto finalmente cambiarti i vestiti" commento, sarcastica.

Nasconde lo sguardo. "Devo scappare. Ci aggiorniamo al più presto."

"Certo" rispondo con un profondo sospiro, e guardo Ariel camminare impettita verso l'ascensore.

La mia coinquilina non è più se stessa. Presto, a me e a Felix toccherà per forza intervenire in qualche modo.

Vado in camera mia e do altro fieno a Fluffster.

"Come va con la ricerca del lavoro?" chiede mentalmente, ignaro di come si comunichi a bocca piena. "Le bollette..."

"Lasciami controllare." Con tutta la cortesia che riesco a fingere, aggiungo: "Grazie per il promemoria."

Scopro presto che sta succedendo qualcosa di strano con la mia ricerca del lavoro. La mia posta in arrivo è piena zeppa di risposte da parte di aziende a cui ho mandato la candidatura.

Apro la prima, proveniente da un fondo d'investimento speculativo che è concorrente minore di Nero e la più promettente opportunità di lavoro per me.

L'e-mail è spiacente d'informarmi che il posto è già stato assegnato.

Che strano. Normalmente, se ci si candida per un lavoro e per qualunque ragione non ti vogliono, non rispondono mai. Magari, vedendo dove ho lavorato, hanno voluto essere super-gentili, se per caso decidessero di assumermi in seguito?

Apro l'e-mail successiva.

"Siamo spiacenti d'informarla che il posto è stato assegnato" scrive il Direttore delle risorse umane di una grande banca d'investimento.

È assurdo.

Frenetica, apro l'e-mail successiva, poi un'altra, e un'altra ancora.

*Tutte* parlano di posti assegnati.

Vado online per cercare alcuni di questi annunci di lavoro in maniera casuale.

Sono tutti ancora pubblicati sul sito per trovare lavoro.

Dato che tenere un annuncio pubblicato costa un bel po' di soldi, perché così tante aziende pubblicizzano lavori che hanno già assegnato? E come hanno fatto così tante aziende ad assegnare il posto contemporaneamente?

Cosa più importante, perché sono state così insolitamente reattive nel farsi sentire?

Mi viene in mente una spiegazione impossibile. E se Nero, in qualche modo, mi avesse messo sulla lista nera? Può aver ordinato ad altre aziende di dirmi che il lavoro era già stato assegnato, se mi fossi candidata?

No.

È molto difficile da credere.

Certo, nel settore finanziario *è* potente, ma può una persona esercitare così tanta influenza?

Digrignando i denti, cerco dei lavori al di fuori del settore finanziario. Trovo un lavoretto nel controllo qualità di primo grado in un'azienda di comunicazione, che al candidato richiede soltanto una laurea di primo grado, e mando la candidatura. Poi individuo annunci simili, che non necessitano di molte qualifiche, nel settore sanitario e per alcune aziende di software.

Non rendo partecipe Fluffster dell'accaduto, visto che sta felicemente sgranocchiando il suo fieno. Già si preoccupa per le nostre finanze e questo potrebbe causargli un attacco cardiaco.

Invece me ne resto seduta lì, a fissare con occhi vacui lo schermo del portatile.

Cosa dovrei fare, se la mia folle ipotesi fosse vera? E se Nero mi stesse veramente mettendo sulla lista nera? Accetterei uno di quei lavori di primo livello, a cui mi sono appena candidata? O, presumendo di padroneggiare i miei poteri, potrei sfruttarli piuttosto per vincere semplicemente alla lotteria?

Ciò violerebbe lo spirito del Mandato?

Decido di sì. Considerando i miei quindici minuti di fama tra gli esseri umani, vincere alla lotteria potrebbe davvero essere percepito come una pubblica manifestazione dei miei poteri... quindi è da escludere.

Anche fare soldi facendo quello che amo è da depennare; il Consiglio mi ha esplicitamente vietato di esibirmi come illusionista.

Potrei cimentarmi con il day trading. Di certo, dovrebbero tornarmi utili i miei poteri. Tuttavia, nell'eventualità che l'intuito m'inganni, potrei perdere tutti i miei risparmi, senza contare che, per riuscire a guadagnarsi da vivere con le fluttuazioni giornaliere delle azioni, serve un consistente capitale iniziale... e i miei miseri risparmi non sono sufficienti. E poi, se fossi troppo brava, potrei finire nel mirino della SEC, che già è un fatto pessimo, ma infinitamente peggiore se comporta dei guai con il Consiglio.

Immagino che, ai loro occhi, un'addetta al day trading di successo assomigli molto a un vincitore della lotteria... una Conoscente che rischia di esibire i propri poteri.

Oh, e come ciliegina sulla torta, se negoziassi qualsiasi delle azioni che ho cercato per Nero (e sono parecchie), potrei violare la clausola del niente-trading-personale del contratto che ho firmato entrando nel fondo.

Scavo tra le mie e-mail e riapro il contratto. Già, niente trading di queste azioni per me per almeno un anno, a meno che non sia disposta a farmi querelare da Nero... e se è stato abbastanza stronzo da mettermi sulla lista nera, sarebbe anche più felice di querelarmi.

Di colpo, mi sento molto più desiderosa di mettere

in pratica il mio piano precedente. Dovrò recitare molto meno, ora che sono veramente furiosa con Nero.

Il piano, comunque, è per domani. Oggi, la cosa migliore da fare è padroneggiare i miei poteri. Se potessi vedere il futuro con qualunque tipo di prevedibilità, dovrebbero esserci dei modi per trarne vantaggio... finanziariamente o meno.

Faccio una doccia, indosso abiti comodi, e mi metto nella posizione per meditare.

Ma scopro, irritata, che azzerare la mente quando sono furiosa con un bastardo manipolatore soddisfatto di sé, è un esercizio inutile.

Dopo un paio d'ore, lascio perdere e navigo in internet alla ricerca di maggiori informazioni su Rasputin. Dalle parole di Rose e Vlad, probabilmente, sono tutte cazzate, così quando m'imbatto nel film della Disney *Anastasia*, guardo alcuni video dove Rasputin è il cattivo.

Il cartone animato è probabilmente veritiero tanto quanto le informazioni di Wikipedia.

Frustrata, decido di andare a letto molto presto.

Prima mi alzo domani, prima posso entrare come una furia nel fondo di Nero.

# CAPITOLO OTTO

ENTRATA nel palazzo del mio ex ufficio, attraverso il lungo ed elegante atrio fino all'addetto alla sicurezza, spiego che non lavoro più qui, e domando un pass come visitatore per 'chiedere alle risorse umane di riavere il mio vecchio telefono'.

Se gli dicessi che il mio vero piano è irrompere nell'ufficio del capo, credo che non mi manderebbe via così rispettosamente.

"Non ti serve un pass" risponde la guardia dopo aver esaminato la mia patente, come se intendesse stabilire se è falsa. "I tuoi dati di riconoscimento non sono stati disattivati. Puoi proseguire tranquillamente."

Verifico le sue parole attraversando senza problemi i cancelletti ruotanti, che si attivano con i dati di riconoscimento.

Strano.

Nero sta negando la realtà delle mie dimissioni?

Se sì, sto per disilluderlo su questo concetto.

"Sasha" dice una familiare voce femminile, mentre una mano delicata mi tocca la spalla.

Mi volto e vedo Lucretia, la psicologa del fondo e una delle poche persone che potrebbero davvero mancarmi, quando taglierò i ponti con questo posto.

"Ciao." Le sorrido.

"Qualcosa non va?" chiede Lucretia. Chinandosi così tanto, da sfiorarmi quasi l'orecchio con le labbra, sussurra: "Avverto un grande tumulto di emozioni contrastanti in te. Va tutto bene?"

È vero. Recentemente, ho scoperto che, oltre ad essere un pre-vampira, Lucretia è anche un'empatica... una rara combinazione di diversi poteri da Conoscente.

"Vieni in ascensore con me" dico, e annuisce.

Lasciamo che un gruppo di persone prenda il prossimo ascensore, poi saltiamo in uno vuoto e, non appena le porte si richiudono, dico: "Nero non mi ha dato altra scelta, se non quella di abbandonare questo posto."

Premo quindi il pulsante di arresto e le fornisco una breve versione dei fatti, in base alla quale, in teoria, dovrebbe violare il segreto medico/paziente e riferire tutte le mie parole a Nero (se lui non ha installato dei dispositivi d'ascolto in ascensore).

Mi ascolta, vagamente accigliata e incredula. "Nero non è solo questo" replica, quando ho finito. "Non posso tradire la sua fiducia, ovviamente, ma quando mi parla, percepisco le sue emozioni, e dubito che sia così spietato come dici. Specialmente nei tuoi confronti."

Incrocio le braccia sul petto. "Lo stai veramente difendendo?"

"No. Non era mia intenzione." I suoi grandi occhi azzurri fissano il pavimento. "È solo che percepisco anche le tue emozioni nei confronti di Nero e..."

"Questa conversazione non sembra portare a qualche risultato in tempi rapidi" affermo, e premo il pulsante di arresto per sbloccarlo. "Meglio che vada."

"Scusa se sono andata oltre." Con aria sinceramente dispiaciuta, Lucretia s'infila una lunga ciocca di capelli neri dietro l'orecchio. "Sappi solo che puoi essere una mia paziente indipendentemente dal tuo rapporto di lavoro con quest'azienda."

"Grazie" dico, con un leggero senso di colpa, per aver trattato duramente la donna a causa della rabbia nei confronti di Nero. "Non penso di potermelo permettere... ma sono felice di essere tua amica, se è gratis."

Sorride. "Certo. Se hai bisogno di qualsiasi cosa, chiamami." Mi porge il suo biglietto da visita ed esce dall'ascensore al piano successivo.

Una volta salvato il suo numero nel mio telefono nuovo, imposto la vibrazione e per il resto della salita cerco di calmare i nervi... senza riuscirci.

Quando marcio fino a Venessa (la subalterna che preferisco di meno tra l'esercito di assistenti di Nero), il cuore vorrebbe saltarmi fuori dalla gabbia toracica.

"Sì?" biascica Venessa, con gli occhi piccoli e luccicanti che mi fissano, come se fossi qui per qualsiasi motivo tranne vedere Nero.

"Ho un appuntamento" mento, e oltrepasso la donna a grandi passi, ignorando le sue proteste scandalizzate.

Nascondo l'atto d'impalmare il dispositivo FELLATIO, marciando arrabbiata verso l'ufficio di Nero. Nell'entrare, provo a sbattere la porta alle mie spalle, ma scopro che quella stupida cosa è automatizzata e si chiude con un soffio d'aria a stento percepibile.

La stravagante scrivania di Nero è in posizione verticale, e per un istante, nel vederlo lì, quasi mi perdo d'animo.

Lui di solito non indossa i completi, ma oggi sì. Dev'essere una creazione dal prezzo esorbitante e fatta su misura dai migliori stilisti italiani, poiché gli fascia il corpo muscoloso come spandex, lasciandomi a bocca aperta mentre lo guardo, ammutolita e affascinata.

Meglio scuotermi da queste condizioni.

Indossa un completo, e allora? È ottimo per il piano. Le tasche delle giacche dei completi servono molto meglio ai miei scopi rispetto a quelle dei pantaloni.

Nero non dà segni d'aver notato la mia presenza. O è concentratissimo su quello che fa, o vuole solo infastidirmi.

Mi schiarisco la gola apertamente.

Continua a non staccare gli occhi dallo schermo.

"Nero. Non fingere di non vedermi."

Alza gli occhi da dietro lo schermo e solleva un sopracciglio scuro. "Non ci è voluto molto tempo." Gira intorno alla scrivania e allarga le braccia, come per accogliermi con un abbraccio. "Bentornata."

L'espressione compiaciuta su quel viso simmetrico mi fa infuriare... e anche questo va benissimo per il piano.

"Qui viene la parte suicida" penso tra me e me, e marcio verso di lui.

# CAPITOLO NOVE

MI OCCORRONO un paio di secondi per accorciare la distanza tra noi.

Quand'è a distanza ravvicinata, interrompo l'avanzata ed inspiro per calmarmi, sentendo il suo puro profumo boschivo con una nota appena accennata di limetta. Stare così vicina a lui mi ricorda di quella volta in cui ho ballato con Kit, che aveva assunto le sembianze di Nero... e di come abbia ottenuto un bacio con l'inganno.

I suoi occhi grigio-azzurri mi fissano beffardi dall'alto, ricordandomi del piano.

"Come osi?" sibilo, e senza ulteriore indugio gli colpisco il petto con la mano destra... proprio mentre la sinistra gli inserisce furtivamente il dispositivo in tasca.

Per un attimo sembra confuso, quindi ne approfitto per colpirlo al petto, stavolta con entrambe le mani. In parte è perché sono davvero arrabbiata, ma lo faccio soprattutto per dargli l'illusione di avere entrambe le mie mani in bella vista in ogni momento.

Con un movimento troppo rapido da seguire, Nero mi blocca i polsi in una specie di morsa, inchiodandomi le mani contro il suo petto. Cerco di staccarmi, ma è come tentare di fuggire da una parete di cemento.

I nostri occhi si fissano, incatenati.

Sta per baciarmi?

O mi vuole staccare la testa a morsi?

Sembrano entrambe delle opzioni probabili, in questo momento.

"Mi fai male ai polsi." Cerco di nuovo, inutilmente, di staccarmi. Anche attraverso gli strati di giacca e camicia, le mie mani riescono a percepire il potente battito del suo cuore.

Oppure è il mio stesso battito che mi riecheggia nelle mani?

Mentre continuo a fissare quelle profondità grigio-azzurre, mi viene in mente una citazione di Nietzsche: '...Quando guardi a lungo nell'abisso, l'abisso ti guarda dentro.'

La stretta di Nero s'allenta.

Il sangue riprende a circolare nelle mie dita.

Ora sembra piuttosto che mi stia accarezzando i polsi... e i suoi palmi forti e callosi sono caldi sulla mia pelle sensibile.

"Lasciami andare." Carico queste parole di tutta la mia frustrazione.

Per tutta risposta, mi fissa così intensamente, che

devo distogliere lo sguardo, facendolo vagare nella stanza senza meta.

Esso viene di nuovo catturato dal suo dipinto. È il paesaggio surreale, con la cresta argentata del monte simile al Grand Canyon sotto sconosciute formazioni di stelle, con sette lune dalle sfumature diverse e un'aurora boreale.

Con mia sorpresa, libera i miei polsi.

Commetto l'errore di voltarmi di nuovo verso di lui, e mi sento come se catturasse il mio sguardo nel suo.

Perché mi sento sempre come un coniglio ipnotizzato da un serpente, quando i nostri occhi s'incrociano in questo modo?

Indietreggiando di un passo, cerco di ritrovare la calma.

"Come osi" ripeto con rinnovato furore. "Chi sei tu per dirmi con chi posso o non posso parlare?"

Inclina la testa. "Tu puoi parlare con chi vuoi" mormora, e avanza di un passo verso di me.

"Purché non sia Darian." Stavolta, arretro di due passi.

"*Tu* puoi parlare con chi vuoi" replica, articolando ogni parola. "Non 'oserei' mai dire il contrario."

"Ma Darian non può parlare con *me*."

"La scelta sta a quel codardo." Nero avanza di un altro passo verso di me.

Il mio telefono vibra nella tasca, mentre dico: "Non gli hai lasciato possibilità di scelta."

I nostri occhi lottano di nuovo, e per me è molto

facile fingere di non sapere che fare con le mani, che infilo quindi entrambe in tasca.

"Lo sai" afferma pensoso, "inizio a credere che Darian mi abbia permesso di catturarlo, solo per fare in modo che potessimo avere questa piacevole conversazione."

Ho già fatto un pensiero simile, ma non lo rivelo a Nero. Invece, approfitto del momento per impalmare il nuovo telefono, estraendolo in una maniera tale, che Nero non possa vedermi mentre do un'occhiata.

C'è un messaggio da parte di Felix.

*Ora ho accesso alle telecamere. Vattene da lì.*

"Non m'interessa quali fossero le motivazioni di Darian" replico, lanciando a Nero uno sguardo torvo, mentre faccio scivolare il telefono in tasca. "Il problema sono le tue."

Le sopracciglia di Nero si accostano. "Non ho detto nulla a Darian che non fosse una mia prerogativa come tuo Mentore."

"Hai dimenticato la parte in cui ho rinunciato ad essere la tua Pupilla?"

Nero mi squadra da capo a piedi, e arretro di un altro passo mentre dichiara: "Non sta a te fare questa scelta."

Soffoco la tentazione di schiaffeggiarlo per davvero, mentre con finta cortesia chiede: "C'era dell'altro?"

La mia mascella si contrae. "Mi hai messo sulla lista nera?" Anche se per il piano non è necessario che continuiamo a parlare, che mi venga un colpo se non ne dico quattro a Nero.

"Ho cosa?" Avanza di un altro passo verso di me.

Indietreggio di nuovo... e urto la parete di vetro con la schiena. "Hai sabotato la mia ricerca di un lavoro?" Mi spingo via dalla parete, stringendo i pugni lungo i fianchi. "Hai detto a tutti nel settore finanziario di non assumermi?"

"Hai già un lavoro." Nero agita la mano, come per includere il suo edificio. "Non esiste un lavoro migliore nel settore finanziario."

Il mio desiderio di schiaffeggiarlo s'intensifica. "Stronzate." Ricordando l'altra ragione di questa visita, tiro fuori il mio vecchio telefono dall'altra tasca e glielo metto sotto il naso. "Mi sono licenziata. Ricordi?"

"Stai facendo una pausa" replica con noncuranza, senza mostrare alcuna intenzione di riprendersi il telefono. "Finora, ti sei presa un giorno di permesso per recuperare il lavoro di domenica, ma se continui così, esaurirai i giorni di ferie." Si ferma, come per fare un rapido calcolo mentale. "Ti restano dodici giorni."

Prima di rendermi conto di cosa sto facendo, gli getto il vecchio telefono in testa.

Con un altro soprannaturale sfoggio di rapidità, intercetta il telefono e sorride.

"Ho preso un telefono nuovo" dico, in fermento.

"Dammi il tuo nuovo numero" risponde con calma esasperante.

"Ti odio *così tanto*." Faccio dietrofront e mi dirigo verso la porta.

"Dimentichi una cosa" replica Nero alle mie spalle, e percepisco un sorriso furbesco nella sua voce. "Riesco a capire se stai mentendo... e non importa se tu stessa credi momentaneamente alla tua bugia."

Apro la porta con uno strattone, compiendo uno sforzo monumentale per non marciare fuori come una bambina arrabbiata.

Dimenticando la lezione dell'entrata, cerco di sbatterla dietro di me, ma il malefico dispositivo si limita ad emettere quel debole soffio d'aria.

Venessa è sulla mia strada. Nel suo peggior tono da stronza, dice: "Sei..."

Ma qualcosa nel mio sguardo deve attivare il senso di autoconservazione della donna, poiché smette di parlare e si toglie di mezzo.

Una volta percorso qualche isolato, fumo ancora d'irritazione.

Estraggo il telefono per comporre il numero di Felix.

"Ti conviene dirmi che sei nel sistema di quello stronzo" dico, invece di salutarlo.

"Purtroppo no. Nero ha impostato delle password complesse, proprio come gli avevo indicato io. Speravo che, come molti altri utenti, non l'avesse fatto."

"Non dirmi che sono andata in quell'ufficio per niente." Stringo il nuovo telefono così forte, che la plastica scricchiola.

"Non ho detto questo" replica Felix sulla difensiva. "Ho solo bisogno di più tempo."

"D'accordo." Allento la presa mortale sul povero dispositivo. "Avvisami, non appena ci sei riuscito."

"Sì" dice Felix. "Oh, tua madre mi ha appena chiamato... così le ho dato il tuo nuovo numero."

Soffoco il forte desiderio di sbattere il telefono contro l'asfalto. "Avrei preferito che me lo avessi chiesto, prima di farlo."

"Diceva di essere preoccupata" replica Felix, confuso. "Non pensavo..."

"Lascia stare." Inspiro profondamente. "Concentra tutta la tua attenzione sul penetrare Nero."

"Affare fatto" risponde Felix, poi riaggancia.

Prendo un taxi, cercando di calmarmi.

Mi squilla il telefono.

Questo numero lo riconosco.

"Ciao, mamma." Faccio del mio meglio per non lasciar trapelare nella voce l'irritazione residua. "Come vanno le cose?"

"Sasha." Mamma sembra in iperventilazione. "Stavo per chiamarti, per parlare di un prolungamento del mio soggiorno a Parigi..." Mentalmente, traduco il gergo di mamma, che voleva chiedermi altri soldi. "...poi Beverly mi ha chiamato."

S'interrompe, e la sento inspirare abbastanza aria per parlare un paio di minuti senza fermarsi.

Beverly è la sua amica pettegola, che mi ha visto pranzare con papà l'altro giorno. Se ha chiamato mamma, posso facilmente indovinare su cosa verterà questa conversazione. La mamma vuole lamentarsi del fatto che stia 'cooperando con il nemico alle sue spalle'... ed è una totale scemenza egocentrica, a cui metterò la parola fine.

"Ho appena visto Beverly l'altro giorno" commento, prima che possa continuare con la sua filippica, decidendo che la situazione esige la miglior difesa-attacco. "Quando ho pranzato con papà. Ricordi che te ne ho parlato l'altro giorno?"

In realtà, l'ho chiamata facendole credere con l'inganno che stesse cadendo la linea, ma lei, a differenza di Nero, non è una macchina che rileva le bugie.

"Mi hai chiamato." Mamma lascia sonoramente uscire il lungo respiro. "Hai detto qualcosa sul sushi. Ma non mi hai detto..."

"Sì, invece" ribadisco con sicurezza. "Perché non mi ascolti mai?"

Dall'altro capo della linea c'è una pausa lunghissima, tanto che sto per verificare se è ancora lì, quando dice: "Stai cercando di confondermi le idee. Ciò che conta è che ti sei messa dalla parte di quel farabutto infedele, e noi non abbiamo molto di cui parlare."

Se mi avesse chiamato in qualsiasi altro giorno, forse avrei piegato la schiena, ma oggi è un giorno diverso.

"Parlare con mio padre non significa mettersi dalla parte di qualcuno" replico severamente. "E per chiarire le cose, 'niente di cui parlare' include ovviamente le conversazioni sul prolungare il tuo soggiorno a Parigi."

Cala il silenzio.

"Sto solo cercando di occuparmi di te" risponde

infine la mamma con voce tremante. "Ti spezzerà il cuore, proprio come ha spezzato il mio."

"Grazie, mamma" rispondo con finta sincerità. "Sono cresciuta, ormai, e so badare a me stessa."

Cala di nuovo il silenzio. "A proposito del prolungamento del mio soggiorno" dice dopo un momento, "sarebbe fantastico se..."

"In realtà, stavo per chiamarti per questo" affermo, apprestandomi a dare il colpo finale. "Ho appena perso il lavoro. Avrei bisogno di una mano anch'io, ma se..."

"Oh. Allora sei andata da tuo padre per denaro?" Sembra sollevata.

"Non stavo dicendo questo." Roteo gli occhi così forte, che mi vengono le vertigini. "Neanche un po'."

"Non dire altro" replica mamma in tono complice. "Capisco perfettamente."

"Davvero?"

"Ovviamente, devi trovarti un altro lavoro, prima lo fai, meglio è. Tuo padre non è affidabile..."

"In effetti, mi stavo candidando ad alcuni lavori subito prima che chiamassi" mento. "Probabilmente, dovrei continuare a farlo."

"Buona idea" commenta. "Scusa se ti ho distratto."

"Non mi hai distratto. Sono sempre felice di sentirti."

"Però è meglio che ti lasci riprendere" dice mamma. "*Au revoir*."

"Ciao, mamma." Riattacco e fisso il telefono.

Quando sono uscita dall'ufficio di Nero, pensavo di non poter essere più nervosa di così, ma mi sbagliavo.

Magari dovrei in qualche modo sguinzagliare mamma addosso a Nero?

Il bastardo sicuramente se lo merita.

Ma no, non posso. Probabilmente, la ridurrebbe a brandelli come un orco, inoltre queste tattiche sleali sarebbero contro la Convenzione di Ginevra.

Scuotendo la testa, scrivo a Felix: *Come va la penetrazione di Nero?*

Risponde all'istante.

*Sia il mio lavoro diurno, che la mia coinquilina mi stanno distraendo. È difficile concentrarsi.*

Un punto piuttosto a suo favore, perciò non rispondo, ma faccio del mio meglio per praticare la respirazione meditativa, e quando il taxi mi lascia fuori dal mio palazzo, confermo l'ovvietà di un fatto: parlare con Nero e la mamma non favorisce la meditazione.

Quando arrivo a casa, la prima cosa che faccio è coccolare Fluffster.

Toccare il suo pelo è così rilassante, che un'intera branca della pet therapy dovrebbe essere creata tenendo presente i cincillà.

Leggermente più calma, ripenso al mio incontro precedente. E se Nero si rifiuta di accettare le mie dimissioni? Questo è un suo problema, non mio. Farà i conti con la nuova realtà, quando avrò un altro lavoro. Infatti, forse, prenderò uno di quelli al primo livello, solo per fargli un dispetto.

Con questa determinazione, afferro il portatile e mi trascino nel più vicino Starbucks per avere privacy, semmai Nero dovesse spiarmi.

Lo Starbucks è bello e vuoto a quest'ora della giornata, così ordino una tazza di caffè maxi e parcheggio il sedere sul divano più comodo con vista dalla vetrina.

Sorseggiando con cautela la bollente miscela, apro il portatile, mi connetto al loro wi-fi e controllo se ho ricevuto risposte alle mie candidature di lavoro.

Il mio respiro accelera.

Ho ricevuto delle risposte. *Da ogni posto a cui ho mandato la candidatura.*

Scusandosi tutti, m'informano che il posto è stato assegnato.

L'effetto della mia pet therapy va a farsi friggere all'istante, e mi trattengo a malapena dallo sbattere il portatile contro le piastrelle del pavimento.

Come lo sta facendo, Nero?

Ha chiesto ad un vampiro di analizzare tutti i siti di lavoro, per incantare con la malia tutti gli addetti alle risorse umane di queste aziende, e far sì che rifiutassero le mie candidature? Oppure è influente in *tutte* queste aziende?

Il mio telefono squilla e balzo in piedi, poi torno a sedermi, prima di guardare lo schermo.

Con mio sollievo, è solo Felix che mi sta chiamando.

"Ehi" esordisce. "Puoi parlare?"

"Sono da Starbucks. Rientra tra i posti sicuri?"

"Sì, dovrebbe essere abbastanza sicuro. Ho notizie buone e notizie cattive."

"Dammi prima quelle buone." Mi scaldo le mani, afferrando la tazza di caffè.

"Va bene" dice. "Sono nel sistema di Nero, e ho scoperto come sapeva della videocassetta di Darian... e di molte altre tue conversazioni."

"Ma è una notizia pazzesca." Per poco non rovescio la tazza dall'eccitazione. "Qual è quella cattiva?"

Rimane in silenzio per un attimo. "Purtroppo, ho fatto il mio lavoro troppo minuziosamente, quando ho impostato inizialmente il suo sistema di sicurezza, e non riesco ad utilizzare i miei soliti metodi per ottenere altre informazioni. Cosa peggiore, vedo un'unità condivisa molto allettante con un sacco di file, ma è protetta da password e ho problemi ad accedervi. In effetti, ti chiamo proprio per questo. Speravo che mi potessi aiutare."

"Io aiutarti?" rispondo, cercando di esaminare le cattive notizie di Felix. "Come?"

"Aspetta" esclama in tono preoccupato. "Hai dato a Nero il tuo vecchio telefono?"

"Sì. Perché?"

"Pfiù." Felix espira sonoramente. "Passiamo alla videoconferenza e ti spiego."

"Aspetta, come hai..."

Felix riattacca.

Sia il telefono che il portatile mi segnalano una videochiamata, a cui rispondo impaziente dal computer.

Vedo l'immagine della stazione di lavoro di Felix, presa lateralmente. La sua sedia nera e la sua tastiera divisa sono identiche a quelle che ha a casa, e a loro volta sono identiche alle installazioni nelle navicelle di *Matrix*.

Mentre fissa tutti gli schermi, Felix ha un'espressione intensa dipinta sul viso. Ci sono piccole finestre con prompt dei comandi su tutti i suoi monitor, tranne uno. Su quello schermo c'è una grande finestra, che mostra il collegamento diretto della videocamera di sicurezza nell'ufficio di Nero.

A differenza del nostro incontro precedente, Nero ha regolato la scrivania in posizione seduta. Scruta lo schermo addirittura più concentrato di prima, mentre le sue lunghe dita danzano sulla tastiera con la grazia di un prodigio del pianoforte.

"Questa finestra PuTTY è dove sto cercando di prendere la password." Felix indica una scatola verdastra con un font nero.

"Interrompi" dico. "Non hai mai spiegato come riusciva a spiarmi."

"Ah." Distoglie lo sguardo dallo schermo, girandosi verso la videocamera del telefono, per guardarmi dritto in faccia. "È facile. Attraverso quel telefono che gli hai restituito."

"Che bastardo." Scuoto lentamente la testa. "Ha senso, in fondo: è stato lui stesso a darmi quell'aggeggio."

"Esatto." Felix risistema la sua tastiera. "Era il tuo telefono del lavoro. Le società non fanno nemmeno finta di lasciarti la privacy con gli strumenti di lavoro. Quando sei entrata nel fondo, probabilmente hai firmato una carta che permetteva a Nero di spiare qualsiasi telefono ti avesse dato..."

"Oh, dubito che in mancanza di un pretesto giuridico si sarebbe fermato." Guardo con ira lo schermo dove Nero sta digitando, ignaro. "Questo, però, spiega tutto. Il telefono *era* in camera mia, quando ho guardato la videocassetta. È come il segreto di un numero di magia; ora che so come ha fatto Nero, mi chiedo perché non ci abbia pensato fin all'inizio."

"E perché non io?" Felix ha un'aria sinceramente contrita. "L'importante è che tu gli abbia ridato il telefono, senza prenderne un altro in sostituzione."

Traggo un rapido respiro, mentre mi rendo conto di un fatto nuovo. "I miei poteri devono essersi attivati, prima che uscissimo per quel picnic" sussurro. "Da un lato, grazie alle incessanti telefonate di Baba Yaga, prima che venissi da te, ho lasciato il telefono a casa, sulla scarpiera. Se non avessi..."

Felix si ficca le mani nelle ascelle, come per abbracciarsi. Deve aver capito che, se non avessi lasciato il telefono in quel punto, Nero avrebbe origliato il nostro complotto durante il picnic, scoprendo tutto di questo tentativo di penetrazione.

"Torniamo alle cattive notizie" dico, ansiosa di distrarre Felix dai pensieri morbosi. "Perché non puoi usare i tuoi poteri da tecnomante, per entrare in questo file o unità o qualunque cosa sia? Non hai strumenti da hacker o qualcos'altro di tecnologico che possano venirti in aiuto?"

"Ho già usato i miei poteri per mettere in sicurezza

questo sistema, tanto per cominciare." Felix si massaggia gli occhi arrossati. "Nero mi ha costretto a renderlo 'a prova di Felix', in mancanza di una definizione migliore, così sto più o meno combattendo contro me stesso. Un me stesso migliore, da un lato... che ha avuto mesi per progettare la sicurezza. Così, mi tocca ricorrere al metodo più basilare di tutti: cercare semplicemente d'indovinare la password. Ma ciò è reso più difficile dal fatto che, se la sbaglio per più di tre volte in dieci minuti, il gioco è finito."

"Allora indovinala meno spesso?" dico, non sapendo bene come aiutare il potente Felix in questo, tra tutte le cose.

"Esatto." Si gratta sulla testa. "Il problema è che, così facendo, ci si impiega un'eternità."

"Hmm." Tamburello le dita sul tavolo davanti a me, momentaneamente indifferente alla sua dubbia pulizia. "Ancora non capisco come possa aiutarti."

"Conosci Nero meglio di me." Felix lancia un'occhiata allo schermo con il mio ex capo che digita. "Magari possiamo partire dalle *tue* migliori ipotesi?"

"Non lo conosco *così* bene" commento amaramente. "No, aspetta. Resetta. Prova 'stronzo' come password. O magari 'insensibile', o 'cattivo', o..."

Felix digita qualcosa nella schermata verde e preme invio.

Non succede nulla.

"Ehi, stavo scherzando. Hai davvero provato con quelle?"

"Non ho idee migliori con cui tentare." Felix mi

guarda seriamente. "Puoi in qualche modo usare il tuo potere per ottenere la password?"

"Non so proprio come fare" rispondo.

Improvvisamente, qualcosa fa fremere di allarme i miei sopracitati poteri.

"Merda" dico a Felix. "Sta per succedere qualcosa."

La mia voce deve spaventarlo, poiché gli vedo rizzarsi i peli sulla nuca.

Venessa entra nell'ufficio di Nero e gli mette davanti un pezzo di carta.

Lui smette di digitare, guarda il foglio e dice qualcosa di duro a Venessa.

Anche senza l'audio disponibile, posso indovinare le sue parole. Qualcosa come: "Imbecille. Perché diavolo mi hai portato un pezzo di albero morto?"

Nero è ossessionato dall'idea di un ufficio senza documenti cartacei, ad un livello talmente ridicolo, che ha bandito le stampanti da tutto il suo edificio.

Il foglio che Venessa gli ha portato dev'essere arrivato per posta... e scommetto che la sua punizione è in parte dovuta al perché non l'abbia semplicemente scannerizzato per mandarglielo via e-mail.

Continuano ad interagire e, con mio sgomento, Venessa riesce a non essere ridotta a brandelli di carne.

Credo che abbia sottolineato l'urgenza del documento, o qualcosa di simile.

Finalmente, Nero sembra rabbonirsi e cerca qualcosa sulla scrivania vuota e impeccabile... probabilmente una penna per firmare qualunque cosa sia quel documento.

Non trovando ciò che gli serve, guarda con aspettativa Venessa... che sembra chiudersi in se stessa. Chiaramente, non ha previsto che una firma potesse richiedere una penna; in sua difesa, anche il nostro ufficio non ha penne da nessuna parte.

Nero dice qualcosa di brusco a Venessa e comincia a palparsi le tasche.

M'invade allora un'ondata di ansia, di fronte alla quale le telefonate di Baba Yaga sembrano un piccolo inconveniente.

So cosa sta per succedere.

Nero sta per infilare la mano in tasca, trovando il dispositivo.

E quando lo farà, saremo morti.

# CAPITOLO DIECI

"FELIX!" grido così forte, che i dipendenti di Starbucks mi guardano a bocca aperta. "Distruggi FELLATIO."

Con il mento tremante, Felix balza in piedi e punta una mano verso gli schermi davanti a sé.

Un raggio di energia color magenta si sprigiona dalle dita di Felix fino agli schermi, proprio mentre Nero mette la mano nella tasca destra della giacca... quella con l'aggeggio.

Guardo lo schermo ad occhi socchiusi, senza battere le palpebre.

La mano di Nero ricompare, tenendo qualcosa.

Una penna.

"Deve aver ottenuto quella penna come bottino da qualche venditore" dico a Felix con voce flebile. "Non sapevo che ce l'avesse in quella tasca."

"Tutto okay. Ho disintegrato FELLATIO in tempo" commenta Felix, abbandonandosi di nuovo sulla sedia ultra-ergonomica. "Rischio evitato per un pelo." Dalla voce, sembra tanto sollevato quanto me.

"Dovremo riprovare" dico, mentre il frenetico battito cardiaco rallenta. "Mi dovrai dare un nuovo dispositivo."

"Okay." Felix si umetta le labbra. "Ma avremo ancora il problema della password. Inoltre, come farai ad avvicinarti ancora a lui?"

All'idea di avvicinarmi a Nero, una calda e strana sensazione di formicolio sfarfalla attraverso il mio corpo, diventando più intensa quando mi rendo conto che potremmo avere più fortuna, se gli mettessi il dispositivo nella tasca dei *pantaloni*.

Dev'essere colpa del mio stupido nervosismo.

"Lascia che mi preoccupi io di consegnare FELLATIO" replico fermamente, per nascondere il suddetto nervosismo. "Tu scopri la password. Magari potresti osservarlo mentre la digita dopo il logout, quando effettua il login?"

"Dovrei aspettare che voglia accedere a quei file specifici" obietta Felix, studiando lo schermo di Nero con espressione preoccupata. "E poi, la videocamera è troppo lontana da me, per sapere esattamente quali tasti stia premendo."

"Sono sicura che troverai un modo" dico, rivolgendogli il mio sorriso più radioso e sicuro di sé. "Pensaci. Nel frattempo, smetterò di distrarti. Parleremo più tardi."

Prima che Felix possa replicare, interrompo la chiamata e tracanno il mio caffè, ormai freddo.

———

DATO che sono già fuori dall'appartamento, mi dirigo in palestra per scaricare parte della mia nervosa energia.

Più lussuosa della maggior parte delle spa, la mia palestra si pubblicizza come 'una palestra per dirigenti', e il non dover pagare l'esorbitante abbonamento è un vantaggio dell'essere una dipendente di Nero. Visto che ha rifiutato le mie dimissioni, non mi stupisce che il mio abbonamento risulti ancora attivo.

Vado verso gli spogliatoi e indosso gli abiti da allenamento con il nome del marchio forniti dalla palestra.

Sollevo alcuni pesi e salgo su una cyclette, ma nel complesso il mio allenamento è piuttosto svogliato senza la frusta metaforica di Ariel. È stata lei a trascinarmi in palestra, tanto per cominciare, e qualunque tono muscolare e capacità di resistenza io abbia adesso, è tutto grazie a lei. E a proposito di questo: non mi ha più trascinato in questo posto da quando ha conosciuto Gaius.

Immagino che, per lei, qualunque attività 'da amici' facciano insieme sia un esercizio sufficiente.

Sto tornando negli spogliatoi, asciugandomi il sudore dalla fronte, quando scorgo i partecipanti alla lezione di yoga che si radunano dietro il vetro.

Ho praticato yoga solo qualche volta nella mia vita, ma ricordo che lo chiamano 'meditazione in movimento', e l'insegnante diceva che era ottimo praticare yoga prima di una vera meditazione.

Forse questa lezione mi potrebbe aiutare con gli insegnamenti di Darian?

Entro, afferro un tappetino sul retro, e faccio del mio meglio per tenere la mente aperta e seguire tutti gli altri.

Come per le altre volte in cui l'ho provato, invece della meditazione, lo yoga mi ricorda al contempo il gioco di Twister e Simon Dice, ma alla fine mi sento piacevolmente affaticata e ansiosa di ripetere la meditazione.

Dopo essermi premiata con una seduta di bagno turco e di vasca idromassaggio, mi faccio la doccia e torno a casa.

———

QUANDO ENTRO, Fluffster sta schiacciando un pisolino, perciò vado in camera mia in punta di piedi e, dopo aver indossato abiti comodi, mi metto nella posizione del loto e seguo di nuovo le istruzioni di Darian sulla meditazione.

Lo yoga, l'allenamento, o forse le sedute nella spa devono giovarle molto. I palmi delle mie mani si scaldano a velocità record, e faccio del mio meglio per concentrarmi sulla respirazione, invece di preoccuparmi dei fulmini che stanno per colpirmi agli occhi.

Inspiro ed espiro per quella che sembra un'altra ora,

poi, come previsto, i fulmini esplodono nel mio campo visivo.

———

MI ASPETTO di avere una visione, invece mi ritrovo in un luogo indescrivibile.

È questo ciò che Darian ha definito Spazio Mentale?

Non mi meraviglio che non riuscisse a descriverlo.

Il mio corpo è svanito, come in alcune visioni, ma stavolta anche i miei sensi sono svaniti.

O, come mi accorgo presto, non è così.

Sono stati sostituiti da sensi che ho difficoltà a comprendere.

Eppure, mi autoesamino con tutta la mia forza di volontà, e poco dopo stabilisco che sto fluttuando.

Non sto davvero fluttuando, ovviamente, poiché questo implica l'aria, mentre qui è assente. Non c'è nemmeno un vuoto, o uno spazio-tempo, o qualcos'altro che abbia proprietà fisiche.

Fluttuare implica anche possedere il senso del movimento e dell'equilibrio, che a me manca.

Quindi continuo per un po' con questo pseudo-galleggiamento, cercando di capire dove mi trovo. Anche 'un po'', in realtà, è un'approssimazione, così come il concetto di 'dove'.

Ovunque io sia, in qualunque tempo, dubito che faccia parte della normale realtà tridimensionale (o quadridimensionale?).

Anche se la mia vista è sparita, comincio a sperimentare qualcosa di simile, ma accompagnato da elementi di gusto e olfatto, insieme alla sensazione di caldo e di freddo. Per quanto ne sappia, al posto della vista, ciò è simile all'ecolocalizzazione dei pipistrelli, o alla capacità degli squali di percepire l'elettricità.

Così vedo, più o meno, una calda nuvola di forme multicolori con sapori e odori, forme che sfidano la geometria, e se avessi una testa, mi farebbe male nel cercare di comprendere tutto questo.

Alcune 'forme' sembrano contraddizioni delle definizioni di matematica (come un cubo che è contemporaneamente una sfera), mentre altre mi ricordano le illusioni visive rese famose da artisti come M.C. Escher.

Non c'è una forma identica alle altre, ma quelle in prossimità (in mancanza di un termine migliore) di altre forme sono più simili rispetto a quelle 'più lontane'.

Un altro senso, più simile all'udito, mi fa capire che ciascuna di queste forme emette anche qualcosa di simile alla musica, ma invece di generare vibrazioni nell'aria, questi pseudo-suoni creano onde di percezione e di tranquillità.

Alla fine, divento consapevole di qualcosa di simile al senso del tatto... sebbene esso comporti la presenza degli arti, che a me mancano.

Istantaneamente, bramo 'toccare' la forma accanto a me, tiepida, marrone, dal gusto di ananas e simile ad un fiocco di neve, ma vengo bloccata dalla musica profetica che emana.

Un nuovo senso mi dice che toccare questo fiocco di neve non mi piacerebbe, perciò non lo faccio, preferendo cercare un'altra forma più sicura da toccare.

Ma tutte le forme vicino a me emanano la stessa, spaventosa melodia.

Dopo un po' di tempo, capisco come cambiare prospettiva in questo posto. Quello che metto in pratica è un incrocio tra lo spostamento e lo zoom avanti e indietro con il binocolo... tutto senza braccia, gambe e occhi.

Se sfreccio verso una forma, scopro che è fatta di altre forme, simili ma non identiche, e se sfreccio verso una qualsiasi di queste forme interne, scopro che sono composte anch'esse da altre forme più piccole.

Zoomando di nuovo all'indietro, scopro lo stesso schema ricorrente che si ripete su scala più grande. Gruppi di forme dall'aspetto simile risultano essere come mattoni (o forse molecole), che compongono una forma più grande, ancora e ancora.

Stanca di esaminare le forme in un punto, provo a spostarmi 'in avanti' e, appena arrivo più lontano, studio una rovente forma verde, dal gusto di fragola e simile ad una piramide circolare, che emana una melodia tranquilla.

Essa è anche circondata da altre forme simili, alcune più o meno rotonde, altre con diverse temperature, sapori e odori, ma tutte suonano una musica simile, come una ninnananna.

Sopraffatta dalla curiosità, scelgo una forma specifica e la tocco.

Al tocco, non sento nulla.

Invece, la forma mi risucchia dentro di sé, come un buco nero.

Vortico in un turbinio di dati sensoriali, finché la mia coscienza non va in cortocircuito e la mia consapevolezza s'interrompe.

# CAPITOLO UNDICI

STO CAMMINANDO VERSO LA CUCINA.

C'è un tintinnio di chiavi, poi la porta d'entrata si apre ed entra Felix.

"Ehi" dico. "Che ci fai a casa così presto?"

"Cerco sempre di pranzare a casa, quando posso." Si toglie le sneakers e infila le infradito da casa. "Mi fermo solo per un'ora."

Sentendo nominare il pranzo, il mio stomaco brontola come un nano scorbutico.

Felix sogghigna. "Sì, preparo qualcosa anche per te."

———

SONO di nuovo nella mia stanza. Sempre seduta nella posizione del loto.

Ho finalmente sperimentato lo Spazio Mentale.

Ora che ne sono uscita, riesco davvero ad apprezzare quanto sia stato da sballo quel posto.

Inoltre, sembra che abbia appena avuto la mia prima visione cosciente, e se non si tratta si questo, era l'allucinazione più tranquilla nella storia della malattia mentale.

Sciolgo le gambe e mi alzo. Il telefono dice che è ora di pranzo.

Bisogna andare a saccheggiare il frigo.

Sto camminando verso la cucina, quando mi accorgo di una cosa.

Se ciò che è successo era una profezia, stanno per tintinnare delle chiavi.

E infatti le chiavi tintinnano, e la porta d'entrata si apre proprio come previsto.

Entra Felix.

"Ciao" dico, decidendo di non seguire il copione della visione. "Sei a casa per pranzare?"

"Cerco sempre di pranzare a casa, quando posso" risponde Felix, proprio come nella visione.

Interessante.

Anche se il mio copione è cambiato, il suo non l'ha fatto. Probabilmente perché, avendo visto il futuro, io sapevo come oppormi, ma lui no.

Mi chiedo che cosa comporti questo per il libero arbitrio di Felix.

Si toglie le sneakers e infila le infradito da casa, esattamente come prima.

"Mi fermo solo per un'ora" commento, imitando al meglio la voce di Felix. "Stavi per dire questo, giusto?"

"Indovinato" replica, ma sembra un po' spaventato.

"Non ho indovinato." Lo stomaco mi brontola tanto forte, quanto ha fatto nella mia visione.

Felix sogghigna. "Perché non me lo spieghi, mentre preparo il pranzo per noi?"

"Spiegare cosa?" chiede la voce di Fluffster nella mia testa.

"Ti sei svegliato?" Guardo il peloso domovoi.

Assonnato, muove su e giù la piccola testa.

Mi chino a prenderlo. "Vieni, vi spiego cos'è successo."

Mi dirigo in cucina, dove metto Fluffster sul tavolo, e mentre Felix prepara una grande omelette, racconto loro tutto dei miei sforzi di meditazione e dell'esperienza di oggi dello Spazio Mentale.

"Sei sicura non aver preso LSD, oggi?" Felix lascia cadere in padella tre fette di formaggio. "O mescalina, o DMT..."

"Sono sicura." Gratto Fluffster dietro le orecchie. "Niente droghe, oggi."

"Sono invidioso." Felix piega a metà l'omelette, in modo da fondere il formaggio nel mezzo. "Vorrei tanto vedere quelle forme e provare la sinestesia, o qualunque cosa tu abbia avuto."

"Aspetta" dico, prima di correre in camera mia.

Afferro il portatile, lo metto vicino a Fluffster sul tavolo della cucina, e cerco le opere di M.C. Escher.

"Ecco." Apro una litografia chiamata *Belvedere*. "Questo potrebbe darvi almeno un'idea delle forme." Indico l'uomo con in mano un cubo impossibile.

"È un rompicapo." Fluffster si sfrega i baffi con le zampette. "Come puoi anche solo disegnarlo, per non parlare di farlo?"

"Non puoi farlo" dichiaro. "Non nel mondo reale, almeno. Puoi fare qualcosa che ci assomigli da alcune angolazioni, ma questo è tutto."

"Oh, adoro le opere di Escher" dice Felix da sopra la spalla.

Annuisco con aria assennata. Da illusionista, amo qualunque genere di effetti ottici, ed Escher è stato uno dei veri maestri dell'inganno. Non ne parlo, tuttavia, perché potrebbero capire che utilizzo alcuni principi di questi effetti ottici nei miei numeri.

Felix porta a tavola la padella, posizionandola al centro. "Hai visto la sua opera *Salita e discesa?*" chiede. "Rappresenta quelle scale infinite, che si vedono anche in *Inception*. Il suo quadro *Relatività* è comparso in uno dei sequel di *Una notte al museo*, e in *Labyrinth - Dove tutto è possibile*."

Invece di rispondere, apro i quadri in questione per Fluffster, che strabuzza gli occhi piccoli e luccicanti per la strana gravità di *Relatività*, seguendo poi le figure che si trascinano sui gradini dell'infinita scalinata quadrata di *Salita e discesa*, finché non distoglie lo sguardo e mentalmente dice: "Mi sono venute le vertigini."

"Non ho visto qualcosa di così figo nello Spazio Mentale." Prendo dei piatti grandi per me e Felix, e un piattino con dei chicchi d'avena per Fluffster.

"Già." Felix lascia cadere una grossa fetta di

omelette nel suo piatto con un tonfo. "A proposito di film di Christopher Nolan, lo Spazio Mentale ti ha ricordato il finale di *Interstellar*?"

"Il passaggio attraverso un cunicolo spazio-temporale?" Prendo un po' di cibo per me. "Forse quando ho toccato la forma e ho vorticato nella visione."

"No, intendo la parte in cui Matthew McConaughey era dentro il buco nero" spiega Felix. "Doveva essere al di fuori dello spazio quadrimensionale, ed è riuscito a capire e influenzare il passato." Guardando Fluffster, aggiunge: "Allarme spoiler."

"Forse lo spirito era simile" commento, pensierosa. "Anch'io mi sentivo come fuori della realtà. La differenza è che nello Spazio Mentale, non avevo un corpo. Ma adesso che ne parli, immagino che ognuna di quelle forme possedesse un po' la struttura del buco nero dov'era lui."

Felix mastica eccitato, deglutisce e dice: "Sì. Forse ognuna delle forme che hai visto corrisponde alla visione di un luogo e di un tempo. Forse le forme simili sono luoghi simili in tempi diversi. Forse le forme più piccole sono intervalli di tempo più brevi... ed è per questo che sono costituite da forme più grandi, e viceversa. I millisecondi compongono i secondi, e i secondi compongono i minuti, eccetera..."

"Forse." Do dei colpetti al cibo con noncuranza, mentre la fame è sparita. "Inoltre, forse, la musica profetica non era qualcosa da evitare. Ho scelto una forma tranquilla e ho avuto una noiosa visione di te, che arrivavi a casa. Quelle spaventose, magari, riguardano i pericoli per la mia vita... ed è questo che vorrei vedere in una visione, per poterlo evitare nel mondo reale."

"Il tuo Spazio Mentale mi ricorda alcuni tipi d'interfaccia utente" osserva Felix. "Le forme sono come icone su cui cliccare; le visioni sono una specie di realtà virtuale. Scommetto che essere una veggente riguarda la quantità di icone a cui puoi accedere, e quanto sei brava nel far funzionare la strana interfaccia utente." Sorride, eccitato. "Questa è un'ulteriore prova della mia teoria della simulazione. Forse lo Spazio Mentale è collocato al di fuori del nostro mondo simulato... e per questo non hai potuto comprenderlo attraverso i sensi normali. Scommetto che è così che i veggenti sono in grado di..."

Fluffster sbadiglia nella mia testa e, a giudicare dall'espressione di Felix, il domovoi l'ha fatto anche nella sua.

"Possiamo parlare di una cosa più importante?" Fluffster spinge di lato il suo piattino mezzo pieno. "Ariel non è tornata a casa a dormire, di nuovo."

Io e Felix ci scambiamo delle occhiate colpevoli.

"L'ultima volta che l'ho vista, sembrava ancora più drogata" dice Felix. "Ma non sono certo di cosa possiamo fare."

"Magari potrei parlarne con Vlad e Rose" rifletto. "Per saperne di più sulle relazioni con i vampiri?"

"È un'ottima idea." Felix si ficca in bocca i resti della sua omelette.

"Subito dopo questo, mi fermerò nell'appartamento di Rose" dico.

"E io devo correre al lavoro." Felix allontana il piatto.

"Tu vai, sistemo io" affermo. "Ma prima di andare, lasciami un altro degli aggeggi FELLATIO."

Felix sembra tremendamente a disagio. "Non conosciamo ancora la sua password."

"Su questo, dovresti lavorarci tu." Afferro il suo piatto e lo caccio nella lavastoviglie.

"Beh." Si alza. "Non ho fatto alcun progresso rispetto a prima."

"Non affronterò Nero molto presto" dico, soffocando le farfalle impazzite che accompagnano il pensiero di avvicinarmi a Nero tanto, da mettergli le mani in tasca. "Hai tempo per decifrarla."

"Dovresti provare a usare i tuoi poteri per stabilire la password" m'informa. "Cercare di avere una visione di cosa succederebbe, se tentassi con la password 'mela', poi con 'me1a', poi 'me13', eccetera, un po' come faccio io quando indovino la password con il metodo forza bruta. Solo che tu lo faresti nello Spazio Mentale, senza rischiare di essere scoperta."

"Non so proprio come richiamare una visione così specifica." Ripongo il mio stesso piatto. "Inoltre, anche se potessi, occorre una lunga meditazione per richiamare una visione. A indovinare una password così, ci vuole un'eternità."

Felix sospira. "Puoi almeno vedere il futuro e assicurarti che io sia vivo, dopo aver ritentato con questo hack?"

"Potrebbe essere più facile." Metto quindi la padella in lavastoviglie. "Ci proverò."

"Ottimo" dice, prima di uscire dalla cucina.

Continuo a rassettare, finché non ritorna Felix con in mano un altro degli aggeggi FELLATIO. "L'ho già attivato." Mi porge il dispositivo.

Dopo averlo portato in camera mia, lo nascondo in un mazzo di carte come l'ultima volta.

"Ci vediamo dopo" grida Felix dal corridoio, e sento la porta sbattere.

Torno in cucina per continuare con le pulizie.

Quando il bancone è immacolato, decido di andare a parlare con Rose sulle relazioni con i vampiri.

———

MI SALUTA CON ENTUSIASMO E, prima che possa pronunciare una sola parola, sono obbligata a parcheggiare il fondoschiena sul divano del suo salotto e ad accettare una tazza di tè.

Lucifera sfrutta l'occasione per onorarmi con uno sfregamento contro le gambe.

"Riguarda Ariel" dico, quando Rose si accomoda su una poltrona imbottita di fronte a me.

Descrivo 'l'amicizia' della mia coinquilina con Gaius e, mentre parlo, l'espressione di Rose si rabbuia.

Qualunque cosa sappia sull'argomento, ho la sensazione che non mi piacerà.

Quando ho finito, Rose dice: "Non posso parlarne senza la presenza di Vlad." Si morde il labbro. "Ho giurato di non farlo, capisci, e non voglio infrangere un giuramento a..."

"Va bene." Le sorrido. "Posso ritornare e parlare con Vlad quand'è qui."

"Viene di rado durante il giorno. E non credo che dovresti venire qui di notte." Rose arrossisce.

"Non aggiungere altro." La mia faccia dev'essere rossa quanto la sua. "Dimmi solo quando sarà qui durante il giorno, e farò un salto." Apro l'app calendario del mio telefono.

Rose mi dà un paio di giorni e ore, in cui Vlad dovrebbe essere qui, e li registro tutti.

Poi le racconto delle mie avventure nello Spazio Mentale. Alla fine della spiegazione, Rose sembra tanto fiera quanto i miei genitori quando ho finito l'università.

"Un grande passo avanti" commenta. "Dovresti fare più pratica con i tuoi poteri. Io so che lo farei, se fossi in te."

Ha ragione, quindi tracanno il mio tè, scavalco la sua gatta, e torno nel mio appartamento.

———

"POSSO GUARDARE?" chiede Fluffster, una volta che mi sono messa in posizione per meditare.

"Certo" rispondo, chiudendo gli occhi.

Resto seduta lì, a respirare per un momento, ma non succede nulla.

Continua a venirmi in mente la situazione di Ariel, così come il fatto di essere senza un lavoro e le telefonate di Baba Yaga.

Devo andare in palestra e fare yoga ogni volta che voglio raggiungere lo Spazio Mentale? Sarebbe ottimo per il mio corpo, ma non molto pratico per usare concretamente i miei poteri.

"La mia mente vaga troppo" spiego a Fluffster dopo qualche altro minuto, quando getto ufficialmente la spugna e mi alzo per allungare le gambe.

"Perché non guardi un po' YouTube?" suggerisce. "È quello che faccio io, quando devo rilassarmi."

Lo immagino guardare video sui gatti, e sorrido.

Vado verso il divano del salotto per accendere la TV, e lascio su *Fool Us* di Penn e Teller. In questo programma, due maghi famosi offrono agli illusionisti emergenti la possibilità d'ingannarli, per potersi esibire a Las Vegas.

Dopo un paio di episodi, mi rendo conto di essere brava quanto i conduttori a capire la tecnica dei numeri di magia, e dopo qualche altro episodio ho ipotizzato un piano con il metodo per ingannarli, se ne avessi la possibilità. Naturalmente, non vale la pena essere uccisa dal Consiglio per il piacere di farlo.

Alla fine, Felix torna a casa e ceniamo, poi si nasconde in camera sua, lasciando a me il possesso della TV in soggiorno.

Dopo averla guardata per un altro po', mi accorgo di non aver più ripreso con la meditazione. Adesso è troppo tardi. Con uno sbadiglio, vado a letto, dolorosamente consapevole del fatto che Ariel non è ancora tornata a casa.

Tiro fuori il telefono e le scrivo: *Mi manchi.*

Ricordando poi di avere un nuovo telefono, aggiungo: *Sono Sasha. Questo è il nuovo numero.*

Aspetto una risposta, finché le palpebre non mi diventano pesanti, poi mi arrendo e vado a dormire.

————

IL GIORNO DOPO, Felix mi serve di nuovo la colazione, prima di andare al lavoro.

Quando in seguito controllo il telefono, vedo che Ariel mi ha scritto alle tre del mattino.

*Ehi, Sasha. Scusa se sono stata così impegnata ultimamente. Dovremo fare qualcosa al più presto.*

Riflettendo su alcune possibili risposte, opto per:

*Certo. Adesso sono libera in qualunque momento.*

Dato che non risponde subito, mi metto al computer.

È ora di capire fino a che punto si estende l'influenza di Nero.

Navigo sulla home page della Federal Reserve e guardo i loro annunci di lavoro. Alcuni posti combaciano vagamente con le mie competenze ed esperienza, quindi mando la candidatura. Se Nero potesse manipolare queste persone, ne rimarrei davvero colpita.

Mi candido quindi per una serie di lavori statali ed alcuni annunci fuori dallo Stato di New York... non che li accetterei, ma è solo per vedere se la portata di Nero arriva così lontano.

Poi mando la candidatura ad annunci decisamente stupidi. Al Cirque du Soleil serve una contorsionista, dunque perché no? Un laboratorio al nord ha bisogno di un mungitore di serpenti... certo, mi candido anche a questo. Dopo aver lavorato nel settore finanziario, sento di essere qualificata per estrarre il veleno dai serpenti velenosi.

Stanca di cercare lavoro, decido di praticare la meditazione e dico a Fluffster che può guardare, se ancora lo desidera; lui lo fa.

Mi siedo nella posizione del loto, chiudo gli occhi e pratico la respirazione consapevole.

I palmi delle mani cominciano a diventarmi caldi.

Mi concentro di più, stavolta meno preoccupata di essere colpita agli occhi dai fulmini.

Mi squilla il telefono.

Sebbene l'ondata di ansia non sia così forte come prima, sono decisamente allarmata per rimanere in fase meditazione.

Il numero non è privato, ma non lo conosco e quindi non accetto la chiamata.

"Sarà ancora Baba Yaga?" chiede Fluffster, chiaramente deluso di non vedere i fulmini formarsi sulle mie mani. "In tal caso, come ha fatto ad avere il tuo nuovo numero?"

"Non ne ho idea." Preso il telefono, accedo all'app store ed installo di nuovo l'app per smascherare i numeri... se più tardi dovessi ricevere una chiamata da un numero privato. "Una cosa è certa: riprendere la meditazione sarebbe un esercizio inutile."

"Dovresti rilassarti e ritentare" dice Fluffster, venendo ad accoccolarsi vicino a me.

"Temo che coccolarti non cambi nulla." Lo gratto sotto il mento, quindi mi alzo e comincio a cambiarmi. "Andrò in palestra e mi fermerò ad una lezione di yoga, poi proverò ancora a meditare."

Fluffster approva il mio piano, perciò mi dirigo in palestra.

———

DOPO L'ALLENAMENTO con i pesi, m'imbatto in una lezione di kickboxing e vi partecipo. L'autodifesa può tornare utile, visto il mio nuovo, sfortunato stile di vita.

Con i muscoli indolenziti, mi unisco in seguito alla lezione di yoga, quasi deserta. Dopo l'allenamento di prima, lo stretching mi fa provare una sensazione fantastica. Alla fine, mi premio con una visita al bagno turco e un'immersione nella vasca idromassaggio, poi ordino un buon pranzo salutare al self-service della palestra.

Torno a casa con passo vivace, sicura di riuscire ad entrare nello Spazio Mentale senza intoppi.

Aperta la porta, sento dei rumori in cucina.

Visto cosa può fare Fluffster agli intrusi, so che deve trattarsi di uno dei miei coinquilini, e grido un ciao.

"Sasha" grida eccitata Ariel dalla cucina. "Sei tu?"

"Già." Mi affretto ad entrare in cucina.

"Eccoti qua." Abbassa il sandwich e mi guarda, raggiante. "Sono felice di avere un paio di minuti per parlare, prima che io scappi via."

Studio i suoi lineamenti perfetti.

Ha un aspetto strepitoso. Anche meglio del solito. Potrebbe comparire facilmente sulla copertina di una rivista di moda.

È una specie di splendore dettato dall'amore?

Ci stiamo preoccupando per niente?

Sgranocchiando il suo sandwich, Ariel mi tempesta di domande sulle mie ultime novità, L'aggiorno rapidamente su tutto, mentre finisce di pranzare.

"Sono così invidiosa" dice, spazzolandosi via le briciole dalle mani. "Voglio anche andare in palestra. Se tu avessi risposto alla mia telefonata di prima, saremmo potute andare insieme."

"Mi hai chiamato?" Prendo il telefono e passo in rassegna le chiamate perse.

Vedo solo quel numero sconosciuto.

"Ho chiamato dal cellulare di qualcun altro" spiega Ariel, tirando fuori il suo telefono. "Il mio era scarico."

"Quel qualcun altro è Gaius?"

"Forse." Ariel sorride maliziosamente. "Ehi, puoi farmi un favore e cancellare il suo numero dal tuo telefono? Rimarrebbe turbato, sapendo che te l'ho dato senza averglielo chiesto."

"Certo" rispondo, ed elimino la chiamata persa.

"Grazie." Va in camera sua e io la seguo.

Una volta dentro, collega il caricabatterie al telefono e apre l'armadio, da dove prende un paio di jeans e una T-shirt, prima di cominciare a spogliarsi.

"Possiamo andare in palestra domani" dico, osservando furtivamente il suo corpo in cerca di segni di morsi.

Con mio sollievo, non ne vedo.

"È un'ottima idea." Ancheggia nell'infilare i jeans con la grazia di una ballerina. "E magari possiamo fermarci al poligono da tiro per procurarti una nuova pistola lungo la strada."

"Certo, buona idea."

"Beh, io devo scappare" dice in tono di scuse, mentre finisce di cambiarsi. "Ma abbiamo dei piani per domani. Evviva."

Si gira come in un mulinello, riapplicando il trucco e agguantando la borsa, poi si precipita fuori dall'appartamento prima che io possa chiederle esplicitamente della sua relazione con Gaius.

Quando ritorno nella mia stanza, Fluffster sta facendo il bagno di polvere.

"Ariel è stata qui" lo informo.

"Lo so" afferma. "Lo sento sempre, quando le persone entrano ed escono dall'appartamento."

"Immagino che proverò di nuovo a meditare. Vuoi guardare?"

"Sarebbe fantastico." Si sdraia sul pavimento davanti a me. "Vai pure."

Stavolta mi metto su una sedia, ma per il resto seguo le istruzioni di Darian come prima.

Presto, le mie mani si scaldano, perciò raddoppio i miei sforzi.

I fulmini esplodono nei miei occhi e mi ritrovo ancora nello Spazio Mentale.

# CAPITOLO DODICI

STAVOLTA, mi oriento più rapidamente e fluttuo lì, pseudo-fissando le forme impossibili tutt'intorno a me.

Molto vicino a me, la maggior parte delle forme è simile e assomiglia ad una nuvola di cubi verdi, freddi e dal sapore di porridge, con più di sei facce e più di dodici lati. Esse emettono tutte una musica così carica di presagio, da poter essere usata per la colonna sonora di un film horror.

Ignorando la musica, provo a toccare uno di questi cubi.

Scopro che non posso.

Qualunque cosa ci sia qui al posto del mio arto, si limita a contrarsi per la paura... metaforicamente parlando. Immagino di non essere pronta per vedere un futuro così spaventoso.

Mi sposto in avanti, individuando una moltitudine di ibridi tra un esagono e un cilindro, caldi, color giallo pulcino, e dal sapore di marshmallow, che emettono una melodia più delicata ma comunque allarmante.

Ne scelgo uno a caso, provo a toccarlo... ma di nuovo non riesco a spostarlo.

Allora m'intestardisco e fluttuo lì, tentando di toccare la forma ripetutamente.

Ogni volta, sono sul punto di riuscirci, come quando si cerca di ricordare qualcosa che si ha sulla punta della lingua.

Rimettendo insieme il mio io immateriale, focalizzo tutta l'attenzione sul superare la resistenza residua.

Qualcosa sembra lacerarsi, e finalmente il tatto raggiunge il mio obiettivo.

Proprio come l'ultima volta, vortico dentro la visione.

———

SONO NELLA MIA STANZA, seduta su una sedia e sopraffatta da un terrore familiare.

Squilla il telefono.

Il numero sarebbe privato, ma grazie all'app installata lo riconosco.

È il ristorante di Baba Yaga che m'importuna di nuovo.

Come hanno fatto a scoprire il numero del mio telefono nuovo?

Lascio finire la chiamata nella segreteria telefonica e prendo nota dell'ora del giorno: le 03:21 del pomeriggio.

Quando la segreteria trilla, la apro e ascolto.

"Sasha" esordisce Koschei con la sua voce da cadavere. "Come parte del patto che hai stretto, devi comparire di fronte a Baba Yaga stasera, alle dieci."

Stacco il telefono dall'orecchio, mentre il terrore si tramuta in panico.

Per niente al mondo andrò a Brighton Beach, oggi...

———

SCUOTENDOMI DI DOSSO LA VISIONE, guardo Fluffster.

"È stato incredibile" dice nella mia mente. "Ho visto fulmini passare dalle tue mani ai tuoi occhi. È stata una cosa molto rapida, tanto da poterla perdere, ma io l'ho vista..."

Ignorando il resto del suo eccitato chiacchiericcio, mi sforzo di orientarmi nella realtà.

I respiri affannosi mi fanno dolere il petto, dopo tutta quella respirazione lenta.

Vado alla ricerca del telefono per controllare l'ora.

Sono le 03:12 del pomeriggio.

Tra nove minuti, il telefono squillerà e Koschei mi lascerà il messaggio vocale.

Con la mente che corre all'impazzata, apro un browser sul telefono.

Dopo aver trovato una registrazione del famoso messaggio 'questo numero è stato disattivato', che si sente nel chiamare un numero realmente non più attivo, lo imposto come segreteria telefonica con mani tremanti.

Sono le 03:20 del pomeriggio.

Con il dito pronto, faccio il conto alla rovescia dei secondi fino alle 03:21.

Il telefono squilla, e scorro immediatamente su 'No' per passare alla segreteria telefonica.

Poi aspetto.

Se Koschei indovina la mia illusione, aspetterà che il messaggio del 'numero disattivato' finisca, sentirà il normale bip della segreteria, e lascerà un messaggio vocale come nella visione. Ma se l'ho ingannato, dovrebbe rinunciare molto prima del bip della segreteria.

Nell'attesa, mi chiedo ancora una volta come siano risaliti, Baba Yaga e i suoi tirapiedi, al mio nuovo numero. Ce l'hanno solo Felix ed Ariel. Beh, e Gaius, perché Ariel ha usato il suo telefono per chiamarmi, ma resta comunque un numero limitato di persone.

Baba Yaga ha un tecnomante come Felix sul libro paga? Oppure esiste un altro tipo di Conoscente in grado d'indovinare questo genere di cose? Nell'ultimo caso, potrebbe tornare utile per la password di Nero.

Dopo un minuto, lascio andare un sospiro di sollievo.

Non ci sono messaggi vocali.

Dovrò tenere il telefono spento il più possibile, così, se ci riproverà, andrà direttamente alla segreteria senza che debba reagire come un ninja.

Fluffster mi sta guardando con un misto di

preoccupazione e confusione, quindi gli descrivo ciò che ho visto nella visione.

"Qualunque cosa voglia Baba Yaga, speriamo che sia un piccolo favore" dice, quando ho finito. "Non ho ancora recuperato nuovi ricordi... e non perché non ci abbia provato."

"Ho la sensazione che non sarà affatto un piccolo favore. Ma a proposito di questo." Afferro il portatile. "Devo fare altre ricerche su Rasputin."

"Davvero?" La risposta di Fluffster ha una nota di rimprovero nella mia mente. "E la ricerca di lavoro?"

"Sei peggio di mia madre" mormoro, ma in ogni caso apro la posta in arrivo.

Con il battito cardiaco che accelera, fisso la mia e-mail. "Sta diventando ridicolo."

Fluffster mi raggiunge in fretta e fissa lo schermo con me.

C'è una risposta 'siamo spiacenti, il posto è stato assegnato' della Federal Reserve, e altrettanto per i lavori statali a cui mi sono candidata. Anche le aziende fuori dallo Stato mi hanno mandato questa risposta preconfezionata.

Ma la cosa più ridicola in assoluto è che ho ricevuto un'e-mail sia dal Cirque du Soleil, sia dal laboratorio al nord, che invece di dirmi 'ehi, non puoi essere una contorsionista mungitrice di serpenti', m'informano entrambi che il posto è stato assegnato, come tutti gli altri.

Mi alzo con i pugni serrati. "Nero, a questo punto, si sta solo mettendo in mostra."

Se fosse vicino a me, vorrei tanto dargli un pugno in quella faccia compiaciuta, che posso così vividamente immaginare.

"Cosa significa?" domanda Fluffster.

Gli do spiegazioni, camminando avanti e indietro, e Fluffster sembra stizzito quanto può esserlo un cincillà. "Se continua a comportarsi così, finiremo per vivere in una scatola di cartone nel parco."

"E questo è solo l'inizio" ringhio. "Il bastardo è proprietario di questo edificio, quindi, anche se facessi soldi per magia, potrebbe decidere di non rinnovarci l'affitto e ciao, scatola nel parco."

"Dovresti invitarlo a casa" dice minacciosamente. "Non m'importa quanto sia potente fuori, qui gli insegnerei le buone maniere."

L'idea di Nero in camera mia devia i miei pensieri in una direzione del tutto inopportuna, e la mia faccia avvampa in maniera incontrollabile.

Per nascondere i miei ormoni e neuroni impazziti, torno a sedermi davanti al computer e accedo al mio conto bancario, per vedere quant'è veramente disperata la situazione.

Sgomenta, guardo le cifre a bocca aperta.

Sono stati aggiunti dei soldi al mio conto corrente.

L'importo è familiare, ma per sicurezza lo controllo due volte.

"Che bastardo." Balzo in piedi di nuovo. "Mi ha pagato. Come se non fosse cambiato niente."

Fluffster contrae un orecchio, simile a quello di un coniglio. "Di cosa stai parlando?"

"Nero" spiego cupamente. "Si rifiuta di accettare le mie dimissioni. E adesso ho ricevuto il mio solito stipendio per la settimana scorsa *e* per questa settimana. La settimana *dopo* le dimissioni."

"Non è una cosa positiva?" Fluffster si alza sulle zampe posteriori. "Sono soldi gratis."

"No, non lo è" rispondo con una tale ferocia, che il domovoi s'allontana da me.

A denti stretti, infilo dei vestiti con gesti bruschi, metto in tasca il mazzo di carte con l'aggeggio di Felix, ed esco come una furia dall'appartamento.

È ora che io e Nero facciamo quattro chiacchiere.

Di nuovo.

# CAPITOLO TREDICI

"FELIX, CI RISIAMO" sibilo nel telefono, mentre entro a lunghi passi nell'edificio di quello che non è proprio il mio vecchio impiego.

"Non ho ancora la password" replica. "Dicevi che avresti cercato di avere una visione in merito, ricordi?"

"Ricordo di aver promesso di vedere se sarai vivo in futuro. Se non mi aiuti, non lo sarai." Uso la mia vecchia tessera d'identificazione, e funziona. Naturalmente. "È solo che dovremo accelerare la cosa."

"Non credo che sia proprio una buona idea" dice Felix, agitatissimo. "Perché non..."

"Sto entrando in ascensore" mento. In realtà, lo sto solo aspettando. "Preparati. Tutto degenererà come l'ultima volta."

Interrompo la chiamata, mentre Felix cerca di dire qualcos'altro.

Proprio come nel viaggio in taxi fin qui, durante lo spostamento in ascensore mi passa per la testa l'opposto della meditazione. Ribollo di rabbia nei confronti di Nero, e ripasso mentalmente gli insulti da potergli spiattellare in faccia. Fantastico di prenderlo a schiaffi... per davvero, stavolta.

In un certo senso, so che la mia reazione è sproporzionata rispetto al suo crimine... che, dopo tutto, consiste nell'avermi dato dei soldi.

Però, è la goccia che fa traboccare il vaso.

E per principio.

Chi diavolo si crede di essere?

Le porte dell'ascensore, finalmente, si aprono.

Entro, furibonda, e affronto Venessa, sfidandola mentalmente a rompermi le scatole questa volta.

"Non è qui" dice con espressione illeggibile. "È in Europa per qualche giorno."

"Stronzate" esclamo, prima di guardare.

Le pareti dell'ufficio di Nero sono di vetro, e lui non sembra essere lì.

Schizzo comunque dentro, ignorando Venessa alle mie calcagna.

No.

Lui non c'è davvero.

Mi precipito di nuovo in ascensore, cercando di calmare i nervi oberati di lavoro, e quando esco, chiamo ancora Felix.

"Il tuo desiderio è stato esaudito. Rimandiamo l'operazione."

"Cos'è successo?" La sua voce esprime fastidiose sfumature di sollievo.

Gli spiego usando parole di quattro lettere, che

strappano sguardi preoccupati ad alcuni dei miei non-proprio-ex colleghi, mentre attraverso l'atrio a passi pesanti.

"Meglio così, davvero" dice Felix in tono tranquillizzante. "Penso che dobbiamo avere la password, innanzitutto, e poi ritentare con questa follia."

"D'accordo." Chiamo un taxi. "Ci sentiamo più tardi."

———

UNA VOLTA ARRIVATA A CASA, mi sento molto più calma, ma quando riprovo con la meditazione, fallisco miseramente.

Mi siedo sul divano davanti alla TV ma, invece di accenderla, resto semplicemente lì, a cercare di escogitare un modo per guadagnare soldi, se riuscirò mai a mollare il mio lavoro.

Fluffster deve percepire il mio cattivo umore, poiché mi salta in grembo e lascia che gli accarezzi il pelo terapeutico.

Il mio respiro si normalizza, e cominciano ad affluire le idee.

Il gioco d'azzardo è un'opzione ovvia. Se qualcuno mi facesse partecipare ad un poker clandestino, non solo potrei sfruttare i poteri da veggente, ma anche le varie mosse di magia derivanti dai trucchi con le carte, innanzitutto.

"Che ne dici di escogitare dei modi per fare soldi,

che lascino le tue ossa e dita di mani e piedi intatte?" suggerisce Fluffster, quando gli descrivo la mia idea. "Puoi giocare al poker online, per esempio, o scommettere alle corse dei cavalli."

"Hai ragione." Sorrido, entrando nello spirito della scena. "Le persone guadagnano soldi con le previsioni dei risultati delle elezioni... e sono brava in questo. Ci sono anche cose come il fantafootball..."

"Certo." Fluffster si rannicchia nella mia mano. "Ma, e ti prego di non gridare, perché non tieni i soldi di Nero e basta? Se lui non ti piace, tenere i suoi soldi non è una specie di punizione?"

"Non penso di riuscire a spiegarlo" gli rispondo. "Non so nemmeno se l'ho capito io."

Per impedire a Fluffster d'insistere con l'argomento, accendo la TV e guardo qualche film... solo per scoprire di essere diventata ancora più brava nel prevedere ogni svolta della trama e il finale. In seguito, contribuisco ad alcune previsioni per il Good Judgement Project, poi Felix torna a casa.

Ceniamo, poi rileggo i miei libri preferiti sui trucchi con le carte, finché non vado a letto.

———

"ALZATI, PIGRONA" urla qualcuno in un altoparlante gigante. "Il divertimento con la pistola ti aspetta."

Sbircio attraverso una palpebra.

Ariel sta saltando da un piede all'altro vicino al mio letto.

Devo proprio mettere un lucchetto alla mia porta.

"Era ora" dice in tono fastidiosamente allegro. "Adesso alzati, e andiamo."

Apre crudelmente le mie tende e scappa, sbattendo la porta così forte, che ogni speranza rimasta di tornare a dormire va in frantumi.

Striscio da sotto la calda coperta e controllo l'ora.

Sono le nove e mezza.

La settimana scorsa, mi sarei ritenuta fortunata a poter dormire fino a tardi, così. Come sono entrata così facilmente nella modalità disoccupazione?

Mi preparo, ed Ariel mi saluta con un sandwich vicino alla porta d'entrata.

"Prendiamoci un po' di vantaggio iniziale." Mi spinge il cibo in mano. "Puoi mangiarlo lungo la strada."

Trabocca di entusiasmo.

Troppo entusiasmo.

Mentre scendiamo di sotto, le chiedo prudentemente: "Come ti senti? Sembri di buon umore."

"Mi sento alla grande." Il suo sorriso potrebbe fornire energia ad un piccolo paese. "Ma tu devi dirmi cosa ti sta succedendo. Fluffster mi ha accennato ad alcune assurdità."

Le do gli ultimi aggiornamenti, poi cerco di riportare la conversazione su di lei, che abilmente evita le mie domande, finché non raggiungiamo la macchina. In seguito, entra nella sua modalità 'guida silenziosa' ufficiale.

———

ATTRAVERSIAMO in macchina una parte familiare e imprecisa del New Jersey, e parcheggiamo vicino alla casa degli orrori, dove Ariel mi ha procurato l'ultima pistola illegale.

"Voglio qualcosa di più piccolo, stavolta" dico, mentre si slaccia la cintura di sicurezza. "Dato che non ci sono orchi ad inseguirmi, penso che il calibro non sia tanto importante."

"Che ne dici di una Glock 19?" dice Ariel, prima di lanciarsi in un discorsetto da venditore così approfondito, da sospettare che la brava gente della Glock le paghi le commissioni.

"Ne ho qui una" conclude, e si protende per aprire il vano portaoggetti, da cui estrae una pistola di colore beige. "Dacci un'occhiata."

Tengo in mano l'arma con circospezione. Presenta alcune parti di plastica e sembra quasi d'impugnare una pistola giocattolo... soprattutto con quel colore.

"Puoi procurarmene una nera?" chiedo dopo un momento di riflessione. "Così assomiglierà di più ad una pistola vera?"

"Non insultare Precious" replica Ariel, imitando al meglio la voce di Gollum, mentre mi strappa la pistola dalle mani e se la stringe amorevolmente al petto.

"Scusa, Precious" dico, impassibile, alla pistola, e rivolgendomi ad Ariel: "M'immaginavo più o meno con un altro revolver."

"Questa sarà più facile da nascondere" ribatte. "È più..."

"Mi fido di te" la interrompo rapidamente, disposta a rinunciare all'effetto roulette russa, se ciò mi salva da un'altra lezione sulle pistole.

Dopo aver riposto Precious nel vano portaoggetti, Ariel si dirige nella topaia infestata dall'amianto, che usa come negozio di armi, e proprio come l'ultima volta, blocco le portiere dell'auto.

Nell'attesa, pratico la respirazione meditativa.

Comincio a sentire le mani calde, quando Ariel ritorna.

O è stata via per un pezzo, o sto migliorando con questa faccenda della meditazione.

"Per adesso, tieni questa nel vano portaoggetti" dichiara, porgendomi una versione nera della sua Precious. "Quando arriviamo al poligono, ne noleggiamo una uguale per te, e t'insegneranno ad usarla."

———

QUANDO IL TIZIO del poligono da tiro finisce di spiegare come si una Glock 19, decido che preferisco questa al mio defunto revolver.

La calda tenerezza che provo per la Glock s'intensifica, dopo aver sparato qualche colpo verso il mio obiettivo. Il rinculo è molto più dolce, è più leggera, e sembra più adatta alle mie mani.

Inoltre, avere più colpi è comodo; con il revolver, dovevo ricaricare molto più spesso.

Mezz'ora dopo, sono certa che questa pistola vada meglio per me.

Il fatto davvero grandioso è che i punti della mia abilità nel tiro migliorano ad ogni nuovo obiettivo che esce, anche se, ovvio, ci vorranno probabilmente anni per avvicinarmi alla folle percentuale di colpi messi a segno di Ariel.

"È stato divertentissimo" commenta, mentre torniamo alla macchina. "Vuoi andare in palestra?"

Nonostante abbia i muscoli leggermente indolenziti per i precedenti allenamenti, rifiutarmi di andare con lei è come portare via una caramella ad una bambina fanatica di palestra, perciò non posso non accettare.

E poi, se faccio un po' di yoga, sarò enormemente facilitata nella pratica dello Spazio Mentale che vorrei fare più tardi.

———

ANDIAMO A CASA, ci cambiamo, e facciamo jogging fino in palestra.

Come al solito, un allenamento con Ariel sembra il centro di addestramento reclute delle Forze Speciali. Alla fine, mi ritrovo completamente senza fiato, e provo dolore in punti dove una vera signora non dovrebbe nemmeno avere i muscoli.

Ariel si unisce poi a me per lo yoga e, nonostante sia la sua primissima volta, è dieci volte meglio di me... una prodezza che attribuisco ai suoi superpoteri, piuttosto che alla mia pigrizia.

"Ci fermiamo da qualche parte a pranzo?" offre Ariel, dopo esserci coccolate con alcuni trattamenti spa post-allenamento. "O preferisci mangiare a casa?"

"Che ne dici del cubano?" suggerisco. "C'è un posto fantastico lungo la strada."

Mentre usciamo dalla palestra e svoltiamo nell'appartata strada laterale dov'è situato il ristorante cubano, vengo colta da una sensazione familiare.

Terrore.

Forte terrore.

Dato che ho il telefono a casa, di qualunque cosa mi stiano allertando i miei poteri, non si tratta di una chiamata.

"Qualcosa sta per mettersi male" sussurro ad Ariel, scrutando freneticamente la strada piena d'immondizia. "Ma non so cosa sia."

Ariel s'irrigidisce visibilmente. "Merda. La mia pistola è in macchina."

"Ho lasciato la mia a casa." Il mio battito cardiaco continua ad impennarsi.

Ariel si guarda intorno, vigile come un uccello da preda.

Guardo indietro.

Appena visibile, un furgone nero dai finestrini oscurati descrive una brusca svolta nella nostra stradina, con gli pneumatici che lasciano segni di bruciatura sul lastricato.

Mentre l'enorme motore ruggisce, esso si arresta davanti a noi in uno stridio di gomme.

Balziamo all'indietro.

Le portiere del furgone si aprono.

Come un branco di leoni, uomini imponenti dall'aria truce si riversano fuori dal veicolo verso di noi.

# CAPITOLO QUATTORDICI

CE NE SONO QUATTRO, e ognuno di loro ha quel genere di lineamenti che starebbero benissimo sulle foto segnaletiche. Niente aura del Mandato... potrebbero essere umani.

Tutti indossano un completo, tranne quello che si sta avvicinando a noi più rapidamente.

È anche il più grosso... così mastodontico, da poter passare per un orco. Con la maglietta senza maniche e i jeans, dev'essere stato l'unico a ricevere la comunicazione sul casual Friday. Noto inoltre dei tatuaggi di spalline in stile militare sulle sue spalle.

Che cos'è? Un ammiraglio?

Allunga la mano dietro i pantaloni.

I suoi colleghi con il completo fanno lo stesso sotto le loro giacche.

Ariel scatta in azione e dà un pugno all'ammiraglio nel petto.

Lui vola addosso ad un tizio con il completo alle sue

spalle, e lo trascina con sé, sbattendo contro il furgone con un duro tonfo, e scivolando a terra in una posizione a cucchiaio.

Maledizione.

Ariel ha palesemente mangiato i suoi spinaci.

Mentre mena un fendente alla mano con la pistola dell'altro uomo in giacca e cravatta, inspiro profondamente e mi lancio sul gorilla più vicino.

Ha già estratto la pistola, quando mi scaravento di spalla addosso al suo stomaco con tutta la mia forza... come per fare colpo su un talent scout della NFL.

L'esplosione di dolore mi rammenta di far guarire completamente la mia povera spalla, prima di ripeterlo.

La pistola del tizio sbatte sul lastricato, ma lui si riprende in fretta e mi afferra per i capelli, come in una rissa tra donne.

Allontano la pistola con un calcio e, mentre si distrae, il mio piede prosegue la curva verso il suo inguine.

La mia sneaker entra in contatto con qualcosa di morbido, e il mio avversario grugnisce, strattonandomi i capelli così forte, da farmi vedere le stelle.

Quando la mia vista si schiarisce, vedo Ariel agguantare il braccio con cui il mio avversario mi tira i capelli.

Qualcosa scricchiola e si spezza.

L'uomo grida e mi lascia andare.

Con il cuore martellante, mi volto di scatto.

L'ammiraglio è a pochi metri da noi, e sta sollevando una pistola.

"Mena calci" ordina Ariel, prendendomi per gli avambracci.

"Aspetta" voglio dire, ma lei comincia a farmi girare... come un lazo umano.

Capisco il suo folle piano. Non appena le mie sneaker si avvicinano al bersaglio, eseguo una mossa che ho imparato alla lezione di kickboxing.

Il mio piede cozza contro il polso dell'ammiraglio.

La sua pistola produce un suono metallico contro il lastricato.

Ariel rallenta con lo slancio e, dopo avermi lasciato dietro di sé, balza verso l'ammiraglio che grugnisce.

Lui fa roteare il pugno massiccio verso la sua testa, ma lei lo schiva abilmente di lato.

Allora sferra un pugno con l'altro braccio, ma Ariel para il colpo e scarica un devastante montante, che finisce dritto sul mento dell'ammiraglio.

Lui vola in alto, prima d'incarnare un sacco di patate mentre sbatte con la schiena contro il marciapiede.

Ariel, non contando sul fatto che resti privo di sensi, gli dà un calcio in testa, poi ripete la misura di sicurezza con tutti e quattro, prima di rovistare nelle tasche dell'ultimo.

"Nessun documento d'identificazione" dice quando ha finito, quindi si avvicina all'uomo successivo.

Decidendo di accelerare la procedura, cerco anch'io dei documenti addosso all'ammiraglio privo di sensi, ma l'unico oggetto nelle sue tasche assomiglia al manico nero di un coltello.

Lo esamino. È un giocattolo molto stravagante... un coltello retrattile, allungabile e automatico, ad azione doppia. Lo provo, allungando automaticamente la lama, e poi ritraendola.

Senza pensarci a lungo, faccio scivolare il manico in tasca.

Non sto rubando.

Fondamentalmente, lo sto confiscando.

"Niente su nessuno di loro" dice Ariel.

"Lo stesso qui" la informo.

Scuote la testa, poi, avvicinatasi al furgone, si guarda intorno nella strada deserta mentre me ne sto lì, a cercare di normalizzare il respiro.

Lasciando scivolare le mani sotto il lato del veicolo, assume una posizione da stacco da terra, e tende tutti i muscoli.

No.

Non sta facendo quello che penso.

Anche con i suoi poteri, non può essere abbastanza forte. Giusto?

Sbagliato.

Il furgone si solleva da terra e si ribalta di lato.

"Così non possono seguirci" spiega Ariel... fraintendendo palesemente l'espressione incredula sulla mia faccia.

Quindi raccoglie tutte le pistole, e quasi mi aspetto che superi la sua precedente prova di forza piegando le armi a mo' di pretzel, ma no, sceglie la via più facile e toglie i caricatori, intascandosi i proiettili.

"Andiamocene" dico, quando la mia compagna di

stanza esamina il campo di battaglia, per aggiungere altri elementi alla lista delle cose da fare.

"Stai bene?" Accigliata, mi squadra.

"Sì." Mi sfrego le mani umide sulla T-shirt, come se atterrassi di continuo uomini grossi il doppio di me. "Dobbiamo smammare, prima che qualcun altro cerchi di aggredirci."

Ariel esce in fretta dal vicolo, seguita da me.

Una volta raggiunta una strada trafficata, rallentiamo l'andatura, un po' simile al jogging, fino ad una camminata veloce socialmente accettabile, imitando i newyorchesi in ritardo... una vista estremamente comune.

Arriviamo a casa in cinque minuti senza altri incontri indesiderati.

Dopo aver girato entrambe le serrature della porta, faccio scorrere la catena di sicurezza al suo posto... una prima volta, per me.

"Che cos'era, quello? Hai mai visto prima quegli uomini?" chiedo, crollando sul divano del salotto.

"No." Ariel non ha nemmeno la decenza di fingersi senza fiato dopo tutto quell'esercizio. "Speravo che tu sapessi chi fossero."

Fluffster entra svelto nella stanza e ci guarda entrambe. "Va tutto bene?"

Tra respiri rilassanti, gli racconto l'accaduto.

"Avreste dovuto portarne uno a casa." Gli occhi da roditore di Fluffster brillano, minacciosi... ricordandomi quelle leggende metropolitane sui ratti giganti e sugli alligatori nei sotterranei di

New York. "Avrei fatto loro alcune domande mirate."

"Visti gli ultimi avvenimenti, possiamo tranquillamente supporre che stessero inseguendo *me*." Mi asciugo il sudore dalla fronte. "Forse li ha mandati Chester, o Baba Yaga. O forse era un'altra 'lezione' di Nero."

"In effetti, sei rimasta coinvolta in due scontri con la figlia di Chester." Ariel cammina a grandi passi verso la TV e torna indietro. "Non che a lui piacessi, tanto per cominciare."

"Ha cominciato lei." Rendendomi conto di essermi appena citata quand'ero all'asilo, aggiungo in tono più calmo: "Ma potresti aver ragione."

Fluffster si alza in piedi sulle zampe posteriori e mi rivolge uno sguardo penetrante. "A prescindere da chi si nasconda dietro l'aggressione, dobbiamo prendere precauzioni."

"Sono d'accordo." Ariel si siede sul bordo del divano accanto a me. "Per fortuna, sei disoccupata. Puoi rimanere a casa, protetta da Fluffster, e uscire solo sotto la mia supervisione."

"Come se fossi agli arresti domiciliari?" Esaspero la mia scontrosità. Anche se non sono dell'umore adatto per andare da qualche parte, so anche di poter finire rapidamente chiusa dentro.

"Ovviamente, sei libera di andare a farti uccidere." Ariel alza gli occhi al cielo. "Solo che a noi piace averti intorno."

"D'accordo." Inclino il divano e mi appoggio allo

schienale. "Non mi avventurerò fuori inutilmente. O in tal caso, mi porterò dietro una pistola."

"E me." Ariel si mette comoda.

"E te" concordo. "Sempre se sarai nei paraggi."

"Ci sarò" afferma. "Tu dimmi solo dove vuoi andare e quando."

"C'è un'altra lezione di Orientamento domenica prossima, a cui parteciperò."

"Nessun problema." Ariel mi lancia un'occhiata determinata. "Ti ci porterò."

"Mi piacerebbe anche rifare yoga, domani" aggiungo.

"Vorrei tanto..."

Suonano al campanello.

Tutti noi ci scambiamo delle occhiate.

"Io non aspettavo nessuno" dice Fluffster nella mia mente, con un tono così impassibile, che sembrerebbe intrattenere abitualmente fiumane di visitatori.

"Dubito che sia il tuo amico porcellino d'India." Mi piego per alzarmi, e vado in camera a prendere la mia nuova pistola.

Ariel deve aver avuto la stessa idea poiché, al mio ritorno, ha come me una pistola in mano... diversa da quella che tiene in macchina.

Mettendosi in testa, sblocca la porta e apre quel tanto che lo consente la catena di sicurezza.

"Ciao" dice una voce ipnotica attraverso il piccolo spazio. "Molto paranoica?"

Ariel emana un percepibile sospiro di sollievo, e toglie la catena.

Quando apre la porta, associo un nome a quella voce.

Sulla soglia di casa nostra c'è Gaius, il vampiro 'amico' di Ariel.

Il suo bel viso pallido si contorce in un sorriso compiaciuto, mentre ci studia.

Se le pistole lo preoccupano, non lo dimostra affatto.

Fluffster si mette davanti a me, con la coda che si agita aggressivamente da una parte all'altra.

Il sorriso di Gaius vacilla, quando si accorge del domovoi nei panni di un roditore, e i suoi occhi azzurro-ghiaccio fissano i miei, prima d'indirizzarsi verso Ariel. "I giovani di questa epoca non conoscono le buone maniere, vero?" Guarda Fluffster in cerca di una reazione, ma non ne trova. "Nessuno vuole invitarmi ad entrare?"

Ariel, rivolgendomi uno sguardo di scuse, mima con la bocca: "Devo andare."

"Aspetta..."

Prima che possa terminare il mio pensiero, lei striscia fuori dall'appartamento e chiude la porta alle proprie spalle.

Guardo Fluffster, che si stringe nelle spalle pelose.

Mi avvicino alla porta per appoggiare l'orecchio al buco della serratura, ma non sento nulla.

Sbircio allora nel sudicio spioncino, ma non vedo né Ariel, né Gaius vicino alla porta, quindi la apro e intravedo i due che entrano in ascensore.

"È andata via con lui." Chiudo la porta. "Così."

"Forse, *avresti dovuto* invitarlo ad entrare" replica Fluffster con una precisa sfumatura astiosa. "Potevamo saperne di più sul loro rapporto."

"Forse avrei dovuto." Blocco la porta, ma lascio perdere la catena. "Gaius stava aiutando Darian la prima volta che ci siamo conosciuti, quindi forse lui sa dov'è Darian."

"Sempre se vuoi trovarlo, quel vigliacco" commenta Fluffster. "Non puoi chiedere ad Ariel d'interrogare Gaius su questo, quando torna a casa?"

"Dubito che vorrebbe fare da intermediario, ma potrei tentare" rispondo, prima di andare in bagno.

Per rilassarmi e lavare via il sudore del mix tra la corsa e lo stress, mi preparo un bagno... che fa meraviglie per la mia spalla dolorante.

Con la pelle raggrinzita, individuo Fluffster ed entrambi consumiamo un bel pranzo.

Poi cerco di accedere allo Spazio Mentale.

So che i residui dell'adrenalina ostacoleranno la meditazione, ma è il motivo per cui voglio provarci in questo momento. Affinché i miei poteri tornino utili, devo essere in grado di applicarli nelle situazioni stressanti.

Per la parte sulla respirazione delle istruzioni di Darian, impiego lo stesso tempo dell'ultima volta moltiplicato per quattro, ma alla fine i lampi fluiscono dalle mie mani agli occhi, e mi ritrovo di nuovo nello Spazio Mentale.

―――

STO FLUTTUANDO TRA LE FORME. Quelle più vicine a me sono a temperatura ambiente, color magenta e dal sapore di mango, degli ibridi tra un prisma pentagonale e un cono. Suonano tutte una spaventosa sinfonia, che sarebbe una musica adatta per Halloween.

Provo a toccare quella più vicina.

Non funziona.

Vorrei che il mio arto metafisico toccasse la forma con tutta me stessa, ma tanto varrebbe desiderare di sfidare la gravità e fluttuare verso il cielo nel mondo reale.

Se avessi un labbro, lo morderei dalla frustrazione.

Perché non funziona?

Magari alcune visioni non sono destinate ad essere viste?

Oppure non sono abbastanza potente? Non ho abbastanza esperienza?

Oppure queste forme non hanno nulla a che fare con me, e i miei poteri mi stanno proteggendo da una visione probabilmente spaventosa ma del tutto inutile per me?

Forse questa visione riguardava l'intervento chirurgico di un bambino in Bielorussia... un evento che, per me, sarebbe quasi impossibile da cambiare dagli Stati Uniti.

Ciò di cui ho bisogno è parlarne con Darian o con qualche altro veggente, ma per questo dovrò aspettare di uscire dallo Spazio Mentale. Per ora, devo fare pratica nell'utilizzo dei miei poteri, cercando delle visioni accessibili.

A proposito.

Felix, prima, mi ha chiesto delle predizioni. Voleva che risalissi alla password di Nero, e/o scoprissi se Nero lo ucciderà per l'hackeraggio in un futuro lontano.

Focalizzandomi il più possibile su questi due concetti, fluttuo in avanti, ritrovandomi presto in mezzo ad una nuova serie di forme.

Fredde come idrogeno liquido, dal sapore di barbecue ed ellissoidali con angoli impossibili, queste forme emanano una musica molto più tranquilla delle precedenti, ma sempre con un sottofondo di pericolo.

La mia memoria funziona palesemente meglio ogni volta che entro nello Spazio Mentale, poiché ricordo un'altra teoria precedente di Felix.

Lui suggeriva che la dimensione della forma determinasse la durata della visione.

Decido allora di prendere qualche altro piccione con una fava, e zoomo in avanti più volte. Se la teoria di Felix è corretta, la mia visione sarà bella e di breve durata.

Queste molecole ellissoidali sono leggermente meno fredde ed emanano un suono ancora più sereno, perciò, quando arrivo a toccare quella più vicina, la visione parte immediatamente.

———

STO FISSANDO una cartella con scritte due strane parole.

C'è un rumore dietro di me...

———

LA VISIONE FINISCE in meno di un secondo.

Cercando di tenere memorizzata la strana scritta che ho appena visto nella mia mente, vado goffamente alla ricerca di carta e penna.

La prima penna che impugno ha esaurito l'inchiostro, guardo quindi nel cassetto dove tengo gli attrezzi di magia, e prendo un pennarello indelebile. Ma poi non trovo la carta, e mi tocca prendere un biglietto di auguri ricevuto da papà.

Sono pronta a scrivere; solo che adesso mi vengono dei dubbi su ciò che ho visto.

La prima parola iniziava con una 'C' maiuscola e aveva due 'a' con una strana lettera in mezzo, che sembrava una 'w' appiattita.

La scrivo il meglio possibile, poi mi spremo le meningi per la seconda parola.

Credo che ci fosse una 'Y' maiuscola, seguita da una 'p', poi un '6' e una 'a', quindi una 'H' maiuscola ma scritta in piccolo, per qualche motivo. Scrivo quanto ricordo sul biglietto.

Cawa Yp6aH.

Potrebbe sicuramente essere la password di Nero... teoria supportata dal fatto che uno dei miei obiettivi nello Spazio Mentale era quello d'indovinarla.

Mi chiedo se debba mandare a Felix un'immagine, ma mi blocco.

Posso aspettare che torni a casa. Se Nero sta controllando in qualche modo il telefono di Felix, non voglio fargli sapere che ho già recuperato la sua password.

Magari nel frattempo posso ripetere l'esperienza dello Spazio Mentale?

Mi metto in posizione di meditazione e mi concentro.

Passa un'ora.

Due.

Tre.

Sebbene non sia mai stata così calma in vita mia, i fulmini sui miei palmi non si fanno vedere.

Dopo essermi sforzata ancora per un po', ci rinuncio.

Evidentemente, le visioni sono limitate ad un giorno... cosa che Darian non aveva menzionato, oppure è diverso per ogni veggente, e questo è il mio limite personale. In alternativa, forse mi serve più pratica, prima di poter entrare nello Spazio Mentale due volte in un giorno.

Meditando sui limiti del mio potere, vado in cucina per cenare, e mentre ritorno in camera mia, Felix entra nell'appartamento.

"Abbiamo molte cose di cui parlare" dico invece di un ciao. Mentre si cambia le scarpe e si prepara un sandwich, gli racconto di tutto il divertimento che si è perso.

"Puoi mostrarmi la password?" chiede, gettandosi sul cibo.

Vado in camera a recuperare il biglietto di auguri.

Quando lo mostro a Felix, solleva il monosopracciglio.

"Questa non è una password" dichiara. "O almeno, potrebbe non esserlo."

"Oh? Cosa pensi che sia, allora?"

"Sei *tu*." Punta i resti del sandwich verso di me. "È il tuo nome, scritto in alfabeto cirillico... probabilmente russo."

"Davvero?" Guardo di nuovo la carta, aspettandomi di vedere l'iconica 'R' girata dalla parte sbagliata.

"Sì" dice. "Quella 'C' è una S, seguita da una 'a' che è simile in entrambe le lingue. Poi c'è un'unica lettera per il suono 'sh' e un'altra 'a', e tutto questo compone Sasha. Stessa cosa per il cognome, dove 'Y' corrisponde al suono 'u', 'p' è 'r', '6' è una 'b,' 'a' è la stessa cosa, e quella 'H' è una 'n'."

Sotto i miei scarabocchi scrive la sua versione: "Саша Урбан."

"Già." Sprofondo in una sedia. "Sembra esattamente ciò che ho visto nella visione, ma perché Nero lo userebbe come password? Parla almeno russo?"

"Con un cognome come Gorin, in teoria potrebbe *essere* russo, ma concordo. Non credo che sia la password di Nero." Felix assalta il resto del suo sandwich.

"Ma se non è la password di Nero, allora cos'è?" Giro il biglietto al contrario, ma non ha senso nemmeno così.

"Questo potrebbe provare, temo, che Baba Yaga

riuscirà a parlare con te, dopotutto" mugugna Felix con la bocca piena. "*Lei* è sicuramente russa, e potrebbe aver scritto il tuo nome su quella carta. Forse per costringerti a fare un contratto vincolante o qualcosa del genere."

"Rose mi ha avvertito di non firmare niente per Baba Yaga, tuttavia non ricordo neanche un pezzo di carta nel suo ufficio." Mi massaggio le tempie con movimenti circolari, cercando di pensare ad una spiegazione alternativa. "Perché non può essere qualcos'altro?" suggerisco, disperatamente. "Una cosa positiva? Come, per esempio, se trovassi il mio certificato di nascita russo?"

Felix si asciuga le mani con un tovagliolo di carta. "Gli uomini che ti hanno attaccato lungo la strada verso la palestra erano russi, quindi probabilmente lavorano per Baba Yaga." Si alza.

"Aspetta." Mi alzo anch'io. "Come fai a sapere che erano russi?"

"Il tizio che hai soprannominato 'l'ammiraglio'." Felix raggiunge il salotto. "Quelle spalline sulle sue spalle sono cose che vengono fatte per i criminali di grado elevato nelle prigioni russe. Hai visto che genere di persone frequenta il locale di Baba Yaga. Fai i calcoli."

Si lascia cadere sulla poltrona reclinabile e allunga il braccio verso il telecomando della TV, in un attacco di comportamento da marito.

Lo fisso, incredula. "Stai davvero per guardare la TV in questo momento?"

Felix guarda il telecomando nella sua mano, poi me. "Cosa vuoi che faccia? Se ti dicessi di non uscire di casa... l'unico modo per evitare altri incontri con Baba Yaga... mi daresti retta?"

"Forse" mento. "Ma devi ammettere che diventare un'eremita non è una soluzione."

"Non è una buona soluzione a lungo termine, no." Gesticola con il telecomando. "Altrimenti, *potresti* mandare giù il tuo orgoglio e fare pace con Nero, così..."

"Lascia stare." Giro i tacchi. "Guarda la tua stupida TV."

Entro come una furia in cucina, prendo il biglietto e vado nella mia stanza.

Dentro c'è Fluffster, quindi gli mostro il biglietto, spiegandogli la teoria di Felix.

Lo guarda con i piccoli occhi luccicanti che si sgranano. "Possiedo più ricordi di quelli che pensavo. Riesco a leggerlo. Significa che so parlare russo?"

"Non lo so." Mi chino in avanti per dare a Fluffster una grattata di lato. "Prova magari a parlare con Felix? Se non funziona, dovremmo procurarti un libro russo. O puoi guardare qualcosa in russo su YouTube?"

"Tutte ottime idee" dice, lanciandosi verso la porta.

Rimasta sola, capisco di poter mettere alla prova la teoria di Felix su Baba Yaga. Non devo fare altro che tornare nello Spazio Mentale e ripercorrere la stessa visione per un tempo più lungo.

Incoraggiata, comincio a meditare.

E a meditare.

E a meditare.

Indipendentemente dal mio impegno, lo Spazio Mentale mi esclude.

La mia teoria di una visione al giorno dev'essere vera.

Prima che possa pensare a che altro fare, Fluffster torna di corsa in camera.

"Parlo russo fluente" dice nella mia mente. "Felix ha detto che mi darà dei libri, e mi ha mostrato un motore di ricerca russo chiamato Yandex.ru. Abbiamo cercato lì delle informazioni sui domovoi. Ho scoperto alcune cose davvero interessanti."

Fluffster prosegue, raccontandomi le favole sulla sua specie, e descrive la trama di un cartone con il personaggio di un domovoi.

"Forse, con il tempo, ricorderai altro dopotutto" dico, quando ha esaurito tutte le risorse. "Magari dovrei rispondere alla telefonata di Baba Yaga e ringraziarla."

Fluffster scuote la testa pelosa. "Ho appena letto di lei in russo originale. Anche se ha solo preso in prestito quel nome, porta cattive notizie."

"Stavo scherzando. E poi, sarà convinta che io abbia il telefono disattivato... ed è probabilmente per questo che adesso mi fa inseguire dai suoi scagnozzi."

"Probabile" dice Fluffster, e sbadiglia. "Vado a schiacciare un pisolino, se non ti dispiace."

"Anch'io me ne andrò a letto a dormire" lo informo. "Prima mi alzo, prima posso provare ad avere un'altra visione."

# CAPITOLO QUINDICI

MI SVEGLIO alle sei di sabato mattina, per la prima volta in vita mia. Credo che capiti, quando si va a dormire così presto.

Ripeto la mia routine mattutina e divido il porridge della colazione con Fluffster.

"Ariel è tornata a casa ieri sera?" chiedo, mentre finiamo il pasto.

"No" risponde. "Non è tornata."

"Oggi dovremmo andare in palestra. Spero che non mi dia buca."

Fluffster scuote la testa con disapprovazione, e si unisce a me quando ritorno in camera mia.

Mentre lui si rannicchia sul mio letto, decido di applicarmi nel richiamare un'altra visione.

La meditazione fila liscia come non mai; sto palesemente migliorando.

Le mie mani si scaldano a tempo di record, e i fulmini mi colpiscono agli occhi.

———

SONO CIRCONDATA da una nuova serie di forme.

Come posso io (o lo Spazio Mentale, o quello che è) decidere dove ritrovarmi, quando compaio qui all'inizio? Dovrei dedicare più attenzione a queste forme?

In ogni caso, oggi l'obiettivo che ho in mente è diverso. Devo rintracciare la visione con la scritta in russo, e scoprire se è collegata a Baba Yaga o a Nero.

Mi libro in avanti, sforzandomi di pensare alle stesse cose di ieri.

Sono circondata da orde di forme diverse, ma quelle ellissoidali dagli angoli impossibili che mi servono non si vedono. In effetti, non vedo nemmeno una forma che sia anche lontanamente ellissoidale.

Cerco di concentrarmi sulla forma stessa e mi costringo a trovarla.

Non succede nulla, e alla fine ci rinuncio.

Le forme con la password sono chiaramente al di fuori della mia portata.

E se ci fosse solo una possibilità di avere una visione in un luogo e tempo specifici?

In tal caso, dovrò stare molto attenta a quegli intervalli di tempo, in futuro.

A proposito di intervalli di tempo, posso perlomeno testare una teoria su di essi. Devo soltanto trovare una forma che mi piace, zoomare all'indietro per qualche volta, e vedere se mi conduce ad una visione lunga.

I caldi, bianchi e tondeggianti prismi dal sapore di

sottaceti emanano una musica accogliente e sicura, quindi scelgo loro.

Zoomo all'indietro una volta.

Due volte.

Tre volte.

Alla quarta, scelgo un prisma a caso e lo tocco.

————

MI VIENE SCAGLIATO un pugno in faccia, poi nello stomaco. Poi il movimento circolare di una gamba mi fa finire con la schiena a terra.

Tornata goffamente in piedi, blocco un calcio circolare, tento di mettere a segno un pugno, e fallisco. Un montante mi fa volare all'indietro in un mucchio di braccia e gambe.

"Ora basta con la Sasha gentile" dico digrignando i denti, mentre blocco il pugno seguente, poi faccio volare l'avversario con un montante e gli lancio addosso il mio letale ventaglio di metallo... rovesciando fiumi di sangue.

Accorciando la distanza tra noi, scateno una combo: una serie di mosse memorizzate in precedenza.

Al termine, gli rimangono a malapena le forze.

Sto per vincere, e mi divertirò a cancellargli dalla faccia quell'espressione compiaciuta.

Salto, decisa a farla finita.

Lui blocca il mio calcio, poi esegue un rapido movimento con la gamba sotto i miei piedi, mandandomi ruzzoloni per terra.

Appena tento di rialzarmi, m'immobilizza con la sua mossa speciale e, dopo essersi avvicinato a me con presunzione, scarica una serie di calci e pugni.

Sono a terra, con la barra della vita vuota.

"Finiscila" dice una voce profonda.

Nell'inquadratura successiva, mi ritrovo in piedi, tremante.

Lui mi raggiunge, paralizza la parte centrale del mio busto e vi crea un buco con un pugno, prima di spezzarmi la spina dorsale mentre solleva il mio corpo sopra la sua testa; infine, squarta ciò che ne rimane in due parti sanguinolente.

"Fatalità" conclude la voce profonda.

"Questo è stato molto meglio." Felix seleziona una femmina dal seno imponente come personaggio successivo. "Uno di questi giorni vincerai, vedrai."

Serrando la mascella, scelgo Sub-Zero: il suo ultimo personaggio.

E perdo di nuovo.

Poi perdo anche peggio.

Poi perdo senza colpirlo nemmeno una volta... una situazione che la voce profonda definisce 'Vittoria Sfolgorante'.

In fatto di videogiochi, sono anche troppo competitiva. Non accetto di perdere.

Giochiamo per ore, e mi sento sempre sul punto di scoprire la tecnica di Felix, ma poi lui cambia qualcosa e perdo un'altra volta. E un'altra ancora.

"State ancora giocando?" chiede Fluffster dopo

un'altra ora di mie sconfitte. "Mi potete dare il mio bagno di polvere?"

"Aspetta" risponde Felix. "Lasciami uccidere Sasha ancora una volta."

———

MI TROVO di nuovo nella mia stanza.

Wow.

Questa è stata una visione di più ore... e probabilmente anche la più inutile che abbia mai avuto.

A quanto pare, Felix mi chiederà di giocare a *Mortal Kombat* più tardi e gli dirò di sì, perdendo poi per ore.

Ma perderò davvero? In effetti, ho visto come si sono svolti alcuni di quei combattimenti. Magari posso sfruttare questa conoscenza?

In ogni caso, devo comportarmi con naturalezza. Non voglio che Felix mangi la foglia.

Per un'ora leggo libri di magia, poi mi abbuffo di televisione, finché Felix non si sveglia e fa colazione.

Alla fine, bussa alla mia porta.

"Ehi" esordisce, quando gli apro. "Scusa per ieri sera. Avrei dovuto parlarti, invece di guardare la TV. Solo che ero stanco morto... ma, se ancora lo vuoi, sono pronto per una chiacchierata."

Sorrido. "Non c'è problema. Forse, anch'io sono stata troppo avventata. Non c'era altro di cui parlare. Oggi resto a casa, come hai suggerito, e quando esco mi accerterò che Baba Yaga non possa prendermi."

"Bene. Mi stavo anche chiedendo come intrattenerti... e mi è venuta un'idea."

"Cos'avevi in mente?" chiedo, ma naturalmente lo so già.

"Perché non giochiamo a qualche videogame?" chiede, prevedibile. "Possiamo giocare a *Mortal Kombat*. So che tu ed Ariel ci giocate sempre."

"Sei sicuro di tollerare tutta quella violenza fatta a computer?" chiedo con un maligno sorriso interiore.

"Posso farcela" replica, e va in salotto, dove abbiamo installato l'Xbox di Ariel.

Mentre avvia il gioco, brontola qualcosa di negativo sulla console, ma lo ignoro. Da sostenitore incallito del Nintendo, è incapace di esprimere un'opinione obiettiva su qualunque altro sistema.

Accesa la TV e controller in mano, diamo inizio alla battaglia.

All'inizio perdo. Non siamo ancora arrivati alla mia visione.

Poi arriviamo finalmente alla parte da me prevista: il suo ninja blu mi tira un pugno in faccia e poi allo stomaco, poi esegue un movimento rapido verso le mie gambe, facendomi cadere a terra.

Ora, tuttavia, ho il vantaggio della preveggenza... e rimango colpita dalla perfezione con cui ricordo le prossime mosse di entrambi.

Perciò vinco.

Poi vinco ancora.

"Ehi" dice Felix dopo la quarta sconfitta consecutiva. "Questa cosa mi puzza." Mi osserva ad occhi socchiusi. "Stai usando i tuoi poteri per vincere?"

"No" mento. "E tu?"

Arrossisce, e vorrei sbatterlo fuori dal gioco.

Perché non ci ho pensato prima?

Essendo lui un tecnomante e la Xbox un onorato PC, può ovviamente manipolarla con la stessa facilità degli altri aggeggi dei computer.

"Basta con i videogiochi" intimo. "Non posso credere che tu abbia imbrogliato."

"È stato solo con l'inganno che sono riuscito a beccare *te* a imbrogliare." Getta il controller sul divano. "Dimmi come ci sei riuscita."

Gli spiego tutto con un sogghigno, e la sua rabbia si trasforma in meraviglia mentre proseguo.

"È davvero interessante." Spegne la TV. "Una visione così lunga. Chissà se c'è un prezzo da pagare?"

Mi gratto dietro la testa. "Non ho pensato al prezzo. Non mi sento particolarmente stanca o altro... quindi, forse, la lunghezza della visione non incide?"

"Hmm... Hai detto di poter zoomare all'indietro tutte le volte che vuoi, giusto?"

"L'ho fatto solo qualche volta, quindi chissà? Magari c'è un limite che non ho raggiunto?"

"Ci dev'essere. Altrimenti, cosa t'impedisce di avere una visione che duri un anno o due? O una vita intera?"

"Non ne ho idea." Ripongo il mio controller. "Forse queste visioni *sono* possibili."

"Sarebbe straordinario" commenta. "Ma in ogni caso, se lo Spazio Mentale assomiglia all'interfaccia di un computer, scommetto che le dimensioni iniziali di quelle forme sono già ottimizzate per la miglior durata della visione."

"Ottimizzate da chi?"

"Te?" ipotizza. "O da qualche divinità dei veggenti. Chi lo sa?"

Restiamo seduti per un po' in un silenzio meditativo, poi mi alzo.

"Dovrei vedere se riesco a tornare nello Spazio Mentale" gli dico. "Probabilmente no, ma vale la pena tentare."

"Buona idea." Si alza anche lui, per estrarre il gioco dalla Xbox e sostituirlo con un altro. "Fa' pure. Ho questo gioco di corse che volevo provare."

Mi dirigo in camera per ritentare con la meditazione.

Proprio come previsto, non funziona.

Ci riprovo, una volta che io e Felix abbiamo pranzato presto, ma inutilmente.

Mentre mi arrendo, noto che Ariel non si è fatta viva per portarmi in palestra... e naturalmente, adesso ho proprio voglia di andare in palestra.

Prendo il telefono per comporre il suo numero.

Una suoneria familiare parte nella stanza di Ariel.

Quando vi entro, infatti, il suo telefono è ancora collegato al caricabatterie.

Perché mi sono lasciata convincere a cancellare il numero di Gaius? Se ce l'avessi, potrei almeno chiamare *lui*.

Sapendo bene che sia Fluffster sia Felix mi

punirebbero, anche solo per aver considerato l'idea di uscire di casa, faccio delle flessioni vicino al mio letto, dopodiché ho finito con l'attività fisica per oggi.

Dopo cena, io e Felix noleggiamo un paio di film, poi vado di nuovo a letto presto.

———

RISPETTANDO la nostra tradizione ufficiosa della domenica mattina, Felix prepara qualcosa di molto goloso per colazione: dei pancake al formaggio quark chiamati *syrniki*.

Mentre mangiamo, m'informa che Ariel non è ancora tornata a casa, e comincio a preoccuparmi per l'Orientamento.

È per oggi e, se Ariel non si fa vedere, sono fregata.

Tornata in camera, medito sulla praticità del portarsi dietro una pistola. L'ultima che avevo alloggiava in una grande borsa, ma dovrei pensare a qualcosa di meglio.

Mi viene in mente un'idea, e scovo l'outfit da me ideato per far sparire un cellulare.

Esatto.

La tasca segreta, che è il punto chiave di quel numero, funziona bene come fondina per la Glock.

In caso di necessità, posso usarla anche per far sparire una pistola, sebbene sia molto meglio il contrario.

Poi mi viene un'altra idea. Anche senza Ariel, una visione può aiutarmi a rendere più sicuro il mio tragitto verso l'Orientamento. In effetti, forse posso ripetere il procedimento di ieri e avere una profezia di più ore.

Sì, proprio così.

Potrei allora andare all'Orientamento nella visione, e non nel mondo reale... saltando il viaggio, a meno che la visione non dimostri che posso andare e venire senza danni.

Eccitata da questa soluzione alternativa, mi metto nella posizione del loto, concentrandomi sul respiro che rallenta sempre più.

Non succede nulla.

Sono seduta con la mente quanto più vuota possibile, ma i fulmini non si materializzano mai sulle mie mani.

È forse questo il prezzo di cui parlava Felix?

Se sì, quel ragazzo è veramente uno iettatore, ma potrebbe aver ragione. Sembra che la visione più lunga di ieri mi abbia prosciugato, e oggi non riesco a raggiungere lo Spazio Mentale.

O almeno spero che valga solo per oggi. Per quanto sia stato soave battere Felix a *Mortal Kombat*, perdere a lungo i miei poteri per un videogioco sarebbe una vera rottura di scatole.

Malgrado tutto, se Ariel non salta fuori all'ultimo minuto, mi serve un piano di riserva per l'Orientamento.

Mi vesto, nascondendo la pistola nella tasca segreta, infilo il coltello dell'ammiraglio in una tasca normale, ed entro in salotto.

Quando Felix e Fluffster notano il mio arrivo, chiedo: "E se mi portassi dietro la pistola e andassi e tornassi in taxi?"

"Preferirei che stessi a casa." Fluffster descrive un cerchio attorno a me, un po' correndo e un po' saltellando. "Credo che non dovrei *mai* uscire."

"Ottimo." Il mio tono trasuda sarcasmo. "Felix?"

Si alza. "So quant'è importante l'Orientamento. Ed è per questo che verrò in taxi con te."

"Sul serio?" Squadro con scetticismo la sua sagoma sottile. "In realtà, no, non lo farai. Perché metterti in pericolo?"

"Se ci vai tu, vado anch'io." Aggiunge con voce più pacata: "Ci stavo andando in ogni caso, a dir la verità, quindi sarebbe stupido non farlo insieme."

"Ah sì?" chiediamo contemporaneamente io e Fluffster.

"Non è niente di speciale" dice sulla difensiva. "Sto solo accompagnando lì un'amica."

"Un'amica?" Scruto nei suoi occhi neri, per capire se sta scherzando, ma non ne trovo alcuna prova. "Un'amica che non sono io?"

Felix arrossisce. "È Maya." Abbassa lo sguardo. "Io e lei abbiamo stretto un patto. Se le lupe mannare stronze la minacciano ancora, Maya mi manda un messaggio, e io l'accompagno all'Orientamento." Tira fuori il telefono, agitandolo nell'aria. "Mi ha scritto."

"Maya?" ripeto, inebetita. "Stavi per portare Maya all'Orientamento, e me lo dici solo *adesso*?"

Maya è la mia nuova amica e compagna di classe

minuta e aggraziata, che (cito testualmente) 'compirà diciott'anni tra qualche mese', e che era caduta preda del bullismo di Roxy e delle sue cagne, in parte a causa della sua gracilità.

Stringere con lei un patto del genere, per Felix, è estremamente galante, ma in qualche modo dubito che Roxy minaccerebbe Maya durante il tragitto *verso* l'Orientamento. È molto più probabile che la ragazza stia solo pianificando di passare del tempo con Felix.

E scommetto che lui lo sa.

Ma, cosa più importante, non penso che Felix potrebbe veramente aiutare Maya ad affrontare Roxy, se le cose si mettessero male. Me lo posso immaginare. Roxy o una delle sue tirapiedi si trasforma in lupa, morde qualcuno; Felix vede il sangue, sviene, e la cosa finisce lì.

"*So* badare a me stesso" dichiara, come a indovinare i miei pensieri. "Aspetta qui."

Lo sento frugare nella sua stanza, e andare poi in quella di Ariel. Ritorna con due pistole in mano: quella che ho visto prima in camera di Ariel, e un congegno stravagante.

"Questa la darò a Maya durante il nostro spostamento." Si ficca la pistola di Ariel dietro i pantaloni. "E questa" mostra l'eccentrica pistola, "l'ho comprata come arma di contrabbando dopo tutto quel casino con Harper. Attenzione, perché se vengo scoperto con questa, il Consiglio avrà la mia testa."

Affascinata, esamino le intricate incisioni sul lato dell'arma, e il mirino e l'impugnatura bizzarri. Sembra che abbiano preso un moschetto, per rimpicciolirlo prima di usarlo come base per una pistola laser futuristica. "Che cos'è?"

"Una pistola" dice Felix. "Da Gomorra."

La studio con interesse addirittura maggiore.

"La tecnologia di Gomorra è avanti rispetto alla nostra" spiega, eccitato. "Questa pistola ha più capacità di calcolo del tuo portatile. È in grado di mirare da sola, possiede una modalità non letale, è più leggera di qualsiasi arma prodotta qui sulla Terra, e la parte più figa è che posso usarla con i miei poteri di tecnomante. Finora, ho fatto in modo che potesse funzionare solo con me... quindi, anche se la perdessi o se qualcuno la rubasse, si ritroverebbe soltanto con un giocattolo inutile."

Allungo la mano per toccare la pistola. Il materiale, al tatto, è addirittura più plastico di quello sulla mia Glock. Da vicino, sembra più una pistola giocattolo di alcune pistole giocattolo. "Ma non violeresti il Mandato, andandotene in giro con quella sulla Terra?"

"Estrarla non attiva la protezione del Mandato, se è questo che intendi." Conficca l'arma nella parte posteriore dei pantaloni, vicino alla pistola di Maya/Ariel.

"Ma se qualcuno vede..."

"I morti non parlano" dice. "Cioè, se dovessi usare l'opzione letale."

Roteo gli occhi. "Per favore. Perderai i sensi, prima di sparare con quell'affare. Svieni alla vista del sangue, ricordi?"

"Non succede sempre." Va con sicurezza verso la porta d'entrata e infila le scarpe. "Abbiamo giocato a quel gioco violento, e sono stato bene."

"Non era sangue vero" gli rammento. "Non è come quando spari davvero a qualcuno."

Si stringe nelle spalle. "C'è sempre l'opzione non letale. Se l'attivassi, la persona perderebbe solo i sensi per qualche ora. Ma anche se dovessi sparare a qualcuno a tavoletta, questa pistola non lo farebbe sanguinare. In teoria, almeno. In ogni caso, non sverrei *prima* di premere il grilletto."

"Ceeerto. Spareresti al cattivo, e *poi* sverresti."

"E allora? Il cattivo non costituirebbe più una minaccia."

"Se l'hai ucciso in un colpo" mormoro. "E se c'è un uomo solo."

La mascella di Felix è contratta in un modo, che deve aver imparato da Ariel. "Vuoi andare all'Orientamento o no?"

"D'accordo." Infilo le mie scarpe. "Andiamo."

Prima di uscire dall'edificio, prenotiamo l'auto e aspettiamo che arrivi con le mani sulle armi nascoste.

Saliti sull'auto indisturbati, ci dirigiamo verso casa di Maya, che è nelle vicinanze.

"Ciao, Felix. Ciao, Sasha" cinguetta emozionata Maya, nel salire. "Grazie mille per essere venuti a prendermi."

Se è rimasta delusa dalla mia presenza, che le tarpa le ali con Felix, è molto brava a non darlo a vedere.

"Tieni." Felix fa scivolare la pistola di Ariel sul sedile

con discrezione. "Usala, se dovesse succedere qualcosa di brutto."

Lei spalanca gli occhi a tal punto, che a malapena ci stanno nella montatura dei suoi occhiali alla moda. Si riprende in fretta, comunque, e nasconde la pistola nello zaino.

Spero proprio che Felix sappia cosa sta facendo, nel dare una pistola alla ragazzina. Dovrò ricordargli di riprendersela, prima di lasciare Maya davanti a casa sua; l'ultima cosa che vogliamo è farla scoprire ai suoi genitori.

Il traffico è lento lungo la strada verso il Queens, e lascio chiacchierare Felix e Maya. Il loro impacciato modo di flirtare è più tenero dei gattini appena nati. Maya è piuttosto matura per la sua età, e questo, abbinato all'immaturità di lui, riduce la loro differenza di età, ma insieme sono ancora deliziosamente a disagio.

Maledizione, vorrei che Ariel fosse qui a vedere. Adora fare battute sulla verginità a spese di Felix, e questo viaggio le offrirebbe un bel po' di materiale. D'altro canto, visto l'attacco del succubo, è ancora vergine?

Probabile. Non sembrava essersi spinto tanto avanti, con lei.

Mentre raggiungiamo l'edificio dell'Orientamento, noto una faccia familiare al volante della Jaguar che, maleducatamente, ci taglia la strada all'incrocio.

"È Chester" sibilo a Felix, indicando l'auto in questione.

Indifferente a qualunque traffico alle proprie spalle, Chester si ferma in mezzo alla strada, e Roxy esce dalla sua auto.

Sembra scocciata per qualcosa. Forse non le piace che papà l'accompagni in macchina, oppure voleva che parcheggiasse vicino al marciapiede, come una persona normale.

Mi chino, prima che Chester mi veda, perché in tal caso sono certa che un camion si scontrerebbe a tutta birra contro il nostro veicolo dopo qualche secondo.

Per fortuna, Chester si allontana non appena la sua progenie infernale entra nell'edificio.

Il nostro conducente parcheggia.

Usciti dalla macchina, Felix ci accompagna in classe, e durante il cammino riesco quasi a sentire il desiderio di Maya di essere presa per mano da lui... che però non lo fa.

"Torno tra un attimo." Felix lo dice guardando direttamente Maya, e mi appunto mentalmente di affrontare una conversazione seria con lui, che in parole povere sarebbe: "Prima di fare qualunque cosa, aspetta almeno 'qualche mese'."

Io e Maya entriamo in classe, dove prendiamo due sedie e ci sediamo insieme alla distanza matematicamente più lontana possibile da Roxy e dal suo alveare.

L'Ape Regina si comporta in modo normale... e intendo dire che sta chiaramente dicendo qualcosa di cattivo su di noi al suo alveare, ma a voce troppo bassa per farmi sentire.

Qualunque cosa le abbia detto Rose al parco, ha palesemente sprecato il fiato.

L'udito di Maya dev'essere più fino, poiché la sua mano s'infila nello zaino... ma, incrociando la mia occhiata severa, non estrae la pistola.

Entra il Dottor Hekima, e tutti si zittiscono.

"Ciao a tutti." I capelli a mo' di Einstein del Dottor Hekima, oggi, sono più arruffati del solito. "Mamma mia, ho una lezione incredibile per voi."

Mi si avvicina per porgermi uno stampato, poi ne consegna uno a Maya, prima di seguire il cerchio.

Lo stampato è zeppo di legalese e, se ho ben capito, tratta di dare il consenso al farmi invadere la mente ai fini della lezione.

Cosa?

Devo aver capito male.

"I moduli sono per dopo" dice il Dottor Hekima, quando ognuno ha la sua copia. "Tanto per cominciare, mi limiterò a parlare, e sono sicuro che aspettavate questo argomento con ansia." Fa una pausa teatrale, osservando tutti con gli occhi che brillano. "Le Altre Terre."

Gli adolescenti non danno segni dell'ansia appena menzionata. Sembra non importare a nessuno, tranne che a me.

Io sono pronta a saltare su e giù dall'eccitazione.

"Alzate la mano se avete sentito il termine 'dimensione alternata'" dice il Dottor Hekima.

La mia mano schizza in alto, e pochi altri seguono cautamente il mio esempio.

"Che ne dite di 'altri mondi'?"

Altre mani.

"E 'universi paralleli'? O 'il multiverso'?"

Adesso quasi tutte le mani sono alzate.

"Bene" dice. "Sarà più facile spiegare cosa sono le Altre Terre. Per prima cosa, dovete sapere che ci sono dei portali, che rappresentano dei mezzi di trasporto verso le Altre Terre... mondi molto diversi dal nostro. Affronteremo meglio i portali in seguito: la lezione di oggi, infatti, verte sulle Altre Terre."

Ascolto, impaziente, mentre si alza e comincia a camminare.

"Una cosa che dovete tenere presente è che la Terra stessa è una delle Altre Terre" dice, girando intorno alla classe. "E noi, i Conoscenti, non siamo nativi di qui."

S'interrompe di nuovo per un effetto teatrale, permettendomi di capire che stavo pensando alle Altre Terre come 'là fuori' e alla Terra come a casa mia. Ma noi, in effetti, siamo degli alieni qui.

Dov'è la nostra casa originale?

Qualcuno lo sa?

Il Dottor Hekima continua a camminare e a parlare, affrontando alcune cose che ho appreso da Ariel e Felix.

Esiste un numero infinito di mondi, in molti dei quali il tempo scorre in modo diverso. I portali conducono solo ad una piccola frazione di questa quantità infinita, quindi ci sono innumerevoli mondi a cui non si può accedere tramite un portale.

Esistono anche dei mondi che erano dotati di

portali e che poi sono morti... alcuni per la guerra nucleare che i Conoscenti non hanno potuto impedire, altri a causa di un asteroide o di qualche altra catastrofe apocalittica. Il suo punto essenziale, cosa che Ariel ha già menzionato, è che non possiamo andare a nostro piacimento in questi aridi mondi.

Sarebbe come andare su Giove o sul sole stesso.

Alcuni dei mondi inaccessibili ospitano degli umani, mentre altri no, e se gli umani vengono a mancare in un mondo, i Conoscenti lì non hanno alcun potere.

"Capite il collegamento con la nostra lezione precedente?" Il Dottor Hekima accelera il passo. "Quando abbiamo parlato di cosa succederebbe, se i Conoscenti fossero scoperti dagli umani?"

Restiamo tutti inespressivi, compresa me.

"I mondi con gli umani sono una risorsa preziosa" spiega. "Se gli umani ci uccidessero, o ci bandissero dal loro mondo, sarebbe ovviamente una brutta cosa. Ma se fossimo noi ad uccidere loro, sarebbe una tragedia in sé. Perderemmo un altro posto dove possiamo avere i poteri... e ovviamente, il genocidio è moralmente ripugnante. Per questo, il Mandato esiste nei mondi dove lo sviluppo tecnologico e culturale degli umani l'ha reso necessario."

Vorrei chiedergli di scenari più oscuri come, per esempio, di un mondo dove i Conoscenti tengono gli umani in una sorta di schiavismo solo per mantenere i propri poteri, ma poi mi accorgo che è per questo che ha specificato la parte sullo sviluppo tecnologico e culturale degli umani.

Gli umani terrestri dell'era moderna non lo permetterebbero senza lottare.

Rendendomi conto d'aver perso alcuni secondi di lezione, lascio le riflessioni per dopo.

"...dati cosmologici accuratamente esaminati su una serie di Altre Terre, e non si è potuto trovare una sola stella, pianeta, o galassia da condividere tra loro." Il Dottor Hekima ci guarda con aria complice. "Alcune Altre Terre sembrano avere addirittura delle leggi della fisica leggermente diverse... sebbene le differenze non siano, ovviamente, abbastanza serie da interferire con la vita come la conosciamo noi."

L'idea delle leggi della fisica diverse mi lascia di stucco, e vorrei tanto aver studiato fisica come prima materia a scuola. Così, avrei potuto porre alcune buone domande alla fine della lezione.

Accorgendomi di aver divagato di nuovo, mi concentro sulle parole del Dottor Hekima.

"...il poco tempo a disposizione, pensavo di utilizzare i miei poteri per mostrarvi, invece di spiegarvi." Torna a sedersi. "È a questo punto che entrano in gioco i moduli di consenso, quindi vi prego di rivederli adesso."

Sto per studiare lo stampato di nuovo, quando il Dottor Hekima aggiunge: "Per chi di voi non lo sa" mi guarda, "sono un illusionista. Posso farvi vivere l'esperienza che voglio io, ed è una cosa che preferisco non fare senza il consenso, ecco il motivo dei moduli davanti a voi."

Tutti intorno a me firmano il modulo, e mi unisco a loro senza esitazione. Qualunque cosa stiamo per vedere, se me la perdessi, non me lo perdonerei mai.

Il Dottor Hekima gira intorno a noi per raccogliere i moduli, quindi si mette al centro della classe e solleva le braccia come un direttore d'orchestra.

Una pulsante energia rossa fluisce dalle sue dita alle teste dei miei compagni di classe, uno dopo l'altro, e quando mi colpisce, la sordida classe scompare.

Con occhi sempre più sgranati, osservo a bocca aperta l'impossibile paesaggio attorno a noi.

## CAPITOLO SEDICI

SIAMO NEL CIELO, su un'enorme isola fluttuante.

Anche se delle nuvole oscurano la terra sottostante, in lontananza si vedono altre isole.

Come fanno queste cose a fluttuare?

So che il Dottor Hekima parlava di leggi della fisica diverse, ma non avrà mica inteso un comportamento ribelle della gravità?

Un altro aspetto che non segue le leggi della fisica è la temperatura. A quest'altezza dovrei congelare, invece il clima è piacevolmente mite.

Mi guardo intorno. Siamo circondati da portali su tutti i lati. Il Dottor Hekima ci ha portato all'hub di questo mondo.

L'aria è frizzante con un pizzico di ozono, e l'elevata altitudine mi crea molta più difficoltà nel respirare.

Ogni edificio nella città circostante assomiglia ad una specie di cattedrale, ma fatta di un materiale poroso e di colore chiaro, e con molte più finestre.

Tutt'intorno a noi camminano persone simili ad elfi con indosso delle toghe. Quasi mi aspetto che comincino a strimpellare con delle piccole armoniche... o qualunque cosa si dovrebbe fare in Paradiso.

I miei compagni di classe sono tutti seduti sulle stesse sedie dell'aula... e appaiono sopraffatti tanto quanto me.

Questa non sembra proprio un'illusione. Potrei giurare di essere davvero qui, nel cielo.

Se non sapessi che non è così, ci scommetterei la testa.

"Pronti per un altro esempio?" chiede il Dottor Hekima e, senza attendere una nostra risposta, schiocca le dita.

Il posto cambia all'istante.

Ci troviamo in un luogo molto più buio.

L'aria è fresca e salata, come una spiaggia in una notte d'estate.

Sopra c'è una gigantesca bolla trasparente, come un campo di forze di qualche genere, e al di là di essa qualcosa che sembra acqua.

Siamo sul fondo dell'oceano?

Dev'essere così... a meno che un cielo non possa avere delle creature simili a pesci che ci 'volano' dentro.

Gli abitanti di questo mondo surreale indossano abiti molto aderenti, che mi ricordano le attrezzature subacquee, ma non si vedono né autorespiratori, né branchie.

Immagino che non oltrepassino il loro habitat della bolla.

I ragazzini intorno a me esclamano 'ooh' e 'aah', e perfino Roxy e il suo alveare sembrano impressionati.

Il Dottor Hekima sorride. "Ancora?"

Senza attendere una nostra conferma, altera di nuovo la scena... e stavolta, riconosco il posto.

Questa è Gomorra.

Non dimenticherò mai il cielo senza luna con la nebulosa rivelatrice che ricorda il fuoco e lo zolfo... o la diffusa megalopoli al cui confronto tutte le città della Terra messe insieme sembrano piccole.

Senza dire una parola, il Dottor Hekima cambia di nuovo scenario.

Il nuovo posto è pieno di bellissima vegetazione e colline, tanto da ricordarmi la Contea del *Signore degli Anelli*... ma credo che potremmo facilmente essere in Nuova Zelanda.

Anche il mondo successivo è familiare. Il cielo viola fluorescente, le nuvole rosa, le due lune, l'anello simile a Saturno, e l'aria dolce e insolitamente spessa, appartengono al mondo che io ed Ariel abbiamo attraversato, per andare ad affrontare Beatrice a Las Vegas.

Le dita del Dottor Hekima cominciano a schioccare più rapidamente.

Intravedo mondi che avrei potuto solo sognare, e mondi che mi ricordano ogni fiaba che abbia letto in vita mia.

Poi appaiono addirittura più velocemente degli esempi delle Altre Terre.

Nonostante scorrano attraverso la nostra

consapevolezza troppo in fretta per memorizzarle appieno, rendono il travolgente senso di meraviglia ancora più profondo.

Se lo scopo del Dottor Hekima era farci sentire piccoli ed insignificanti davanti a questi mondi infiniti, ci è riuscito perfettamente. Perfino un'egocentrica come Roxy sembra soggiogata dalla meravigliosa rassegna.

Fino alla Rivoluzione Copernicana, la gente credeva che la Terra fosse il centro dell'Universo. La scoperta del contrario dev'essere stata un'esperienza che induce umiltà, proprio come questa.

Mi arriva alle narici l'odore di caffè bruciato, e so di essere tornata sulla Terra... nella stanza meno interessante della meno interessante delle Altre Terre tra tutta la moltitudine che ho appena visto.

"Continueremo con questo argomento la settimana prossima" dice il Dottor Hekima, controllando l'orologio. "Vi prego di rimandare le domande a quella data."

Aspetta, cosa? Niente domande?

Mi aspetto una rivolta da parte dei miei compagni di classe, ma invece cominciano semplicemente a riporre le loro cose negli zaini.

Prima che possa prendere la parola, il Dottor Hekima abbandona la stanza.

Mi preparo a qualche azione da parte di Roxy e del suo alveare, ma anche loro escono molto in fretta. Forse qualcuno dà loro un passaggio e sono in ritardo?

Oppure, Rose e Vlad hanno avuto qualche influenza su Roxy.

Maya prende il telefono per mandare un messaggio.

Un secondo dopo, il telefono trilla in risposta.

"Felix dovrebbe essere qui tra qualche istante" dice.

Mentre gli ultimi studenti escono dall'aula e frugo in tasca, chiedo: "Puoi usare la tua psicometria con questo?"

Tiro fuori il coltello dell'ammiraglio e lo mostro a Maya.

"Certo." Me lo prende di mano. "Vuoi farlo adesso?"

"Già, mentre aspettiamo Felix."

"Felix è qui" dice una voce familiare sulla soglia. "Ma voi continuate."

Rivolgendo a Felix un largo sorriso mentre arriva, Maya si siede per terra, stringendo forte il manico del coltello. Un'energia brillante dal colore viola filtra dalla sua pelle, entrando nell'oggetto, e Maya entra in una sorta di trance.

"Le sta tagliando la faccia" scandisce sottovoce. "Il sangue di lei si mescola alle sue lacrime, ma non fa altro che aumentare la sua eccitazione. Lui le dice qual è la prossima parte che sfregerà, e lei grida più forte..." I suoi occhi roteano all'indietro per un attimo, poi Maya espira e gli occhi tornano normali, mentre lascia cadere il coltello sul pavimento, come se fosse un serpente.

"Si chiama Innokentiy Charnetskavoy" dice, aprendo gli occhi. Continua con voce instabile. "È un mostro umano della peggior specie. Parte della mafia russa. Dovresti stargli alla larga." Rabbrividisce vistosamente.

Un legame con la Russia.

Felix aveva ragione su quelle spalline.

"Quel nome è uno scioglilingua." Nascondo il mio terrore, chinandomi per raccogliere il coltello. "Penso che continuerò a chiamarlo 'l'ammiraglio'." Mi raddrizzo e infilo il coltello in tasca. "Per quanto riguarda lo stargli alla larga... lo vorrei davvero tanto, ma purtroppo qualcuno ha messo questo tizio sulle mie tracce, quindi non ho molta scelta."

Guardo Felix per vedere la sua reazione a tutto questo, e noto che è pallidissimo. "Ehi, stai per svenire?"

"No." Ha la voce rauca. "Solo che non mi piace sentir parlare di sangue."

"Scusa" dice Maya. "Non posso controllare le mie parole, quando faccio quella cosa."

"Non sei tu a doverti scusare." Felix mi scocca un'occhiataccia significativa, e abbasso lo sguardo per distoglierlo dal suo.

Ha ragione ad essere turbato.

Col senno di poi, non avrei dovuto chiedere a Maya di usare i suoi poteri in quel modo. La povera ragazza potrebbe avere degli incubi, adesso.

*Io* di sicuro li avrò.

"Ci conviene andare a prendere il taxi" dico per cambiare argomento, e prenoto un'auto con il telefono.

Scendiamo in un silenzio imbarazzante, trovando già l'auto che ci aspetta.

La conversazione riprende durante il tragitto e, quando entriamo nel centro di Manhattan, Felix e Maya stanno continuando a flirtare, alleviando in parte il mio senso di colpa.

"Scendo io per prima" propongo, soffocando un sorriso malizioso, e dico a Maya a bassa voce: "Così Felix può riprendersi la tua pistola davanti a casa tua."

Nessuno di loro mette in dubbio la mia logica sospetta. Vogliono chiaramente avere la possibilità di stare soli.

"Ciao, ragazzi" saluto, quando l'auto si ferma vicino al nostro palazzo. "È stato bello vederti, Maya. Felix, ci sentiamo dopo."

"Dopo" ripete.

"Grazie" dice Maya. "Cioè, ciao."

Esco con un sorriso dal veicolo e cammino disinvolta verso l'entrata. Pianificando mentalmente il resto del weekend, entro nell'edificio e chiamo l'ascensore.

È a questo punto che uno tsunami premonitore mi sommerge di terrore.

Basandomi sul puro istinto, giro i tacchi per voltarmi verso l'entrata dell'edificio.

Con un sorriso minaccioso, l'ammiraglio chiude la porta dietro di sé.

# CAPITOLO DICIASSETTE

MENTRE PARTE ALLA CARICA, resto paralizzata.

Quest'uomo sembrava grosso e spaventoso anche prima dell'interpretazione di Maya, ma adesso che so della sua propensione per le torture con il coltello, il terrore è paralizzante.

I miei muscoli si sbloccano in qualche modo, e infilo la mano nella tasca segreta per afferrare la pistola.

Anche l'ammiraglio mette la mano in tasca mentre corre, estraendone una siringa.

Con un respiro profondo, strappo la pistola dal suo nascondiglio e sparo.

Le mani tremanti devono aver sciupato il colpo, poiché l'ammiraglio continua ad avanzare, apparentemente illeso.

È così vicino, adesso, che non avrei problemi a colpirlo con il prossimo proiettile... però si muove troppo in fretta.

Prima che possa premere il grilletto, dà un colpo secco ai miei polsi con la parte laterale del palmo, come un maestro di karate che cerca di rompere un mattone.

Il dolore mi esplode lungo le braccia, e l'arma sbatacchia sul pavimento.

Allontana la pistola con un calcio e mi prende per la gola, quasi delicatamente, prima di sollevare la siringa.

Ignorando il dolore al polso, infilo la mano destra in tasca.

Le dita mi si chiudono sul suo coltello e, in un unico movimento, lo tiro fuori con uno strattone e premo il pulsante per far uscire la lama, poi meno un fendente verso il suo petto.

Grugnisce di dolore, mollando la presa sulla mia gola per tenersi la ferita con la mano.

Lo infilzo nella spalla.

Indietreggia con un grido, allora schizzo verso le scale, lasciando il coltello conficcato nella sua carne.

Mi rincorre.

Accelero, spingendo i muscoli al limite.

Raggiunte le scale, salgo due e tre gradini alla volta, spronata dai suoni dell'inseguimento.

I vicini devono aver sentito lo sparo. E se uno di loro stesse venendo a salvarmi?

Improbabile. Se fossi in loro, chiamerei la polizia e rimarrei in casa.

Dopo due rampe di scale, ho il respiro affannoso e l'ammiraglio sta accorciando le distanze.

Quanto tempo impiegano i poliziotti ad arrivare qui?

Probabilmente troppo per potermi salvare.

Se solo riuscissi a raggiungere il mio appartamento, Fluffster si occuperebbe di lui.

Ma quando arrivo al mio piano, riesco a malapena a respirare, e il rumore dei passi dell'ammiraglio è proprio dietro di me.

Sento il suo alito che sa di aglio, mentre tendo la mano disperatamente verso la maniglia della porta, ma è troppo tardi.

La sua mano mi afferra la spalla in una morsa.

Giro su me stessa, cercando di prendere il coltello ancora conficcato nella sua spalla, quando un ago mi pizzica il braccio.

No. Non posso permettere che succeda. Devo rimanere cosciente.

Se svengo...

———

MI RISVEGLIO NEL BUIO TOTALE. Ho la faccia coperta da un qualche tipo di tessuto, e la bocca dolorosamente secca. Mi sembra di avere la testa piena di zucchero filato marcio.

Cerco di muovermi, scoprendo di non riuscirci.

Esaminando il mio corpo, noto di avere le mani legate con qualcosa di metallico (probabilmente manette) e di provare dolore in posti, dove non credevo possibile averlo. Lo straccio sulla faccia si sposta leggermente, mentre cerco di scuotermelo di dosso.

Dev'essere una borsa, utilizzata come benda.

L'ambiente circostante sembra in movimento.

Sono nel bagagliaio di un'auto?

Il mio respiro accelera, e inalo i vapori della benzina.

Sì. Sono nel bagagliaio di un'auto.

Non è una buona cosa... specialmente perché sono stata ammanettata e bendata.

Sposto il peso intorno, come se volessi mettere in atto una fuga dal bagagliaio ispirata a Houdini.

Ho le braccia dietro la schiena: non un buon inizio per una dimostrazione di fuga.

Incanalando tutte le mie ultime lezioni di yoga, faccio scorrere le mani legate sotto il sedere, e poi ancora più giù lungo le gambe. Quasi slogandomi le spalle, dimeno i polsi ammanettati per scavalcare i piedi, portandoli davanti al corpo.

Ora posso occuparmi delle manette...

L'auto si ferma.

Fingo di essere incosciente.

Qualcuno apre il bagagliaio, e attraverso il tessuto spesso che mi copre la testa vedo una debole luce.

Vengo di nuovo aggredita dall'alito che sa di aglio, poi ruvide mani mi afferrano sotto le spalle e le ginocchia, e mi portano da qualche parte.

Ricordando le orribili rivelazioni della psicometria di Maya, mi sforzo di respirare regolarmente, come farebbe una persona priva di sensi.

Per fortuna, l'uomo che mi ha catturato non si è accorto che le mie mani ammanettate sono passate davanti al corpo.

A meno che non l'abbia notato, ma non gli interessi.

Entriamo in un posto nuovo che sa di bosco... come betulle bagnate con un accenno di eucalipto.

Le mani mi posano su una sedia, e mi viene tolta la borsa dalla testa.

Il posto è così luminoso, che rimango accecata anche con le palpebre chiuse.

"Sashen'ka" dice una familiare voce androgina dal suono antico e dal marcato accento russo. "Sei sveglia, cara?"

Tengo gli occhi chiusi, sempre fingendo di essere priva di sensi.

So cosa vedrei nell'aprirli, ovviamente.

Una faccia rugosa, capelli come denti di leone.

Baba Yaga.

Un uomo (l'ammiraglio, secondo la mia stima) le abbaia qualcosa a raffica in russo.

"Innokentiy ha notato che le tue mani non sono più dietro la schiena bensì davanti" dice Baba Yaga in inglese. "Perciò puoi smettere di fingere."

"Allora, se n'è accorto." Apro gli occhi e deglutisco, per inumidire la gola riarsa. "Non puoi biasimare una ragazza per averci provato, no?"

Mentre i miei occhi si adattano alle luminose lampade alogene, constato che è effettivamente Baba Yaga quella seduta dall'altro lato del tavolo rispetto a me, e che tiene una tazza di tè tra le mani nodose.

A quanto pare, siamo in un ristorante di qualche tipo.

"In realtà, *posso* biasimarti per aver provato ad

ingannarmi" replica Baba Yaga. "Ma non lo farò. Non ancora, comunque."

Mi studia, e io la fisso, con l'espressione innocente che sfoggio quando qualcuno sostiene di avermi scoperto durante una mia mossa segreta da illusionista.

"Questa è l'Izbushka?" chiedo, per rompere il silenzio e fare allo stesso tempo una ricognizione.

Il luogo non assomiglia all'elegante locale di Baba Yaga, sembra più una tavola calda, ma l'ultima volta non ne ho visto ogni minimo angolo.

La strega, invece di rispondere, sorseggia il tè, perciò mi guardo intorno.

Sul tavolo davanti a me c'è un grande bollitore dorato per il tè, che ho visto a casa dei genitori di Felix: un samovar russo.

Alla mia sinistra c'è il braccio destro di Baba Yaga: Koschei. Manca la solita malizia nei suoi occhi verde marmo, mentre mi fissa a distanza, privo d'espressione.

Alla mia destra c'è il mio rapitore, Innokentiy, alias l'ammiraglio.

Una donna con un camice da infermiera sta finendo di ritoccare dei punti sulla sua spalla, ma lui sembra non accorgersene. Tutta la cattiveria del suo sguardo è indirizzata a me.

"Lei è indenne, vero?" chiede Baba Yaga all'ammiraglio, notando il suo sguardo.

L'astio nella sua voce è inconfondibile.

Anche Koschei deve coglierlo, poiché avanza verso l'ammiraglio, che scuote violentemente la testa e li supplica in russo.

"D'accordo. Ti credo" dice Baba Yaga all'ammiraglio, e Koschei si ferma. "Esci di qui." Agita la mano in maniera regale, e l'ammiraglio e l'infermiera si precipitano fuori dalla stanza. "Anche tu, Koscheiushka" aggiunge. "Io e Sasha dobbiamo parlare di cose da donne."

"Non mi fido di lei" afferma Koschei, ma a malincuore si gira verso l'uscita.

"La forza di una leva è di gran lunga superiore alla fiducia" dice Baba Yaga alle sue spalle. "Lo sai che farà come dico, quando glielo dirò."

"Non sono nemmeno sicuro che sia leale con i suoi amici" dice lui da sopra la spalla e, prima che una di noi due possa inventarsi una risposta, sbatte la porta dietro di sé.

"Tè?" Baba Yaga sogghigna, mostrando i pochi denti seghettati che ha nella bocca altrimenti vuota.

"Ne vorrei una tazza, grazie" dico, facendo del mio meglio per tenere la voce stabile.

L'ultima cosa che mi viene in mente è il tè, ma forse mi toglierà le manette per permettermi di bere?

Mi versa il tè, spostando un piattino con marmellata e miele verso di me, lasciandomi però ammanettata.

Prendo il bicchiere con una goffaggine esagerata, soffio sul tè e bevo un piccolo sorso. Alzato lo sguardo, faccio un brindisi all'anziana donna con la mia tazza, per far tintinnare le manette. "Questo è un ottimo tè."

"Sei anche un'adulatrice?" Baba Yaga raccoglie di

nuovo la sua tazza. "Non ho mai incontrato prima una veggente come te."

Dato che non serve rispondere, sfrutto il momento per riflettere sulle mie opzioni. Nonostante la sua fragilità, Baba Yaga è un temibile avversario. L'ultima volta che ci siamo viste, ha cercato di usare su di me un incantesimo per il controllo della mente... e solo il controincantesimo di Rose mi ha salvato.

Visto che oggi non ho quella protezione, devo comportarmi il meglio possibile e prendere almeno in considerazione quello che vuole da me, o potrebbe tentare di costringermi di nuovo con quell'incantesimo... e riuscirci. Senza contare gli altri modi in cui potrebbe farmi del male, per esempio lasciandomi da sola con l'ammiraglio e il suo coltello.

Ma cosa vuole, comunque? Al momento di stringere il patto, le ho detto che non avrei fatto niente d'illegale, quindi quanto può essere realmente terribile la sua richiesta?

"Hai letto il futuro?" chiede Baba Yaga, fraintendendo la mia espressione pensosa. "Se è così, devi aver visto che ogni resistenza sarebbe inutile."

Resisto alla tentazione di precisare che sta citando erroneamente i Borg. "Sì." Soffio sul tè, sperando così di rendere più vendibile la mia bugia. "Farò quello che vuoi, quindi perché non mi dici che cos'è?"

Baba Yaga inclina la testa, studiandomi come per vedere nel mio cervello. "Voglio un veggente tutto mio" risponde, mentre sorseggio il tè leggermente più freddo. "Non alle mie dipendenze, non in debito con me, ma uno che mi tratti come una parente."

Il tè mi finisce nel canale sbagliato, e inizio a tossire in modo incontrollabile.

Sta dicendo quello che penso io?

Quando i miei occhi smettono di lacrimare e gli spasmi dei conati si alleviano, prosegue. "Voglio che generi un bambino veggente per me. Questo è il servizio che richiedo."

Allora l'ho interpretata correttamente. Puntini rossi costellano la mia visione, e sbatto la tazza sul tavolo, facendo leva su tutta la mia forza di volontà per non lanciarla in testa alla strega. "Tu vuoi *cosa?*"

"Un bambino veggente" articola. "Presumo che tu sappia da dove vengono i bambini?" La sua risatina sfocia quasi in una malvagia voce stridula. "È solo un suggerimento, ma non c'entrano gli uccelli, le api, i cavoli o le cicogne."

Pochi minuti fa avevo deciso di considerare ciò che voleva, ma questo è impensabile.

La rabbia che mi cresce dentro sembra un essere vivente.

*Abbandonare un bambino?*

Le mie mani si serrano in pugni così stretti, che le unghie si conficcano nei palmi.

*Lasciare che il mio bambino venga cresciuto da questo mostro?*

Avrei una gran voglia di alzarmi e spaccare qualcosa a mo' di Hulk.

*Fare in modo che mio figlio non conosca sua madre biologica?*

Immagino di lacerare la gola rugosa di Baba Yaga con i denti.

E poi, c'è l'idea in sé di rimanere incinta...

La mia faccia impallidisce. "Non hai detto a qualcuno d'ingravidarmi mentre ero svenuta, vero?" Non mi sento indolenzita o cose simili, ma...

"Quanto pensi che sia rozza?" Arriccia le labbra per il disgusto. "Io non condono lo stupro. Non l'ho mai fatto. Ma anche se non fossi un esempio di virtù, il futuro padre è estremamente scrupoloso e non collaborativo in queste cose."

"*Il futuro padre?*" Considero l'idea di rovesciare il tavolo e di balzarle addosso. Farebbe l'incantesimo in tempo, o riuscirebbe a chiamare i suoi tirapiedi?

Come intuendo i miei pensieri, Baba Yaga tira fuori una pistola da sotto il tavolo, e le sue labbra sottili si piegano di nuovo in quel sorriso sdentato. "Siamo in una banya" dichiara in modo pratico.

"Una banya?" La fisso, sconvolta.

"Una spa russa, dove puoi scaldarti le ossa con un caldo umido e secco" spiega opportunamente.

"So cos'è una banya" sibilo, e mi trattengo prima di aggiungere che una volta Felix ci ha portato me ed Ariel. Non serve coinvolgere gli amici, in questo. Con un respiro profondo, dico in tono più calmo: "Quello che non capisco è che cosa c'entra una banya con questo futuro padre restio allo stupro?"

Inclina la testa. "Sai del domovoi, ma non del bannik?"

"Bannik? No, non so cosa sia."

"Non cosa. Chi." Beve un altro sorso di tè. "Un bannik sta alla banya, come il domovoi sta alla casa."

La fisso con aria assente.

"Mitologia slava." Baba Yaga posa la tazza.

La mia espressione vacua assume a sua volta un'espressione vacua. Può la furia confondere l'udito?

È possibile. Il sangue mi sta ancora pulsando violentemente nelle orecchie.

"Per farla breve, i bannik sono potenti veggenti con un grosso limite." Agita le mani per indicare tutta la tavola calda. "Il loro potere è legato ad una banya, così come il potere del domovoi è legato alla loro casa."

Un veggente dalla mitologia, legato ad una spa? Il mio cervello sta per esplodere di domande, ma mi riconcentro sulla mia specifica situazione imbarazzante. "E come dovrebbe funzionare, esattamente? Il domovoi assume le sembianze di un animale, quindi…"

"Ah." Sembra sollevata. "È questo che ti preoccupa? Niente peli, promesso. Il concepimento non sarà affatto un problema. Non resterai delusa da Yaroslav in questo. Non succederebbe ad alcuna donna in carne e ossa." Le sue guance si colorano di un improbabile rossore. "Se non fossi così vecchia…"

"Non è questo che mi preoccupa" ribatto, poi aggiungo in tono più pacato: "Non so come si fanno queste cose da dove provieni tu, ma…"

"Non ti sto chiedendo di sposarlo." Lei prende uno smartphone da sotto il tavolo e dà qualche colpetto allo schermo. "Coprirò le tue spese mediche, ti proteggerò per i nove mesi in questione, e ci aggiungerò anche un bel bonus in contanti."

Ciò che lei ritiene ragionevole mi fa venire voglia di prendere il samovar e rovesciarle in testa il tè bollente, lentamente.

Prima che possa metterlo in atto, o seguire violenti impulsi simili, la porta dietro di me si apre.

"Allora?" incita Koschei. "La *parilka* è pronta e devo uscire, per prendermi cura della nostra ospite."

Ricordo che 'parilka' è come Felix ha chiamato le caldissime saune della banya.

"Innokentiy o uno dei suoi uomini possono portarla alla parilka, se sei così impegnato, ma a proposito di ospiti" Baba Yaga agita il telefono, "stavo per fare Sasha un'offerta che non può rifiutare."

Questa è la seconda volta che cita Il padrino, tuttavia non glielo preciso, perché l'idea di un'offerta che non posso rifiutare può significare solo alcune cose... nessuna delle quali positiva.

"Sono pronta" mento. "Portami dal bannik."

Il mio piano è semplice e disperato. Lascio che mi portino da questo veggente, che si presume abbia un barlume di coscienza... se così si può definire l'essere 'scrupoloso' sullo stupro. Mi auguro che scappare da lui sia più facile.

Baba Yaga guarda lo schermo, poi me.

È come se lì avesse qualche orribile immagine da mostrarmi... come, per esempio, l'ultima ragazza che si è rifiutata di soddisfarla, con il busto privo di alcuni arti.

"Non servono ulteriori minacce" dico il più freddamente possibile, date le circostanze. "Preferisco andare con il Sig. Koschei, che stare vicino a quell'Innokentiy un'altra volta." Lascio trapelare sul mio viso alcune delle mie vere emozioni per l'ammiraglio, nell'aggiungere: "Mi dà i brividi."

Baba Yaga appare confusa per un attimo. Poi un sorriso sdentato si allarga da una parte all'altra del viso. "Lo sapevi già." Agita il telefono, eccitata. "L'hai previsto?"

"Sapevo o prevedevo che fossi una sociopatica?" sono tentata di chiedere, invece dico: "Fammi conoscere questo adone di un bannik, e che sia finita lì."

"Prendila" dice Baba Yaga a Koschei, quasi elettrizzata. "A quanto pare, ho ancora un dono per questi affari vecchio stile."

Koschei mi aiuta ad alzarmi dalla sedia e mi guida fuori dalla tavola calda, fino ad una grande sala.

Al centro di essa c'è una piscina, una Jacuzzi, e una vasca gigantesca con il ghiaccio che galleggia. Ecco da dove proveniva l'odore di cloro che sentivano le mie narici.

Ci sono guardie (o almeno, questo presumo che siano gli uomini mezzi nudi) che sgambettano ovunque.

Ignorando tutti, Koschei mi guida lungo un paio di corridoi labirintici, pieni di docce e porte di legno.

Di tanto in tanto, dietro una finestra, scorgo grossi uomini sudati seduti nelle varie stanze della parilka, con indosso delle salviette e con buffi cappelli in testa. Ogni tanto si frustano a vicenda con fasci di rami di betulla... un dubbio trattamento rilassante, che ho visto anche nella banya dove mi ha portato Felix.

Ma questa banya è dieci volte più grande di quella che ho visitato io... soprattutto se ognuna di queste porte di legno conduce ad una sauna diversa.

Dopo una brusca svolta a destra, ci ritroviamo davanti alla porta di legno più grande del posto.

Koschei la apre, indicandomi con un gesto di entrare.

Lo faccio.

L'ampia stanza priva di finestre sembra deserta, e il calore all'interno è così intenso, da togliermi momentaneamente il fiato.

È così che ci si sente all'inferno?

La banya di Felix era molto meno calda, e Ariel per poco non è svenuta comunque... anche se, in parte, ciò era dovuto al suo rifiuto di reidratarsi correttamente tra le sessioni della sauna.

La vodka, dopotutto, non è acqua.

Koschei si guarda intorno, ma non sembra trovare ciò che gli serve, e si acciglia.

Comincio seriamente a sudare.

Apparentemente ignaro del calore, Koschei si piega su un secchio di legno pieno d'acqua e, con un grande mestolo di legno appeso accanto ad esso, versa dell'acqua sulle pietre vicine.

Le pietre sibilano rabbiosamente, come un gigantesco serpente, e la stanza viene avvolta dal bollente vapore dell'acqua... il che rende il calore tre volte più intenso.

È questa l'idea di Baba Yaga di caldo e pieno di vapore, oppure è una nuova forma di tortura?

In pochi secondi, sudo abbastanza da poter affogare un elefante. Se svengo per un vero e proprio colpo di calore, può essere una scusa per non generare un bambino, o questo bannik prenderà lo svenimento nel suo territorio come una forma di consenso?

Cosa più importante, questo caldo è un espediente per farmi venire voglia di spogliarmi nuda?

Se sì, sta più o meno funzionando.

"Yaroslav" dice Koschei in mezzo al vapore. "Lei è qui." Capendo che sono difficile da vedere, si china verso di me, così vicino da ridiventare visibile. Con un inquietante sorriso, afferma: "Vado, così potete conoscervi."

Prima che possa rispondere con qualcosa di spiritoso, Koschei esce, sbattendo la porta di legno dietro di sé.

Qualche litro di sudore dopo, sento una presenza nella stanza. O almeno, non ho una descrizione migliore.

Mi guardo freneticamente intorno, ma il vapore m'impedisce di vedere se c'è qualcun altro presente.

Beh, se io non riesco ad vedere loro, anche loro non possono vedere me.

Asciugandomi il sudore dagli occhi, attraverso il vapore per nascondere i miei movimenti più piccoli. Mi metto le mani in bocca, trasformo in attrezzi da scasso il gingillo che porto come piercing sulla lingua, e liquido rapidamente le manette.

La sensazione della presenza diventa più forte.

Ignorando i peli che mi si rizzano sulla nuca, poso delicatamente le manette sulla panca di legno, e nascondo di nuovo gli attrezzi da scasso nella lingua.

Gli abiti completamente fradici mi creano difficoltà nello strisciare furtivamente verso l'uscita, ma comunque ce la metto tutta.

Quando vedo la porta nella foschia, a soli quattro passi di distanza, un senso di profonda premonizione mi blocca di colpo.

"Esatto" dice il vapore intorno a me con una melodica voce maschile dal marcato accento russo. "Non puoi ancora andartene."

# CAPITOLO DICIOTTO

---

È il calore a fare scherzi con l'acustica?

"Chi è là?" Spingo l'aria torrida nei polmoni. "Mostrati."

"Mi chiamo Yaroslav" risponde il vapore nello stesso, tranquillizzante baritono. "Sono..."

"Il bannik e il futuro padre... o, più precisamente, stupratore" dico, ignorando il battito frenetico del mio cuore. "Ma oggi non succederà proprio niente. Né mai."

La temperatura della stanza sembra alzarsi di qualche grado. Se non fosse per l'umidità, le panchine di legno potrebbero iniziare spontaneamente a prendere fuoco.

Con un sibilo, il vapore circostante si raccoglie in un unico punto a pochi metri da me.

Mi tolgo un altro fiume di sudore dagli occhi per vedere e, non appena concluso il gesto, il vapore se n'è andato.

Nel punto esatto dove si è condensato il vapore c'è un uomo, coperto solo da un piccolo asciugamano intorno alla vita.

Un uomo davvero degno di nota.

Baba Yaga non stava scherzando. Sembra che il calore della banya abbia sciolto ogni grammo di grasso dal suo corpo alto, lasciandosi dietro quella perfezione asciutta e muscolosa che si trova solo sulle riviste modificate con Photoshop. Solo che quelle immagini troppo perfette, di solito, non hanno i lunghi capelli biondi arruffati e la barba incolta che incorniciano gli splendidi lineamenti di questo esemplare.

Per quanto non sia una grande fan del look arenato-su-un'isola-deserta, su di lui è molto più che bollente... e il gioco di parole è volontario.

Incrocia il mio sguardo.

I suoi occhi hanno una lieve sfumatura di grigio, quasi fossero fatti di vapore.

Il cuore mi martella più velocemente nel petto. Può venirmi un attacco cardiaco per tutto questo caldo?

È possibile. *C'era* un cartello di avvertimento per le persone con malattie cardiache nella banya in cui ci ha portato Felix.

Scuoto forte la testa per il bisogno disperato di cancellare i miei pensieri. Gocce d'acqua volano tutt'intorno a me, come se fossi un cane bagnato.

Il gesto aiuta, ricordandomi che non importa l'aspetto esteriore del bannik. Non gli permetterò d'ingravidarmi, nemmeno se fosse il dio della lussuria personificato. Potrebbe anche essere un necrofilo, in effetti, perché se oggi verrà concepito un figlio, sarà sul mio cadavere.

Evidentemente, vinco la nostra piccola gara di sguardi, perché lui abbassa lo sguardo e dice piano: "So che sei arrabbiata."

"Ma no!" Mi allontano da lui, andando verso la porta.

"Ho previsto la tua rabbia." Si avvicina alla panca di legno e raccoglie le manette che ho lasciato lì.

"Tu cosa?" Arretro di un altro passo.

"Ho il tuo stesso potere." Si mette una delle manette al polso e la chiude intorno ad esso. "Posso vedere il futuro."

È questo il suo piano? Ammanettarci l'uno all'altra?

Che idea intelligente. Così, potrà afferrarmi a distanza ravv...

Si allaccia la seconda manetta all'altro polso e la chiude con uno scatto.

Addio alla mia interpretazione delle sue azioni. È pazzo? Pensa che, se dicessi no al sesso vaniglia, sarei più disponibile con qualcosa di più trasgressivo?

È un giudizio basato sul mio modo di vestire, ispirato a Criss Angel?

Solleva le mani ammanettate. "Così ti senti più al sicuro? Voglio che tu ti senta al sicuro, quando siamo più vicini insieme."

Indietreggiando di un altro passo, sento la porta di legno, eccessivamente calda, contro le scapole. "Non staremo più vicini. Resta dove sei." Mi accerto di non appoggiarmi contro la porta, per paura di scottarmi attraverso i vestiti.

"Ho bisogno che tu mi faccia male" dice, inginocchiandosi sul pavimento. "In alcune delle mie visioni, mi prendi a calci, in altre a pugni..."

"Che cosa?" Mi asciugo di nuovo il fiume di sudore dagli occhi, cominciando ad aver sentore di dove andremo a parare.

O mi sta per aiutare a fuggire, o gli servono questi complessi preparativi per eccitarsi... il che farebbe di lui il peggior stupratore del mondo.

"Se non mi fai del male, Baba Yaga non crederà alla mia storia, e le conseguenze per me saranno gravissime." La rapida luce di un fulmine si sprigiona dalle sue mani ai suoi occhi, e lui guarda in lontananza per un attimo.

Rimettendo a fuoco, rabbrividisce vistosamente.

Ha appena intravisto il futuro?

"Quale storia?" chiedo, giusto per sicurezza.

"Quando Innokentiy ha perquisito il tuo corpo privo di sensi, si è perso degli attrezzi da scasso abilmente nascosti. Quando sei entrata in questa stanza, hai usato questi attrezzi per liberarti dalle manette" dice con la sicurezza di chi ha provato una bugia a tal punto, da crederci quasi lui stesso. "Hai finto di assecondare le istruzioni di Baba Yaga, finché non mi sono avvicinato a te... e a quel punto mi hai chiuso le manette ai polsi. Una volta rimasto impotente, mi hai brutalmente colpito o preso a calci, e sei corsa verso la porta."

"È un piano decente" commento. "Forse avrei dovuto fare proprio questo."

"È stato così" replica. "In uno dei futuri che ho intravisto."

Per la prima volta, noto che non sta affatto sudando; nonostante il caldo, il suo delizioso torace nudo è incredibilmente asciutto. "Allora." Mi schiarisco la gola, di nuovo riarsa. "Mi stai aiutando. Vuoi che io scappi."

"Ma certo." Raddrizza la schiena. "Non sono uno stupratore."

"A quanto pare, no" dico cautamente. "Ma come sai che Baba Yaga non ci sta guardando con una telecamera nascosta, in questo momento?"

"Il calore e l'umidità" dice, e la temperatura della stanza sembra aumentare di nuovo. "Mi assicuro che nessuna telecamera possa sopravvivere in questa stanza."

Liscio all'indietro i capelli sudati. "Se non ci sta guardando, come può accertarsi che non mentiamo sul fatto di andare a letto insieme?"

"Le basta solo la leva che sfrutta contro di noi." Si guarda intorno nella stanza e il suo volto s'incupisce. "Ti terrebbe in ostaggio fino a un test di gravidanza positivo... e per i nove mesi successivi. Se dovessi ritardare nel rimanere incinta, ti farebbe pressioni... e diventerebbe molto spiacevole."

Sento le ginocchia deboli, e mi chiedo: renderebbe la stanza più fredda, se affermassi che sto per avere un colpo di calore?

"Credo sia giunto il momento di farmi male." Mi guarda, raddrizzando le spalle. "A volte, aspettare il dolore è peggio del dolore in sé."

Fisso il bannik in ginocchio.

Potrebbe ancora trattarsi di uno strano trucco, ma non credo. E se sta veramente cercando di aiutarmi, il minimo che possa fare è essere misericordiosa e accelerare questa spiacevole parte.

Mi lancio verso di lui.

Sgrana gli occhi.

Sfruttando tutto il mio slancio, cerco di dargli un calcio nelle costole.

Solo che scivolo sul pavimento bagnato, e la gamba manca il bersaglio.

Invece delle costole, il mio stivale antinfortunistico si schianta sulla sua faccia.

Atterro sul sedere, con il coccige che urla, ma la sua testa sbatte contro la panca di legno.

Scottandomi le mani sul legno circostante, striscio verso di lui, che mugugna come un animale ferito, sollevando tremante le mani legate verso il groviglio di capelli arruffati.

Sebbene il suo naso non sembri rotto, sta perdendo sangue dappertutto, anche dal punto dove ha battuto la testa.

"Questo" allontana le mani insanguinate, "significa che siamo in uno dei futuri più pericolosi che abbia visto. Ma c'è ancora una possibilità... se fai esattamente ciò che ti dico."

"Scusa" dico, con lo stomaco che si contrae mentre osservo tutto il sangue. "Sono scivolata."

"Più mi fai male tu, meno me ne farà Baba Yaga" replica, mettendosi attentamente in posizione accovacciata. "Preoccupati di più del tuo sedere ferito, che renderà più difficili i tuoi movimenti furtivi e la concentrazione."

Ha ragione. Il coccige è letteralmente una spina nel didietro, quando mi alzo e faccio qualche passo.

"Dovrei essere a posto" dico, decisa a comportarmi da stoica.

"Bene." Sanguinando dappertutto, come di proposito, si alza a sedere. "Daremo un calcio alla porta d'entrata il più forte possibile, esattamente venti secondi e due millisecondi dopo le 06:55."

"Ah sì?" Guardo la porta in questione, prendo il telefono, e pulisco lo schermo appannato. L'aggeggio non si è rotto per il caldo, sono impressionata. Felix l'ha forse potenziato con i suoi poteri, prima di darmelo?

A proposito di Felix, ci sono diverse chiamate perse e messaggi preoccupati da parte sua. Ignorandoli tutti, controllo l'orologio.

Mancano venticinque minuti alla scadenza.

"Sì" dice. "Ed ecco che cosa farai dopo." Prosegue con la spiegazione del suo piano... e nonostante l'aria torrida, le mie mani e i miei piedi diventano gelidi, mentre immagino i mille modi in cui le cose potrebbero andare storte. La mancanza di fiducia nella mia espressione non deve piacergli, poiché alla fine dice: "Ora ripetimi tutto."

Obbedisco.

Corregge alcuni piccoli dettagli e ripete il piano ancora una volta, prima di concludere con: "Se ti sposti di un secondo in qualunque punto, tutto sarà inutile."

Guardo ancora il telefono.

Dato che abbiamo ancora molto tempo prima della prima fase del piano, chiedo: "Qual è il vero motivo per cui mi aiuti?"

Si avvicina al secchio d'acqua, prende il mestolo di legno, e lo immerge in modo maldestro.

"Bevi questa." Spinge il mestolo verso di me. "Ti stai disidratando."

Guardo nel mestolo. Miracolosamente, è riuscito a non perdere sangue nell'acqua, quindi la sorseggio con prudenza.

Nonostante sia quasi bollente, è rinfrescante tanto quanto cercano sempre di apparire in pubblicità le bibite gassate.

"Stai evitando la mia domanda" dico, dopo aver leggermente ridotto la mia sete.

"I nostri futuri sono intrecciati." Si siede sulla panca vicina, macchiandola un po' di sangue. "Se ti aiuto adesso, apro una serie di possibilità che potrebbero portare in seguito alla mia liberazione."

"Potresti fornire altre informazioni?" Cerco di accomodarmi sulla panca di fronte a lui... ma faccio un salto per il dolore. Il mio coccige è ancora infelice, e il legno troppo caldo per sedersi.

"Più dettagli aggiungo, più aumenta la possibilità che tu faccia qualcosa per mandare a monte le mie visioni." Si ripulisce il sangue che gli scorre sul mento. "È semplicemente la natura dei nostri poteri."

"Ah." Percorro a grandi passi la parilka. "È come quando evitavo i pericoli che ho visto nelle mie stesse visioni."

"Esatto." Si sposta lungo la panca, lasciandosi dietro altro sangue. "Uno dei motivi principali per cui il futuro non va sempre come prevedono i veggenti, è lo scenario che si descrive... il veggente che ha avuto la visione non lo gradisce, e sfrutta la precognizione per cambiare il proprio destino." Osserva le strisce di sangue e, dopo aver scosso accuratamente la testa, scivola più giù lungo la panca. "Il secondo motivo principale per cui le visioni non si manifestano, è quando subentra un altro veggente e, di rado, quando lo fa un imbroglione."

Un pittore astrattista sarebbe orgoglioso di quello che sta facendo con il sangue. Vuole proprio che Baba Yaga pensi che abbia combattuto per la sua vita.

"Un imbroglione?"

"Sì." La sua mascella scolpita si contrae. "Io non odio facilmente, ma li odio per questo." Agita la mano attorno a noi. "O almeno ne odio uno in particolare."

"È stato un imbroglione a metterti alla mercé di Baba Yaga?"

"Sì." La temperatura della stanza si alza ancora una volta, e i suoi occhi sembrano pronti ad emettere vapore. "L'imbroglione *mraz'* ha rivelato a Baba Yaga chi mettere sotto pressione, e il vecchio proprietario le ha venduto la banya. Senza dubbio, l'imbroglione ha esteso la manipolazione delle probabilità a beneficio della strega, così sarei stato ignaro di tutto il complotto."

"È stato Koschei?" domando. "È un imbroglione?"

"No" dice il bannik in tono più calmo, e il caldo si abbassa, ridiventando semplicemente intollerabile. "Koschei è una cosa del tutto diversa. Se non ti dispiace, preferisco non pronunciare nemmeno il nome dell'imbroglione. Si dice che basti pensare o menzionare uno della loro specie, per diventare un bersaglio della sfortuna. Potrebbe essere una superstizione, ma la prudenza non è mai troppa... visto che di fortuna te ne servirà parecchia."

Oops. Sembra che gli imbroglioni siano proprio come Voldemort. D'ora in avanti, ribattezzerò la Legge di Murphy/Chester come Legge di Murphy e basta... per sicurezza.

Ma d'altro canto, non ho appena pensato al nome a cui non dovevo pensare?

Vuol dire che la mia sorte potrebbe peggiorare?

Guardo di nuovo il telefono.

Manca ancora qualche minuto alla mia missione impossibile, quindi chiedo: "Puoi insegnarmi qualcosa sul fatto di essere una veggente, nel tempo che ci rimane?"

"Certo." I suoi occhi brillano di eccitazione. "Perché non partiamo da quello che sai già? Così posso riempire gli spazi per te."

Riferisco rapidamente al bannik tutto ciò che è collegato ai miei poteri, iniziando dal fatto che sono sempre stata brava nel scegliere le azioni e altre attività analoghe. Poi gli spiego l'incremento dei poteri in TV e le successive profezie inconsce, passando alle due involontarie visioni ad occhi aperti, e concludo con gli ultimi esperimenti con lo Spazio Mentale.

"Devo dire che sono molto colpito" osserva, quando finisco di parlare. "Hai fatto molti anni di progressi in breve tempo. Potresti essere sulla buona strada, per diventare una dei veggenti più potenti."

"È fantastico, ma come posso salire al livello successivo?" Mi avvicino al secchio, e con il mestolo mi servo un'altra bevanda rovente.

"Continua con la pratica. E cerca di capire cosa realmente ti fa entrare nello Spazio Mentale... perché non è la meditazione, come sembri pensare." Incrocia le gambe, come se volesse meditare. "Non proprio."

"No? Allora cos'è?"

"Concentrati." Chiude gli occhi con espressione serena. "La meditazione è una via di accesso, come trascorrere il tempo nella banya, o scalare le montagne, o il condizionamento rigoroso nello sport... per citare alcune opzioni. Il punto è svuotare la mente e concentrarsi nel modo giusto."

Come per chiarire il suo punto di vista, i fulmini danzano sui palmi delle sue mani, poi schizzano verso i suoi occhi, fermandosi però prima di arrivare a destinazione.

Wow.

Asciugandomi un altro rivolo di sudore, provo ad immaginare di usare la banya come strumento per raggiungere lo Spazio Mentale.

Potrebbe funzionare. Forse non nel mio attuale stato carico di adrenalina, ma normalmente, utilizzandola nel modo previsto. In effetti, quando Felix ci ha mostrato la banya di Manhattan, facendoci seguire l'intero percorso stanza calda-immersione in acqua fredda, la mente mi si è schiarita notevolmente...

"Alla fine, raggiungere lo Spazio Mentale diventerà sempre più facile, e ci riuscirai senza alcun aiuto" dice il bannik, mentre i fulmini compaiono ancora sulle sue mani.

Esibizionista.

"Per ora, non riesco a raggiungere lo Spazio Mentale neanche con la meditazione" mi lamento.

"Esatto." Apre gli occhi e fa dondolare giù le gambe. "D'ora in avanti, dovresti stare attenta con la durata delle visioni. Le visioni più lunghe ti succhiano effettivamente i poteri."

"Ho avuto una visione che è durata molte ore. Quanto tempo ci vorrà per recuperarli?"

"Dipende dal tuo potere." Si alza cautamente in piedi, avanzando con prudenza verso la porta. "Il tempo di recupero migliora, man mano che acquisisci più controllo sulle tue capacità... perciò, aspettati di vedere i tempi di attesa accorciarsi sempre più, mentre fai pratica. Per ora, io accorcerei le visioni."

"Sempre che io sopravviva abbastanza, da fare

pratica" borbotto, e controllo l'orologio del telefono. "È quasi ora."

"Esatto." Va verso la porta, seguito da me.

In piedi, si mette in un'esagerata posizione per calciare, e mi sforzo d'imitare la strana postura.

"Tre, due" sussurro. "Uno."

Muovendoci come immagini speculari, diamo un calcio alla porta.

## CAPITOLO DICIANNOVE

IL MIO PIEDE urla di dolore per l'impatto.

I poliziotti in TV lo fanno sembrare troppo facile.

La porta non si rompe, né si stacca dai cardini, ma all'esterno *c'è* il tonfo di un corpo che urta contro le piastrelle del pavimento.

"Vai." Yaroslav trascina nella stanza il corpo privo di sensi dell'ammiraglio. "Tieni d'occhio l'ora, e fa' esattamente ciò che ho detto."

"Grazie." Come posseduta da uno spirito maligno, mi sporgo e lo bacio in fretta sulla guancia.

Mi fissa, come se gli avessi dato un altro calcio in faccia.

"È ora" dico, e scavalco il corpo, mentre schizzo fuori dalla stanza.

L'aria condizionata fuori dalla parilka è la cosa più rinfrescante che abbia mai provato. Alle mie spalle, risuona il tonfo di Yaroslav che dà un calcio in testa all'ammiraglio, per assicurarsi che non si riprenda molto presto.

Corro lungo il corridoio, fermandomi vicino alla porta di legno di una parilka con una finestra.

Incollandomi al bordo della porta, cerco di normalizzare il respiro.

In mezzo ai vapori della stanza ci sono vaghe ombre muscolose, ma spero che non mi vedano.

Altri quattro secondi così.

Una guardia armata gira l'angolo.

Sta per girarsi nella mia direzione.

Ho già mandato all'aria la visione del bannik, pensando a Chester (sollecitando quindi la sfortuna)? Tra un attimo, la guardia mi vedrà qui in piedi come un'idiota, dopodiché Baba Yaga non giocherà più alla Strega Gentile.

La porta vicino a me si apre esattamente al momento presupposto, nascondendomi dalla vista della guardia.

Esalo un lieve sospiro di sollievo.

"*S lyohkim parom*" dice la guardia al tizio che ha aperto la porta.

Secondo Yaroslav, significa 'con un vapore leggero': un tradizionale saluto della banya, che approssimativamente si traduce con 'spero che tu ti sia divertito nella banya'.

Guardo il telefono, e mi sposto rapidamente di lato, con la schiena premuta contro la parete, allontanandomi dai due che parlano.

Il tizio uscito dalla porta esprime gratitudine alla guardia con una voce profonda.

Qualcuno da dentro la parilka si lamenta di qualcosa in russo. Forse per la porta aperta e il caldo che esce?

Mi muovo più velocemente, adocchio il telefono, e balzo verso il prossimo angolo.

Se sgarro anche solo di un secondo, la guardia mi beccherà.

Dato che nessuno grida, suppongo che non l'abbia fatto.

Ma non ho tempo per congratularmi con me stessa, poiché devo mettere in atto la prossima fase del piano: la mimetizzazione.

Camminando il più possibile con passo felpato, mi avvicino alla cabina di una doccia.

La doccia è in funzione, come aveva predetto Yaroslav, e sento una voce profonda canticchiare una canzone russa sopra l'acqua che scorre.

Il lungo accappatoio menzionato da Yaroslav è sul gancio di legno, come l'asciugamano.

Accantonando le preoccupazioni sull'igiene, afferro l'accappatoio e lo indosso sopra i vestiti bagnati di sudore.

Il tizio dev'essere un gigante, poiché questo affare mi copre fino ai piedi.

Prendo quindi l'asciugamano umido e me lo avvolgo intorno alla testa.

Conto due secondi in quel punto, e corro verso la porta in fondo al corridoio.

C'è un secchio d'acqua con a mollo un mazzo di rami di betulla, simile ad una scopa.

Prendo il mazzo e, dopo aver inspirato la maggior quantità possibile di aria fresca, entro nella parilka, proprio mentre una guardia svolta l'angolo e vede la mia schiena entrare nella stanza.

Non dà l'allarme.

Il travestimento deve aver funzionato.

Un grosso tizio peloso è sdraiato a faccia in giù in un angolo lontano della stanza. Dice qualcosa in russo, che secondo Yaroslav è: "Aumenta un po' il caldo, per piacere."

Afferrato un mestolo lì vicino, lo immergo in un secchio d'acqua, e la verso in un aggeggio nei paraggi, simile ad una stufa.

Ignoro il sibilo e aggiungo l'acqua più e più volte, fino a generare abbastanza vapore, da mettere in moto un'antica locomotiva.

"È abbastanza" dice l'uomo... sempre secondo Yaroslav. "Adesso frustami."

Facendomi strada a memoria in mezzo alla spessa nebbia, torreggio sull'uomo e sollevo lo strumento di tortura di betulla, come mi ha spiegato Yaroslav.

Con un guizzo del polso, raccolgo una certa quantità d'aria calda con le foglie bagnate, e le convoglio verso la schiena dell'uomo peloso, schioccandogli un colpo bagnato.

Mugugna di piacere.

La porta si apre.

Ripeto la mia strana azione.

L'uomo peloso comincia a gemere in maniera inopportuna.

Magari, se dovessi essere davvero in bolletta, potrei fare la dominatrice di fascia alta come secondo lavoro.

Il nuovo arrivato pronuncia delle parole di congratulazione in russo.

Frusto la vittima altre volte.

Il mio braccio comincia a stancarsi, e gli strati extra di vestiti cospirano con il calore per farmi sudare anche la poca umidità rimasta nel mio corpo.

Addio alla mia nuova idea di carriera. Frustare le persone è *faticoso*.

Ignorando il disagio, vado avanti.

Il divertimento della vittima è decisamente inquietante, specialmente in un luogo pubblico come questo, ma dato che aiuta la mia copertura, non mi lamento.

La porta si apre per la terza volta, e il nuovo arrivato chiede se deve aggiungere del vapore.

Tutti approvano a voce alta, tranne me.

Non appena il sibilo finisce e una nuvola di spesso vapore satura la stanza, mi caccio sotto il braccio il mazzo di betulla e corro verso la porta.

Il potere di Yaroslav non fallisce.

Non vengo fermata da un solo fanatico della banya.

Una volta fuori, getto lo strumento di tortura in un secchio, e cammino spedita fino in fondo al corridoio, controllando il telefono.

È quasi ora.

Sbircio dietro l'angolo e vedo sparire la schiena di una guardia.

Scatto in avanti.

In questa parte della banya ci sono delle telecamere, ma l'accappatoio e l'asciugamano dovrebbero permettermi di mescolarmi.

Spero.

Questa è la fase meno certa del piano.

Cammino rapidamente per il numero di secondi indispensabile, poi mi precipito in una speciale 'stanza fredda'.

L'aria fredda è piacevole, ma devo stare qui solo per qualche secondo, prima di riprendere la mia ricerca.

Lasciando questa stanza, avanzo a passo celere per un paio di secondi, quindi corro in una sauna in stile turco, che è così piena di vapore, da rendere difficoltosa la respirazione. Aspetto un minuto e mezzo, come da istruzioni, e molto presto mi viene più sete, al punto che, quando esco, sto per leccare le goccioline di acqua condensata dalle pareti e dal soffitto. Ma non lo faccio. Perché *puah*.

Uscita dal bagno turco, corro verso il corridoio successivo.

Ora viene la parte più complessa di tutta la fuga.

In fondo a questo corridoio c'è una serie di porte, che conducono al giardino sul retro dell'edificio.

Esco.

Il giardino sul retro è un bel tocco. Se venissi in questa banya come cliente, mi piacerebbe rilassarmi su una delle poltrone. La staccionata di legno circostante garantisce abbastanza privacy, e l'aria autunnale è piacevole dopo tutto quel caldo.

Qui ci sono due guardie che fumano, come previsto.

Il fumo mi finisce in faccia, mentre inspiro una lunga boccata d'aria fresca, e soffoco il bisogno di tossire.

Dovrei girare l'angolo, dove non possono vedermi, senza attirare l'attenzione su di me.

Cercando disperatamente di non tossire, supero le guardie, facendo del mio meglio per procedere a grandi passi con la sicurezza di qualcuno che è completamente a proprio agio in questo posto.

Avendo la mente troppo concentrata sul fumo, finisco con inciampare nella poltrona vicina.

Merda.

Questo attirerà l'attenzione.

Le guardie mi dicono qualcosa in russo.

Grugnisco con la voce più profonda che mi esce, e continuo a camminare.

*"Stoy!"* grida una delle guardie.

Questo non c'è assolutamente nel copione.

Maledizione. C'ero quasi arrivata.

Corro disperatamente verso la recinzione.

Grida in russo risuonano dietro di me.

Strappandomi l'asciugamano dalla testa, lo getto in cima alla staccionata di legno piena di schegge, e mi isso.

Risuona uno sparo.

La staccionata vicino al mio braccio esplode, andando in pezzi.

Cado dall'altra parte e rotolo.

Nonostante l'accappatoio e la giacca attutiscano leggermente l'impatto sulle costole, tutta l'aria viene comunque espulsa dai miei polmoni, e non vorrei che rimanere qui sdraiata per alcuni mesi.

Lottando contro il fatale impulso, mi rimetto goffamente in piedi, mi tolgo di dosso l'accappatoio, e schizzo verso un edificio vicino, riconoscendolo dalla descrizione di Yaroslav.

Sento i tonfi degli stivali atterrare sul lastricato alle mie spalle, e altre urla in russo.

Le guardie devono aver superato lo steccato.

Risuona un altro sparo.

Una finestra al pianterreno dell'edificio si frantuma in piccoli pezzi.

Ma sono matti?

E se quel proiettile vagante avesse ucciso qualcuno?

Cosa più importante, questi uomini non capiscono che il mio utero è importante per la loro datrice di lavoro? La raccapricciante idea del bambino di Sasha di Baba Yaga non funzionerebbe, se la futura madre si beccasse un proiettile in testa.

Corro nel sordido ingresso dell'edificio e premo con forza il tasto 11F del citofono.

Anche questo faceva parte del piano originale, tranne che sono arrivata troppo presto... e significa che forse potrebbe non funzionare.

Un altro sparo.

Qualcuno deve per forza chiamare la polizia.

La porta si apre.

Chiunque abiti all'11F è davvero coraggioso, o veramente ansioso di ricevere un pacco dalla UPS. Se sentissi degli spari di fuori, non aprirei la porta del palazzo per diversi anni.

Entrata di corsa, faccio una secca svolta a destra, lasciandomi guidare dall'odore d'immondizia.

Il mio naso non m'inganna.

Impiego qualche secondo a individuare l'entrata laterale, dove il custode getta i rifiuti di tutto l'edificio.

Scavalcando i sacchi neri, continuo a seguire il mio naso, stavolta concentrandomi sul fresco odore dell'oceano.

Senza guardarmi indietro, raggiungo la passerella in due minuti.

Qui ci sono grandi folle, quindi faccio del mio meglio per perdermici in mezzo.

Mentre cammino insieme alle persone che passeggiano tranquillamente, individuo le attrazioni di Coney Island in lontananza.

Inserendomi tra la folla, corro verso il parco.

Una volta oltrepassati il Thunderbolt e l'Astro Tower, mi nascondo in fila davanti al venditore di un chiosco. Se non mi prendo cura della disidratazione, potrei collassare, e al momento non ci sono guardie in vista.

Non vuol dire, comunque, che non siano appostate da qualche parte.

Mentre la fila si muove, prenoto una corsa in taxi con il telefono.

Al mio turno, compro due bottiglie d'acqua

sovrapprezzo, ne apro una con dita tremanti, e la butto giù in un lungo e avido sorso.

Le persone intorno a me mi osservano con espressioni divertite.

"Vale fino all'ultimo centesimo" dico loro, mentre mi allontano.

Procedendo in mezzo alla folla vivace, il telefono mi avvisa che la mia corsa sta già aspettando vicino a Nathan's Hotdogs, e mi dirigo lì.

Le montagne russe del Cyclone scricchiolano in lontananza, mentre mi avvicino alla strada e individuo il taxi.

Vengo assalita da un'ondata di terrore improvviso.

Guardo a bocca aperta l'altro lato dell'ampia strada davanti a me.

Le due guardie mi stanno fissando minacciosamente da lì.

# CAPITOLO VENTI

MI PRECIPITO VERSO IL TAXI.

Loro balzano in mezzo al traffico.

Oserebbero spararmi di fronte a centinaia di testimoni?

Schivando le auto, corrono verso di me.

Agli spettatori potrebbe sembrare che vogliano rubarmi il taxi... un peccato comune a New York City.

Raggiunto il veicolo, apro la portiera con uno strattone e mi ci fiondo dentro.

In una mano del mio aggressore c'è lo scintillio del metallo.

"Le darò una mancia di cento dollari, se preme l'acceleratore in questo istante" dico alla signora anziana al volante. "E le scriverò la più eccellente recensione che abbia mai avuto."

Non so se è per i soldi o per la promessa di un'ottima recensione, ma partiamo a razzo... quasi investendo entrambe le guardie nel frattempo.

Mi chino, per non farmi vedere da loro nello specchietto retrovisore.

Nessuno ci spara addosso.

Cinque isolati dopo, mi alzo a sedere e guardo indietro.

Nessun inseguimento.

Dopo un altro chilometro e mezzo, apro la seconda bottiglia d'acqua e ne bevo una sorsata con sollievo.

Ancora nessuno dietro di noi.

Quando svoltiamo in autostrada, mi concedo di rilassarmi.

Non mi sta seguendo nessuno.

Sono riuscita a scappare.

A meno che qualcuno non mi stia aspettando di nuovo all'entrata del mio palazzo.

Mi sale il cuore in gola.

Prendo il telefono, per comporre il numero di Ariel e chiederle di accompagnarmi di sopra.

Risponde la segreteria, e vengo pervasa da una strana e inquietante sensazione.

Me la scuoto di dosso e contatto Felix.

"Sasha" dice, rispondendo al primo squillo. "Che diavolo è successo? Sono arrivato a casa, e non c'eri. La polizia era vicino al palazzo e i vicini hanno detto di aver sentito uno sparo. Ero fuori di me dalla preoccupazione, pensavo che fosse successo il peggio."

"Il peggio è quasi successo" lo informo. "La nostra vecchia amica di Brighton Beach mi ha costretto a fare una chiacchierata, quasi sfociata in un'atrocità. Sono fortunata ad essere viva."

"Baba Yaga? Cos'ha fatto?"

"Sono in un taxi" dico. "Parliamo quando arrivo a casa." Spero che Felix capisca che, a causa del Mandato, è molto difficile per me dare spiegazioni davanti alla conducente.

"Naturalmente. C'è niente che possa fare?"

"Devo essere sicura che nessuno mi salti addosso, mentre raggiungo l'appartamento" rispondo. "Ariel è a casa?"

"No. Ma posso scendere e venirti a prendere."

"Potresti non bastare, senza offesa."

"Nessuna offesa" dice. "Quando arrivi? M'inventerò una scusa per far venire qui la polizia. Potrei dire che c'è stato un altro sparo, o qualcosa di simile."

Lancio l'app con il GPS sul telefono, e informo Felix dell'ora di arrivo stimata.

"Sarò pronto" afferma. "Però, hai preso in considerazione la possibilità di metterti in contatto con Nero? Potrebbe..."

"No" replico, irritabile. "Quello che deve fare Nero è assumere un addetto alla sicurezza per questo palazzo, e accertarsi che quello che mi è successo non si ripeta. Il nostro è probabilmente l'*unico* edificio in centro senza un portiere o una guardia."

"In difesa di Nero, la mancanza di un portiere potrebbe essere per non avere un umano che ficca il naso negli affari dei Conoscenti" replica Felix. "Il palazzo brulica di membri della nostra specie."

"Stai veramente difendendo Nero?" Stringo più forte il telefono.

Felix sospira. "Lascia che mi occupi dei preparativi per il tuo arrivo sicuro."

"Grazie" dico, e riaggancio con un po' troppa veemenza.

Per il resto del tragitto cerco di meditare e, anche se non raggiungo lo Spazio Mentale, quando arrivo sono molto più calma.

Vedo Felix che parla con gli agenti di polizia, mentre mi allontano dall'auto.

Mi fa l'occhiolino, quando passo loro davanti, poi dice qualcosa ai poliziotti, e mi seguono nell'edificio.

Chiamo l'ascensore.

"Avete per caso trovato dei bossoli?" capto la domanda di Felix, mentre entro in ascensore.

Gli sportelli si richiudono, scivolando, e non sento la risposta della polizia.

Spero che trovino il proiettile e che lo colleghino all'ammiraglio. Non essendo un Conoscente, la polizia può gestirlo come un qualunque criminale umano... e dubito che Baba Yaga aiuterebbe un semplice lacchè.

Quando l'ascensore arriva al nostro piano, abbandono la sicurezza della cabina e corro dritta verso la porta.

Entrata, chiudo la porta dietro di me, esalando finalmente un sospiro di sollievo nel posare lo sguardo su Fluffster.

Sfiderei chiunque a cercare di rapirmi *adesso*.

Il mio peloso difensore li annienterebbe.

"Felix mi ha detto che è successo qualcosa." Il messaggio mentale di Fluffster è colmo di preoccupazione. "Parlava di Baba Yaga che ti ha catturato?"

"Ti spiego tra un minuto" dico, andando in cucina. "Quando torna Felix."

Frugo nel freezer, da dove prendo una confezione di piselli surgelati, seguito dal vassoio per il ghiaccio, e riempio due bicchieri di acqua e ghiaccio.

"Ariel è tornata a casa?" domando. Metto i piselli sulla sedia e abbandono il coccige, ancora dolorante, sul pacchetto congelato, mentre tracanno mezzo bicchiere.

"No." Fluffster inclina la testa quasi a mo' di cane, quando per poco non mi strozzo con un cubetto di ghiaccio nell'impazienza di reidratarmi.

Ah. Ariel non era solo in ritardo per accompagnare me all'Orientamento. Non si è mai fatta vedere.

Non è da lei.

Pensando che un po' di pet therapy mi farebbe bene, indico a Fluffster di saltarmi in grembo e, quando lo fa, inizio ad accarezzargli distrattamente il pelo.

Restiamo seduti così, finché la porta d'entrata non cigola, e Felix entra in cucina.

"Vuota il sacco" dice.

"È successo quando sono entrata nel palazzo" comincio, raccontando poi a entrambi del mio incontro con Baba Yaga.

"Chissà se stava dicendo la verità sul fatto di volere un bambino veggente. In alcune fiabe russe... senz'altro apocrife... lei passa tutto il tempo a mangiare bambini piccoli" osserva Felix alla fine. "E in queste stesse fiabe, spesso, bisogna dare il proprio primogenito a qualcuno, ma non in maniera così diretta."

"Ma non mi dire." Ingurgito altra acqua. "Non ci sono fiabe in cui la principessa (e io voglio essere la principessa) viene fatta accoppiare come una mucca?"

Arrossisce, scuotendo la testa.

"Detesto dirlo, ma te l'avevo detto" m'informa Fluffster. "Spero che adesso mi ascolterai, e lascerai perdere quella seccante abitudine di uscire di casa."

"Beh, stavolta hai vinto." Prendo il secondo bicchiere. "Rimarrò a casa, finché non avrò risolto questo problema."

"Contatterai Nero?" chiede Felix.

"No. Forse." Dopo aver tracannato il bicchiere, aggiungo: "In tal caso, sarà l'ultima spiaggia. Prima vorrei parlare con Rose e Vlad." Prendo il telefono per aprire l'app del calendario, e individuo la prima visita disponibile di Vlad attorno a mezzogiorno. "Verrà a trovarla fra tre giorni. Volevo già chiedergli delle relazioni con i vampiri, ma ora gli parlerò anche di questo. Forse il Consiglio o gli Esecutori possono aiutarmi."

"Ne dubito" replica Felix. "È come la pace nel mondo, o Baba Yaga con una coscienza..."

"Se non possono aiutarmi, allora resterò a casa, finché non sarò in grado di padroneggiare i miei poteri." Mi alzo e, dopo aver rimesso in freezer i piselli mezzi scongelati, mi verso un altro bicchiere d'acqua. "Se imparo a fare quello che ha fatto il bannik, saprò stabilire quando si può uscire in sicurezza e quando no.

Penso che il mio potere mi possa rendere quasi invisibile ai miei nemici."

"Non è male come piano" dice Felix. "Vuoi che ti prepari qualcosa da mangiare?"

"Grazie" rispondo con gratitudine. "Qualcosa con molti elettroliti."

Felix prepara per entrambi delle patate con ripieno di asparagi e prosciutto, e divoro la cena, prima di cedere allo sfinimento e andare a letto.

———

PASSO i due giorni successivi come una prigioniera, perlopiù a ordinare la spesa online, guardare la TV e meditare.

Nessuno dei miei tentativi di meditazione mi porta, purtroppo, nello Spazio Mentale.

Almeno, continuo a migliorare nel prerequisito di svuotare la mente.

Sviluppo anche una tecnica, che dovrebbe tornare utile quando riavrò i miei poteri.

Tutte le volte che mi ricordo, controllo l'orologio del telefono, come in un disturbo ossessivo-compulsivo.

L'idea è questa: se lo faccio in maniera maniacale, quando alla fine avrò delle visioni dove sarà presente il mio corpo, saprò sempre che ore sono... perché quella me stessa del futuro controllerà il suo telefono.

In poco meno di due giorni, sono diventata molto

brava in questo esercizio. Ma c'è un effetto collaterale negativo.

Controllare costantemente l'ora ha fatto sì che i due giorni a casa si trascinassero ancora più lentamente.

Il terzo giorno, dormo quasi fino a mezzogiorno, poi barcollo fino alla cucina e guardo l'orologio del telefono, come parte del mio allenamento ossessivo-compulsivo. Non trovando avanzi di Felix, preparo di malavoglia la padella per cucinare, e prendo delle uova dal frigo.

"Ciao, dormigliona" dice mentalmente Fluffster, nell'entrare.

"Ehi." Abbasso lo sguardo su di lui. "Ariel è tornata a casa ieri sera?"

"No" risponde, preoccupato. "Neanche una volta questa settimana."

Arricciando le labbra, rompo rabbiosamente un uovo nella padella che sfrigola.

Quando Ariel si farà finalmente viva, io e lei dovremo parlare.

Mentre mangio, Fluffster mi martella per la mia inutile ricerca di un lavoro, e quando ho quasi finito, il telefono in camera di Ariel comincia a squillare.

Mi alzo di scatto, quasi incespicando mentre corro verso la fonte del rumore.

Forse Ariel si è accorta di aver lasciato il telefono qui, e ha deciso di contattarmi chiamando se stessa.

Vengo colpita dall'ansia, proprio mentre afferro il dispositivo che squilla.

Conosco questo numero.

È Baba Yaga.

Rifiuto la chiamata, ma chi telefona non lascia messaggi vocali.

Allora, Baba Yaga continua a pensare a me. Non c'è da meravigliarsi, di questo.

Mi porto dietro il telefono di Ariel, mentre pulisco la cucina, poi torno in camera mia e indosso qualcosa di più presentabile.

In base al mio calendario, oggi è il giorno in cui Vlad verrà nell'appartamento di Rose, ed è lì che mi dirigo.

"Avrai i tuoi poteri in corridoio?" chiedo a Fluffster, mentre prendo la mia pistola e tolgo la sicura. "Temo che qualcuno stia aspettando che esca di casa."

"No" dice. "Una volta, sono quasi stato mangiato da quella gatta infernale, quando ho commesso l'errore di avventurarmi di fuori."

"Dovrà bastarmi questa, allora." Agito la pistola. "Metterò anche un fermo alla porta, così, se c'è qualcuno, posso sparare e correre dentro."

Passando dalle parole ai fatti, prendo un gigantesco libro di testo di 'Economia Globale' dal mio scaffale, per usarlo come fermaporta.

"Io sono qui" dice Fluffster, accomodandosi vicino all'entrata. "Ricorda anche che, se urli, Vlad probabilmente ti sentirà."

Annuisco, poi respiro per calmarmi ed esco dall'appartamento.

## CAPITOLO VENTUNO

NESSUNO MI DISTURBA, mentre mi precipito verso l'appartamento di Rose.

Mentre suono al campanello, nascondo la pistola.

La porta si apre, rivelando il viso sorridente di Rose.

"Sasha." Si è truccata in modo molto meticoloso, e il suo vestito estivo sembra provenire da una moderna rivista di moda. "Entra pure."

Metto piede in casa. L'appartamento sa di profumo di Chanel, fiori freschi e tè esotico.

Rose mi guida in salotto.

Vlad è in piedi vicino alla finestra. I raggi del sole che gli cadono sulla pelle sfatano in pieno uno dei principali miti sui vampiri: la sensibilità ai raggi UV.

A meno che non usi un fattore di protezione 5000?

"Ciao, Sasha." Agli angoli dei suoi occhi, neri come la pece, si formano delle rughe in un vago sorriso... che subito dopo scompare, lasciando la solita maschera cupa.

Lucifera solleva la testa dal grande cuscino sul divano. Con la sua espressione piatta, a metà tra scontrosa e assonnata, sembra voler dire: "Tu? Che cos'hanno tutti questi bifolchi, per disturbare il decimo pisolino reale di Sua Maestà?"

Ignorando l'occhiataccia della gatta, vado a sedermi sul divano accanto al suo cuscino.

Fa pericolosamente le fusa, quando oso massaggiarla sotto il mento.

I gatti possono fare le fusa dall'indignazione?

"Allora." Rose si siede vicino a me con una tazza di tè in mano. "In che guai ti sei cacciata, adesso?"

Inarco le sopracciglia. "Mi si legge in faccia per caso?"

Vlad brontola qualcosa d'incomprensibile, mentre Rose si limita a guardarmi, imperturbabile.

Con un sospiro, racconto loro della mia visita forzata alla banya di Baba Yaga.

"Devi fare pace con Nero" dice Vlad, quando ho finito. "Lui può porre fine a questo."

"Io e Nero siamo inconciliabili" dichiaro fermamente. "Speravo invece che ci fosse una specie di gruppo simile alla polizia nella società dei Conoscenti, che possa aiutarmi?"

Batto le palpebre con aria innocente, come se avessi dimenticato che Vlad è il capo degli Esecutori... un gruppo che, dal suono, sembra decisamente una polizia. O una SWAT. O sono più simili al tipo di polizia segreta, assoldata dai dittatori?

"Temo che il Consiglio non si darebbe pena per i tuoi problemi" commenta Vlad in un sincero tono di scuse. "Soprattutto alla luce del fatto che Baba Yaga era nel Consiglio di San Pietroburgo, in passato, e aspira ad entrare nel Consiglio di New York, non appena ci sarà un posto vacante." Si stringe nelle spalle con rincrescimento. "Temo che tu sia da sola."

"Ma ovviamente siamo felici di aiutarti ufficiosamente" dice Rose, lanciando a Vlad un'occhiata severa.

"Esatto" aggiunge lui, un po' troppo rapidamente. "In veste *non ufficiale*, sarei felice di aiutarti. Solo che non so come." Con l'espressione di chi sta per ingoiare larve di scarafaggio fermentate, propone: "Magari posso accompagnarti all'Orientamento?"

"Mi può aiutare Ariel per *quello*" vorrei dire. Poi mi ricordo della sua assenza, e decido che è giunta l'ora di saperne di più sulle relazioni con i vampiri, e chiedo di getto: "Che cos'è una puttana per il sangue?"

Il tè schizza fuori dalla bocca di Rose, e Vlad sembra aver ingoiato davvero quelle larve.

"Chester ha definito così Ariel all'Earth Club" spiego in fretta. "Credo che si riferisse al suo rapporto con Gaius."

"Oh" commenta Vlad, di nuovo con espressione meditabonda e illeggibile in faccia. "Capisco."

Anche Rose si ricompone. "Sasha mi chiedeva delle

relazioni con i vampiri, e le ho detto di tornare per parlarne con te, quand'eri qui" dice a Vlad.

"E la mia richiesta è appena diventata estremamente urgente." Distrattamente, accarezzo il pelo di Lucifera, morbido quasi quanto quello di un cincillà, e magicamente riesco a non perdere le dita. "Non vediamo Ariel da giorni, ormai. Si comporta in maniera imprevedibile. Lei..."

"Gaius si è preso un congedo personale dai suoi doveri." Vlad si avvicina a grandi passi ad una sedia e si accomoda, con la schiena rigida. "È andato in Russia a fare qualcosa. Magari se l'è portata dietro?" Dal tono, non sembra propendere per una risposta affermativa.

"Penso che Ariel me lo direbbe, se facesse un viaggio da qualche parte, soprattutto in un posto così esotico come la Russia" dico.

Rose guarda Vlad in modo eloquente.

A malincuore, lui prende il telefono e invia un messaggio in quella maniera superveloce, che sembra propria solo dei vampiri e delle ragazze adolescenti.

La risposta è immediata.

"Ariel non è con Gaius." Vlad incrocia lo sguardo di Rose, e mi chiedo se, come Fluffster, abbia la capacità di comunicare telepaticamente in segreto con lei. "Gaius ha anche detto che non hanno una relazione." Abbassa lo sguardo sul telefono. "Ha detto, e cito testualmente, 'È solo un accordo superficiale con vantaggi reciproci. Non significa niente per me'."

L'espressione di Rose si rabbuia.

"Sono adulti consenzienti" le dice Vlad in tono contrito.

"Gaius sta mentendo." Soffoco l'impulso di alzarmi, prendere il telefono di Vlad, e scrivere a quello stronzo compiaciuto alcuni insulti ben scelti. "Ariel esce con lui da diversi..."

"Seguire qualcuno come un cagnolino non equivale ad una relazione" interviene Vlad, poi guarda l'espressione ancora più furiosa di Rose. "Mi dispiace, ma è vero."

"Questo genere di cose succede ad alcune persone che assaggiano il sangue di vampiro." Rose lancia un'occhiata a Vlad, come alla ricerca di conferma. Quando lui annuisce, aggiunge: "L'esperienza è... straordinaria."

"E... quindi? Stai dicendo che Ariel è diventata dipendente dal sangue 'straordinario' di Gaius?" Guardo Rose, e poi Vlad.

Evitano entrambi il mio sguardo.

La mia preoccupazione aumenta. "È come un'eroinomane o qualcosa di simile?"

"È più come una sessuomane piuttosto che una tossicodipendente." Vlad incrocia finalmente il mio sguardo.

"Dovrebbe rientrare in una categoria a parte" dice Rose con un lieve rossore. "Ma basti dire che devi avere un'enorme forza di volontà, se vuoi bere una sostanza così forte. Ti aiuta anche quando hai un rapporto d'amore con la tua droga preferita." Rivolge a Vlad uno sguardo così accalorato, che mi aspetto quasi di vederla balzare in piedi e cominciare a pomiciare con lui davanti a me. Di nuovo.

"Non mi piace." Faccio un'altra carezza alla gatta, e vengo ricompensata con fusa magnanime e con il proseguimento della mia esistenza. "E se Ariel avesse trovato un altro vampiro da cui prendere il sangue?"

Vlad scuote la testa. "Ha bevuto da Gaius" dichiara. Quando lo guardo con aria assente, spiega: "Le resterà addosso il suo odore per settimane. Rovina... l'appetito."

"Ceeerto. Chi lo vuole il sudicio scarto di un altro vampiro."

Rose si strozza con il tè, e Vlad si limita a scuotere di nuovo la testa.

"Se non è con un altro vampiro, non so proprio dove potrebbe essere" dico.

"Potrebbe essere in un ospedale degli umani." Vlad si stringe il ponte del naso, accigliandosi più del solito. "A seconda di quanto tempo è stata dedita a quest'abitudine, i sintomi dell'astinenza potrebbero essere abbastanza gravi."

"Astinenza?" Soffoco l'impulso di gridare cose oscene. "Hai detto che era come il sesso." Quasi aggiungo: "Non lo faccio da due anni, e non ho sintomi di astinenza, tranne ogni tanto quando divento irritabile", ma rivelerei troppe informazioni.

"Potrebbe essersi presa una camera per la riabilitazione" dice Rose tono rassicurante. "A

Gomorra c'è un'ottima struttura specializzata in qualunque tipo di dipendenza dei Conoscenti."

"Non credo." La frustrazione penetra nella mia voce. "Non me lo direbbe, se andasse in riabilitazione?"

"Magari si vergogna" ipotizza Rose. "Ma hai ragione. Inventerebbe almeno una scusa per spiegare la sua assenza."

Vlad si alza. "Puoi portarmi una ciocca dei suoi capelli? È ora di porre fine a questa storia."

"I suoi capelli?" Lo fisso. "Potrebbero essere difficili da trovare."

"Potrei determinare le sue coordinate, se avessi il suo materiale genetico" spiega Vlad di malavoglia. "È una cosa che la mia specie riesce a fare."

Ricordo la ciocca di capelli che Gaius mi aveva strappato al nostro incontro iniziale, e come mi aveva trovato a Las Vegas dopo la lotta con Beatrice. Dev'essere stato quello il modo per riuscirci... e il motivo per cui Ariel aveva insistito, affinché lui restituisse i capelli.

Ripensare a quegli avvenimenti mi fa sentire davvero in colpa. È per via delle mie disavventure che lei aveva assaggiato per la prima volta il sangue di Gaius.

Accantonando questi inutili pensieri, mi concentro sulle implicazioni pratiche della rivelazione di Vlad. Ora ricordo di avere vagamente pensato di rasarmi la testa, quando ho scoperto di questa faccenda dei capelli, ma la malia di Gaius deve avermelo fatto dimenticare.

Non che mi raserei i capelli per davvero, ma forse mi verrebbe lo stesso disturbo ossessivo-compulsivo di Ariel nel non lasciare i capelli sparsi ovunque.

Ma lei potrebbe non avere un disturbo ossessivo-compulsivo. Forse non le si spezzano i capelli grazie alla sua super-forza.

"Dubito di trovare qualcosa" dico, spiegando poi la situazione dei capelli di Ariel. "Ma darò un'occhiata. Può essere qualsiasi DNA, giusto?"

Immagino Vlad tenere in mano un prodotto usato per l'igiene femminile, e fatico a mantenere un'espressione seria.

"Sì, può essere qualsiasi cosa." Vlad si avvicina alla finestra e guarda il parco sottostante.

"Okay." Mi alzo subito in piedi. Aver qualcosa da fare mi dà una piccola carica di energia. "Dammi un minuto."

Rose mi accompagna alla porta.

"Torno subito" le sussurro. "Appena possibile."

"Farò in modo che Vlad resti qui finché non torni." Mi stringe la mano in modo rassicurante, e apre la porta.

"Grazie" dico, uscendo dall'appartamento.

"Nessun problema." Rose sorride e chiude la porta.

Visto che non conosce Ariel così bene, le sono estremamente grata per aver spinto Vlad ad aiutarmi.

Comincio a camminare verso il mio appartamento, quando sento l'arrivo dell'ascensore.

Merda.

Nella preoccupazione per Ariel, mi sono completamente dimenticata della mia situazione di vulnerabilità.

Le porte dell'ascensore si aprono.

Estraggo la pistola.

# CAPITOLO VENTIDUE

"SASHA." La faccia di Felix è pallida e gli occhi sono sgranati. "Non puntarmi quella addosso."

Nascondo rapidamente la pistola.

La situazione mi sta rendendo troppo nervosa. Se Felix fosse stato uno dei vicini, avrebbe potuto chiedere l'intervento della polizia dopo questo numero... e non penso che mi piacerebbe implorare Vlad di tirarmi fuori dai pasticci con la sua malia.

"Stai bene?" Felix esce dall'ascensore.

"Parliamo dentro l'appartamento" dico, e corro verso la porta.

Felix mi segue.

Cammino avanti e indietro in salotto, mentre racconto a lui e a Fluffster ciò che ho appena scoperto.

"Il sangue deve averla aiutata ad affrontare il disturbo da stress post-traumatico" dice mentalmente Fluffster, quando ho finito. "Evidentemente, ha funzionato meglio di quelle droghe che assume ogni tanto. Perlomeno, significa che non è bipolare."

"Già" commenta Felix, guardandolo. "La dipendenza dal sangue *spiega* parecchie cose. Il suo umore altalenante. L'atto di scomparire."

"Ad eccezione dell'ultimo atto di scomparire, che non c'entra niente." Guardo in faccia Felix. "Puoi aiutarmi a trovare i suoi capelli o qualunque altro DNA per Vlad?"

Non gli dico della mia vana ricerca precedente dei capelli: potrebbe influenzare Felix e farlo desistere troppo facilmente, inoltre non è che sia stata particolarmente meticolosa.

"Lo farò." Felix va a controllare la piega del divano. "Nel frattempo" dice da sopra la spalla, "penso che dovresti riprovare a usare i tuoi poteri. Sforzati di avere una visione su Ariel."

"Non so se sarò in grado di concentrarmi in tutta questa situazione." Scopro che mi sto mangiando le unghie, e smetto.

"Non puoi aspettarti di avere sempre le visioni in un'atmosfera rilassata." Felix ribalta un altro cuscino del divano. "Sono sicuro che ci riuscirai. Per Ariel."

"D'accordo" dico. "Sono nella mia stanza. Per un po' non disturbatemi."

"Aiuterò Felix nelle ricerche" dice Fluffster.

"Solo un secondo" dico, poi lo prendo in mano e lo abbraccio come un orsacchiotto di pezza.

Parte della mia tensione sembra essere assorbita dal

suo pelo celestiale, quindi lo rimetto giù e vado nella mia stanza.

I suoi effetti calmanti derivano dal potere del domovoi, o tutti i cincillà sono così?

Quando arrivo in camera mia, riemerge nella mia mente una cosa detta da Yaroslav, il bannik. Un pensiero che stava aspettando un momento tranquillo, quando nulla sta andando storto.

La meditazione è solo un mezzo per raggiungere un obiettivo. La chiave per raggiungere lo Spazio Mentale è un tipo speciale di concentrazione.

Significa che posso aggirare la meditazione e saltare direttamente in quella particolare concentrazione?

Sembra improbabile.

Poi la parola 'concentrazione' innesca un'altra idea.

Subito prima di scoprire di essere una Conoscente, Nero mi ha chiesto di fare delle ricerche su un'azienda chiamata Rapid Rabbit Biotech e sul prodotto che avrebbero annunciato a breve, una droga chiamata Focusall. Sebbene la mia presentazione di questa società alla conferenza Alpha One si sia trasformata in un disastro per colpa del mio svenimento, forse ho cavato fuori qualcosa di buono da tutta quella storia.

Dopotutto, conservo ancora alcuni campioni di questo farmaco... che contiene la parola 'concentrazione', 'focus', proprio nel nome.

Più ci penso, più mi sento emozionata.

Sotto effetto del Focusall, sono riuscita a terminare il lavoro in una frazione del tempo che di solito impiego, e cosa più importante per lo Spazio

Mentale, non importa cosa stessi facendo o quanto fossi sotto pressione, ero concentrata come un monaco Zen.

Rovisto nel cassetto della scrivania e individuo il flacone del campione.

Con mano tremante, ingoio senz'acqua una delle pillole verdi.

Secondo l'azienda, questo farmaco impiega circa due ore per fare effetto, ma durante i miei esperimenti l'ho sentito prima.

Non disposta a sprecare il tempo in una mera attesa, assumo la posizione di meditazione e cerco di ottenere le informazioni che mi servono alla vecchia maniera.

Ascolto il mio respiro, cercando di non pensare a tutti i vari modi in cui posso fallire. Per esempio, i miei poteri potrebbero essere ancora fuori uso, grazie a quella lunga visione sui videogiochi con Felix. Oppure, Ariel potrebbe essere in pericolo e rimanere gravemente ferita, nel tempo che il farmaco impiega a fare effetto. Oppure il Focusall potrebbe non aiutarmi ad entrare nello Spazio Mentale; non è stato creato per questo. Oppure...

Scaccio tutti i pensieri negativi dalla mente e, con uno sforzo erculeo, mi concentro solo sul respiro.

Dopo qualche minuto, la mia mente si svuota.

Immagino che tutta la pratica fatta con la meditazione cominci adesso a dare i suoi frutti.

Dopo un altro minuto, sento con shock le mani diventare più calde.

Non può essere assolutamente per l'aiuto del Focusall.

Questa sono io e basta.

Ovviamente, l'entusiasmo per il riscaldamento delle mani disperde questa sensazione.

Raddoppiando gli sforzi, svuoto del tutto la mente un'altra volta e respiro.

I miei palmi si scaldano, e finalmente i fulmini mi colpiscono agli occhi.

———

MI RITROVO di nuovo senza corpo nello Spazio Mentale.

Ignorando le forme sicure intorno a me, non penso che ad Ariel mentre mi sposto in avanti.

Seguendo un istinto proprio di questo regno, mi fermo quando raggiungo un gruppo di caldi ottaedri tondeggianti, di colore viola e dal gusto di popcorn.

Purtroppo, la musica proveniente da queste forme è la più carica di presagio che abbia mai incontrato.

"Non me ne vado dallo Spazio Mentale, finché non ho visto questo" dichiaro mentalmente, anche se non so bene a chi stia dando l'ultimatum.

Ma ancor prima di cimentarmi nella visione, devo prendere una decisione importante.

Quanto dev'essere lunga la predizione?

Se questa forma getta davvero luce sulla situazione di Ariel, voglio che la visione sia il più lunga possibile, come forma di ricognizione. Ma se questa visione *non* riguarda Ariel, allora preferirei che fosse molto breve, per poter entrare nello Spazio Mentale di nuovo nel prossimo futuro.

In effetti, potrei avere due visioni in un giorno, se una di esse fosse il più breve possibile?

Quella visione con il mio nome scritto in russo era breve, e per il resto della giornata non sono riuscita a raggiungere lo Spazio Mentale, ma allora ero ancora all'inizio. I miei poteri, nel frattempo, potrebbero essere aumentati, e due tentativi sarebbero decisamente meglio di una visione più lunga.

Stabilito questo, comincio a zoomare in avanti sulle forme, più e più volte.

Data la mia precedente esperienza con lo zoom in avanti, questa visione durerà un paio di secondi al massimo.

Sempre se si verificherà, intendo. Non sono mai riuscita ad attivare forme *così* spaventose.

Digrignando metafisicamente i miei denti inesistenti, mi protendo per toccare la forma.

Non funziona.

Lo rifaccio.

E ancora.

E ancora.

E per altre venti volte.

Il tempo scorre normalmente nel mondo reale, mentre io esisto nello Spazio Mentale? In tal caso, se continuo a provarci così a lungo, il Focusall potrebbe fare effetto.

Ma mi aiuterà davvero, qui?

Improbabile, decido.

D'altro canto, la sola idea del tempo che scorre normalmente 'di fuori' mentre fluttuo qui, è improbabile. Quel paio di volte in cui ho visto altri veggenti durante una loro visione, è successo all'istante. Tutt'al più, sembravano momentaneamente lontani con lo sguardo.

Perciò, continuo accanita a cercare di toccare la forma.

Più e più volte.

Dopo quello che sembra il milionesimo tentativo, qualcosa finalmente cede, e la forma mi risucchia violentemente dentro di sé.

———

POSO la mano sulla maniglia della porta.

Prima di entrare, non riesco a non controllare ossessivamente il telefono. Forse, dopotutto, non è stata una grandissima idea sviluppare quest'abitudine. Oh, beh. Almeno so che sono le 03:24 del pomeriggio.

Appagato il disturbo ossessivo-compulsivo, apro la porta ed entro.

L'enorme stanza scialba e priva di finestre è illuminata da lampade alogene, appese ad un soffitto di quasi dodici metri.

C'è una donna seduta su una sedia al centro della stanza e, nonostante gli occhiali da aviatore che le coprono la maggior parte del viso, non ho dubbi sul fatto che sia Ariel. Nessun altro possiede quegli zigomi perfetti.

Tiene in mano una ciotola di legno e un cucchiaio di legno abbinato. Il liquido fumante diffonde i vapori della minestra di pollo in tutto l'ampio spazio.

Con movimenti discontinui ed esagerati che mi ricordano una marionetta, Ariel prende una cucchiaiata di minestra e si mette il cucchiaio in bocca.

Perché si comporta così? Sarà un effetto collaterale dell'astinenza?

"Ariel" sussurro ad alta voce, avanzando di un passo. "Sono io. Sasha."

C'è uno schiocco delle vertebre del collo, mentre Ariel gira di scatto la testa verso di me.

Prima che possa riflettere su questo nuovo episodio di comportamento anomalo, qualcuno alla mia sinistra si schiarisce la voce.

Con il battito che accelera, sollevo la pistola e giro su me stessa, per affrontare il nuovo pericolo.

Lo riconoscono immediatamente.

Questo è Innokentiy, l'ammiraglio.

Se ne sta lì in piedi, con i muscoli prorompenti sotto la maglietta senza maniche, e il coltello estratto e pronto.

L'espressione sul suo volto è feroce. Dev'essere agitato per tutti i tagli, le botte e i lividi che si è preso a causa mia.

Punto la pistola in mezzo ai suoi occhi e premo il grilletto.

Senza i paraorecchie del poligono di tiro, il fracasso mi perfora i timpani.

La mia abilità nel tiro fa chiaramente schifo. Invece della testa, il proiettile gli finisce nella spalla, come un cucchiaio caldo in un gelato.

Lui strilla qualcosa di sconclusionato in russo, quasi facendo cadere il coltello, ma all'ultimo momento lo intercetta con la mano sinistra.

Miro di nuovo alla sua testa.

Con un esperto guizzo del polso, mi scaglia addosso il coltello.

Premo il grilletto, ma è troppo tardi.

Il suo coltello penetra da qualche parte, appena sotto il mio mento.

Il dolore, all'inizio, è come ingoiare spray al peperoncino, poi diventa più simile allo strozzarsi con il magma.

Cerco di gridare, ma finisco con lo sputare sangue in un orribile gorgoglio.

L'ammiraglio incombe su di me con un sadico sorriso. Afferrato il manico del coltello, strappa fuori l'arma.

Cado in ginocchio, afferrandomi la fontana di sangue sul collo, mentre lui mi ferisce ancora, e ancora.

# CAPITOLO VENTITRÉ

RIPRENDO i sensi con un rantolo.

Non mi stupisce che questa visione nello Spazio Mentale fosse circondata da così tanta musica di paura.

Normalizzando il respiro, resto seduta immobile, mentre le implicazioni e le rivelazioni mi esplodono nella mente.

Ariel si trovava in un deposito... con l'ammiraglio.

Dev'essere stata rapita.

Certo. Ecco perché non è tornata a casa negli ultimi giorni.

E vista la presenza dell'ammiraglio, non ci vuole Sherlock Holmes per capire chi ci sia dietro tutto ciò.

*Baba Yaga.*

Così, ha molto più senso.

Alcune cose dette dalla strega mentre mi teneva nella banya, ora formano un disegno logico.

"La forza di una leva è di gran lunga superiore alla

fiducia" ha detto. "Lo sai che farà come dico, quando glielo dirò."

Evidentemente, si riferiva ad Ariel. Non volendo ascoltare le sue minacce, e fingendo così di arrendermi, deve aver pensato che sapessi della situazione di Ariel grazie ad una visione.

Ed è anche per questo che Koschei ha detto: "Non sono nemmeno sicuro che sia leale con i suoi amici."

Non stava pronunciando un insulto generico, bensì molto specifico.

Mi do una botta in fronte, nel ricordarmi di un'altra cosa detta da lui: "Devo uscire, per prendermi cura della nostra ospite."

Scommetto che intendeva Ariel.

E Baba Yaga ha risposto con qualcosa come: "A proposito di ospiti", cercando poi di mostrarmi qualcosa sul telefono.

Era probabilmente un'immagine di Ariel tenuta prigioniera. Lei era la chiave dell'"offerta che non potevo rifiutare'.

Ora che lo so, non posso credere di non averlo intuito già nella banya.

In mia difesa, mi avevano appena messo k.o. con chissà quale sostanza chimica e, per giunta, ero piena zeppa di adrenalina.

Oppure sono stata intenzionalmente cieca? Dopotutto, se avessi saputo che Ariel era in pericolo, sarei stata un'ingiustificabile codarda a fuggire da sola.

No.

Non sono stata volutamente ottusa.

Eppure, una vocina in un angolo della mia mente non può che chiedersi: se avessi saputo della situazione di Ariel, avrei permesso a Baba Yaga di costringermi a generare un figlio, e di crescerlo senza di me?

Lasciando che la storia si ripetesse con *mio* figlio?

Mi rendo conto, poi, che dovrei darmi tregua.

Secondo la mia visione, io sarò coraggiosa. Stavo chiaramente cercando di salvare Ariel, quando ho pagato con la mia vita.

Ignorando il terrore esistenziale generato da questa catena di pensieri, balzo in piedi per trovare Felix.

"Stai bene?" chiede, quando lo trovo nella stanza di Ariel vicino ad un Fluffster molto pieno di polvere. "Sembri una fantasma."

"Vi prego, ditemi che avete trovato i capelli di Ariel?" La mia richiesta suona rauca.

Felix scuote la testa. "Ho cercato dappertutto per sette volte."

"Ho controllato sotto i letti" dice mentalmente Fluffster. "Non siamo fortunati. E voi, ragazzi, dovreste proprio passare meglio l'aspirapolvere."

Ignorando la frecciatina, mi precipito a frugare nella spazzatura del bagno.

Niente con il DNA. Neanche qualcosa di disgustoso.

Mi guardo intorno nella stanza, e una vaga idea mi stuzzica in un angolo della mente, quando i miei occhi scivolano sul lavandino, ma poi qualcuno mi mette una mano sulla spalla.

Lo strillo che ne deriva è decisamente poco elegante.

"Scusa." Felix ritrae di scatto la mano, come se si fosse scottato. "Non volevo spaventarti."

"È tutto okay. Sono solo nervosa. Ho avuto una visione nella mia stanza." Sentendomi un po' spossata, abbasso il coperchio del WC e mi ci siedo sopra. "Baba Yaga ha rapito Ariel."

Occhi umani e da roditore mi fissano, stupefatti, e riferisco loro un zoppicante racconto della mia visione.

"C'è un lato positivo." Felix si appollaia con il sedere sul bordo della vasca. "Sappiamo che in questo momento è viva. E che lo sarà alle 03:24."

"Sappiamo anche che, in qualche modo, capirai come localizzarla" aggiunge mentalmente Fluffster. "Altrimenti non potresti essere lì nel futuro."

Annuisco.

"Per caso sei riuscita a controllare il GPS sul telefono, quand'eri nella visione?" chiede Fluffster. "Se sì, potrebbe essere il modo per trovare il posto."

Prima di scuotere la testa, vedo Felix scuotere la sua. "Dubito che abbia trovato il posto, basandosi su una visione" dice. "Sarebbe una curva causale."

Fluffster lo guarda, privo d'espressione.

"Un paradosso della predestinazione?" ritenta Felix, ma la faccia di Fluffster resta uguale.

"Lascia che ti spieghi" dice lui con finta pazienza. "Se la visione dice a Sasha dove dev'essere, ma l'unico modo in cui lei può arrivarci è scoprire il luogo in una visione, non si ottengono informazioni da nessuna parte. Un tipo di paradosso."

"Fermati, per favore." Mi massaggio la fronte. "Io *non* ho guardato il GPS, quindi questo è discutibile." Il promemoria sulla mia nuova abitudine mi costringe a tirare fuori il telefono per controllare l'ora. Soddisfatto il disturbo ossessivo-compulsivo, commento: "Probabilmente, dovrei prendere anche l'abitudine di controllare le mie coordinate, quando faccio questo... al diavolo i paradossi."

"Quindi non abbiamo idea di dove sia Ariel?" domanda Fluffster.

"Non necessariamente." Mi alzo, resistendo alla tentazione di massaggiarmi il posteriore. Il coperchio del WC non è in generale la seduta più comoda, e per qualcuno con il coccige dolorante diventa una tortura. "Dato che Ariel è sotto il controllo di Baba Yaga, abbiamo già due opzioni per il luogo in cui potrebbe essere: il ristorante *Izbushka* e la banya. La stanza in cui stava era davvero grande e con enormi soffitti, ma forse è il deposito di uno di quei luoghi?" Osservando l'animato monosopracciglio di Felix, do voce a quello che starà già pensando: "Puoi hackerare le loro telecamere e vedere se riesci a localizzare Ariel?"

Felix balza in piedi e corre fuori dal bagno.

"Spegni le luci" mi ricorda Fluffster, quando inseguo Felix.

Brontolando sottovoce sulle priorità di Fluffster, seguo comunque il suo consiglio, poi andiamo insieme nella stanza di Felix.

Lo troviamo intento a scrivere al computer.

"Niente nella banya" dichiara, girando il portatile verso di noi. Lo schermo visualizza una serie di schermate delle telecamere di sicurezza, che mostrano la banya da cui sono evasa così di recente.

A questo punto, Felix allontana il computer e, puntando il dito verso lo schermo, dirige su di esso un flusso di energia color magenta.

Con aria soddisfatta, comincia a darci dentro con la tastiera con l'entusiasmo di un bambino di cinque anni che gioca a Whack-A-Mole.

Onde evitare di mangiarmi le unghie per la suspense, raccolgo Fluffster e lo gratto dietro a un orecchio.

"Niente nel ristorante" dice Felix dopo alcuni lunghissimi secondi, poi ci mostra i risultati.

Come prima, sullo schermo ci sono diversi collegamenti delle telecamere di sicurezza, ma Ariel non compare da nessuna parte.

"È inconcludente" commento, esaminando attentamente gli schermi. "Potrebbero non esserci telecamere nell'area di deposito, dove tengono Ariel. Per esempio, non vedo l'ufficio di Baba Yaga, ispirato ad una capanna di legno, o alcune stanze per la sauna."

"Hai ragione" dice Felix, mentre l'ardore post-hackeraggio si affievolisce notevolmente. "Qualunque cosa facciano in quella stanza, probabilmente non vogliono la registrazione delle prove."

Ci fissiamo in un silenzio imbarazzante, senza dubbio immaginando tutti i peggiori scenari di quello che potrebbe succedere ad Ariel. Dopotutto, è nella stanza con l'ammiraglio e il suo coltello. Poi questo filone di pensieri mette a nudo un difetto logico, e dico: "Ragazzi. Ariel non era legata nella mia visione. Quindi, perché non ha semplicemente affrontato l'ammiraglio con la sua super-forza?"

Prima che chiunque possa rispondere, il telefono di Ariel squilla nella mia tasca.

Agguanto il dispositivo e lo fisso.

Conosco questo numero con 718.

"È Baba Yaga" sibilo a Felix. "Puoi rintracciare le sue coordinate tramite la chiamata?"

"Sì" sussurra... come se lei potesse sentirci. "Rispondi e parla con lei, finché non ho finito."

Mentre premo sullo schermo per accettare la chiamata, Felix spara un arco della sua magia magenta verso il telefono, poi digita freneticamente sul portatile per la seconda volta.

"Il telefono della mia amica è quasi a terra, perciò che sia una cosa rapida" mento, attivando il vivavoce. "Chi è?"

"Sono io" risponde la strega con la sua voce androgina. "Cerchi di fare la finta tonta?"

"Baba Yaga?" chiedo il più allegramente possibile. "Sei tu? Koschei mi ha detto che non parli mai al telefono con nessuno."

"Ho fatto una rara eccezione" dice pacatamente.

"A quanto pare." La mia allegria sta diventando sempre più difficile da simulare, ma faccio del mio meglio mentre dico: "Non sapevo che tu ed Ariel vi conosceste... ma eccoti qua, a chiamarla sul suo telefono."

Per un paio di secondi cala il silenzio, poi Baba Yaga dice: "Allora non lo sapevi?"

"Sapevo cosa?" Dovrebbero darmi un Oscar per l'innocenza che ostento.

"Questo è l'accordo" dichiara Baba Yaga in modo pratico. "Io ho Ariel."

"Tu *cosa*?" L'indignazione nella mia voce *non* è finta.

"È lei la mia leva" dice. "Pensavo che non avresti tenuto fede alla tua parte del patto, e avevo ragione."

Agito una mano davanti al monitor di Felix. Alza lo sguardo, scuote la testa, e riprende a digitare.

"Aspetta un attimo, adesso" replico, indignata. "Il nostro patto implicava un *servizio*. Portarti la spesa è un servizio. Consegnarti la posta è un servizio. Quello che hai chiesto è molto, molto di più."

"Semantica" dice Baba Yaga. "Hai accettato di fare quello che ti avrei chiesto, e ora lo farai."

Felix è ancora indaffarato; altrimenti, griderei delle oscenità in faccia alla strega. Visto come stanno le cose, inspiro per calmarmi e dico: "Per favore. Ariel non c'entra niente con tutto questo. Non ha stretto patti con te. Devi lasciarla andare."

"Lo farò" ribatte Baba Yaga. "Quando avrò quello che voglio."

Per me è sempre più difficile non sbattere il telefono contro la parete, ma quel maledetto Felix sta ancora facendo le sue cose. "Abbiamo convenuto che, a prescindere dal servizio, sarebbe stato legale" affermo, allungando le parole. "Obbligarmi ad andare a letto con qualcuno contro la mia volontà è illegale. Così come la vendita di bambini."

Cala un momento di silenzio, dove non sento altro che le dita di Felix che danzano sui tasti del portatile.

"Americani" dice finalmente Baba Yaga con un sospiro. "Che nazione puritana."

Guardo Fluffster, che si stringe nelle spalle pelose. Felix solleva il lato destro del monosopracciglio, ma continua a digitare.

"Grazie per questa illuminazione" dico. "Non hai dei commenti sociali più utili?"

"Ignoro il tuo sarcasmo, perché mi piaci" dichiara Baba Yaga. "Te l'ho mai detto prima?"

La seconda metà del monosopracciglio di Felix si solleva, e Fluffster sembra allibito.

"Se è così che tratti le persone che ti piacciono" replico, "di certo non vorrei essere una tua nemica."

"Precisamente" dice, e anche se la sua voce è priva di cattiveria, un brivido freddo mi corre lungo la spina dorsale. "Ma dato che mi piaci, sono disposta ad essere ragionevole. Perfino accomodante."

Ricambiando le occhiate confuse di Felix e Fluffster, resto in silenzio, incerta su cosa dire.

"Invece del coito e di conseguenza del parto, eccetera, tutto quello che ti chiedo è di donarmi uno dei tuoi ovuli" dice Baba Yaga. "Così posso usare la fecondazione in vitro per ottenere ciò che voglio, e vissero tutti felici e contenti."

Rimasta senza parole, mi limito a osservare il

monosopracciglio di Felix che balla la break dance, mentre lui continua a digitare.

"Pronto?" dice Baba Yaga. "Non hai sentito la mia generosissima offerta?"

"Sono qui" riesco a rispondere. "Mi hai colto alla sprovvista con la tua 'generosità'."

"Ovviamente, sarebbe una madre surrogata ad avere il bambino" continua con calma Baba Yaga; non ha chiaramente notato le virgolette da me accidentalmente messe alla parola 'generosità'. "Non devi fare altro che alcune iniezioni ormonali e una piccola procedura per estrarre l'ovulo."

Una volta sparito lo stupore temporaneo, mi viene in mente un'idea dispettosa, quindi corro in cucina con il telefono e apro il frigo.

"Allora" dico. "Solo per essere trasparenti. Io ti do uno dei miei ovuli..." Prendo un uovo biologico di galline allevate in libertà e lo tengo in mano. "...E poi siamo pari, giusto?"

"Esatto" risponde. "Tranne il fatto che potrei chiedere diversi ovuli, perché la fecondazione in vitro non sempre funziona al primo tentativo."

"Okay." Allungo una mano nel frigo e prendo alcune altre uova. "Ti darò quello che vuoi a breve. Nel frattempo, puoi per favore lasciar andare Ariel?"

"Che razza d'idiota pensi che sia?" chiede Baba Yaga, mentre comincio ad avvolgere le uova in tovaglioli di carta.

"Pensavo che sarebbe un gesto carino, se la lasciassi andare." Ficco le uova con l'involucro in un contenitore di plastica. "Come ho detto, non c'entra niente con tutto questo."

"Anche se fossi propensa a farlo, e non lo sono, non credo che vorresti davvero che la liberassi, per ora" replica Baba Yaga.

"Eh?" Metto le uova nella scatola di una delle nostre ultime consegne e torno nella stanza di Felix.

"La tua ragazza soffre ancora di forti crisi d'astinenza" spiega la strega. "Costituirà un pericolo per te e per se stessa, ma durante le poche settimane che le occorrono per superarla posso tenerla pulita."

"Certo" sono tentata di dire. "La famosa riabilitazione di Baba Yaga. Stupratori omicidi come personale e, a gestirli, una rapitrice di bambini fuori di testa. Chi non vorrebbe guarire, lì?"

Con la rabbia che mette l'acceleratore ai miei passi, corro nella stanza di Felix.

Sollevata la testa dal suo lavoro, alza con poco entusiasmo i pollici, e mima il gesto di riattaccare.

"Oh merda" dico, enfatizzando la preoccupazione. "Il telefono sta per and..."

Godendo enormemente, attacco il telefono in faccia a Baba Yaga, togliendo poi per sicurezza la batteria dal telefono di Ariel, e persino considerando l'ipotesi di distruggere il dispositivo con un piede. Cambio idea, dato che assomiglierebbe molto all'uccisione dell'ambasciatore.

Felix mi lancia una strana occhiata.

"Dov'è?" chiedo, resistendo all'impulso di strappargli il portatile.

"Tutta questa storia è stata un fiasco." Abbassa lo sguardo sul pavimento, strofinato di recente. "Baba Yaga stava chiamando dal suo ristorante, ma ho esaminato le cianografie del posto e non esiste una stanza con i soffitti così alti, come quello della stanza nella tua visione. Lo stesso vale per la banya."

Mi siedo sul suo letto, cingendomi il corpo con le braccia. "C'è comunque un lato positivo. Se Baba Yaga non è dove tengono Ariel, il salvataggio sarà molto più facile, no?"

"Tranne il fatto che non sappiamo dove sia Ariel" s'intromette Fluffster.

"Lo scopriremo" replico. "L'ha detto la mia visione."

Felix mi lancia ancora quella strana occhiata. Sta cercando di farsi coraggio, per dire qualcosa di sgradevole?

"Devo chiedertelo" dice, confermando il mio sospetto. "E ti prego di capire che sto solo facendo l'avvocato del diavolo, quasi in senso letterale." Dopo aver inspirato, domanda d'un fiato: "Hai preso in considerazione l'idea di fare ciò che chiede?" Arrossisce, aggiungendo: "Cioè, se volesse il mio sperma per salvare Ariel, io s..."

"Fermati." Serro i pugni, cercando comunque di mantenere una voce normale. "Se avrò dei figli, *conosceranno* i loro genitori biologici. Non verranno cresciuti dalla strega cattiva delle leggende russe. Non verranno..."

"Scusa." Felix sembra vergognarsi. "Dimentica del tutto la mia domanda. Sono stato stupido."

"Tutto okay" dico, anche se vorrei solo urlare che sì, è stato insolitamente stupido. "Questo è un argomento difficile per me." Inspiro profondamente, poi espiro. "Se non funzionerà nient'altro, credo che *fingerò* di assecondare il piano di Baba Yaga. Magari posso sfruttare la mia destrezza di mano, per scambiare la medicina per la fecondazione in vitro con una soluzione salina, o fare qualcos'altro per fermare l'intero procedimento, mentre cerchiamo Ariel. Ma, ripeto, la mia ultima visione indica un modo per salvare Ariel *oggi*, ed è in quella che ripongo tutte le mie speranze."

"E non ti preoccupa quello che è successo a *te* in quella visione?" chiede mentalmente Fluffster. "Essere infilzata nel collo non è esattamente il risultato migliore."

"Il nostro piano di salvataggio si sistemerà per evitarlo." Mi massaggio il collo con le dita congelate. "Per esempio, se non entro in quella stanza, non dovrebbe accadermi nulla. Spero."

"A quanto pare, ci serve proprio quel DNA." Felix chiude il portatile. "Qualche idea?" Guarda da me a Fluffster, e viceversa. "Magari possiamo telefonare al salone dove si è fatta la manicure? Quante probabilità ci sono, che conservino i vecchi pezzetti delle unghie tagliate?"

"Zero" dico. "Lasciami cercare di nuovo il suo DNA nell'appartamento."

Mi alzo per studiare tutto daccapo, e ancora, e un'altra volta.

Quando natura chiama, vado in bagno per fare le mie cose, e controllo lì per l'ennesima volta.

Neanche una sporadica unghia del piede o un cotton fioc sporco. (Il cerume contiene il DNA?)

Mentre mi lavo le mani, mi cade l'occhio sul lavandino, e una vaga idea precedente prende forma.

Lì nella tazza, c'è lo spazzolino da denti di Ariel. Il povero aggeggio è malmesso e consumato, come al solito. La super-forza di Ariel incide così tanto sulla plastica, o ha tenuto questo spazzolino sin dall'infanzia al posto di una comoda coperta?

Uno spazzolino (soprattutto questo) gratta la bocca, quindi sembra che debba significare DNA.

Ma d'altro canto, il dentifricio lo lava via?

Controllo sul telefono se uno spazzolino può essere usato per il DNA, e tutti i siti web dichiarano fermamente *sì*.

Ovviamente, nessuna delle fonti (comprese le parti più folli di internet) sa confermare se un vampiro possa localizzare qualcuno tramite uno spazzolino usato.

Una volta presi un sacchetto di plastica e dei guanti di gomma dalla cucina, per non contaminare il campione, torno in bagno e metto in sicurezza lo spazzolino.

Corro poi in camera di Felix, agito eccitata il sacchetto e gli spiego.

"Sei un genio." Felix si dà un colpo sulla fronte con un sonoro schiocco. "Perché non ci ho pensato prima?"

"Già" dice mentalmente Fluffster. "Nei programmi

TV prendono sempre il DNA grattando la guancia delle persone."

"Devo andare da Vlad" informo Felix. "Nel frattempo, puoi prepararti per una missione di soccorso?"

"Certo" dice.

"E anche, come ultima delle priorità, ingaggiare un corriere in bicicletta, o uno altrettanto veloce, per consegnare un pacco che ho lasciato vicino alla porta. Contiene le mie uova di gallina per Baba Yaga" dico. "Ha detto che, se le do i miei ovuli, saremo pari."

"Ti farai solo una nemica" replica Felix.

"Non m'importa" dichiaro, forse con troppa veemenza. "Quando Yaga riceverà quelle uova" aggiungo, più calma, "avrò la coscienza pulita."

Un lieve sorriso gli tende gli angoli della bocca. "Perché nella tua mente subdola avrai rispettato l'accordo con lei."

Mi stringo nelle spalle. "Ha detto che, se le avessi dato i miei ovuli, saremmo state pari. Non è colpa mia, se non è stata attenta alle parole."

"Farò come chiedi" dice Felix. "E registrerò il video dell'ufficio di Baba Yaga, mentre riceve il tuo pacco. Sono certo che ti piacerebbe vedere la sua faccia, mentre lo apre."

"Ora sì che la prendi nel modo giusto" commento, ed esco dalla stanza con Fluffster che si accoda.

"Lascio di nuovo la porta d'entrata socchiusa" dico al domovoi, mettendo in atto il gesto.

"E se dovesse *esserci* qualcuno, tu grida così forte, da farti sentire da Vlad" dice.

"Sì" rispondo, estraendo la pistola.

Sarò sempre così paranoica nell'uscire dal mio appartamento?

Oh, beh.

Esco e mi precipito verso la porta di Rose.

## CAPITOLO VENTIQUATTRO

RAGGIUNGO di nuovo l'appartamento di Rose senza disavventure.

Dopo avermi fatta entrare, racconto a lei e a Vlad della mia visione e della chiamata di Baba Yaga, poi porgo a Vlad il sacchetto con lo spazzolino, trattenendo il respiro per l'aspettativa.

Prende il sacchetto con le punte delle dita, come se fosse una rana e lui una schizzinosa dama vittoriana. Annusandone il contenuto, arriccia il naso proprio come avrebbe fatto quella dama, e dice: "Sì. Posso usarlo."

Quindi si volta, e non vedo che qualche scintilla di energia argentea nascosta dalle sue ampie spalle e dalla schiena.

Si è cacciato lo spazzolino in bocca?

Sto morendo dalla curiosità.

"Brooklyn." Si volta di scatto e tocca alcune volte lo

schermo del suo telefono. "Tieni." Si avvicina per mostrarmi un'app GPS.

Il contrassegno che ha lasciato sulla mappa è da qualche parte a Sunset Park, Brooklyn, non lontano da Costco.

La zona brulica di magazzini e, anche se alcuni sono stati affittati ad attività moderne come parte della riqualificazione di Industry City, molti sono ancora decrepiti, il luogo ideale per tenere una vittima. O per gestire un sito nero, o per girare un film porno sulle torture... se si è inclini a questo genere di cose.

Certo. Ecco spiegata l'enorme stanza con i soffitti alti.

Si trova in un magazzino.

"Se prendiamo il sottopassaggio, possiamo arrivarci in quindici minuti" dice Rose.

"Possiamo?" Vlad getta di lato lo spazzolino, con un cipiglio così profondo, che la sua fronte imponente minaccia di saltargli via dalla faccia per strozzare qualcuno.

"Se Sasha affronta Baba Yaga da sola, finisce morta stecchita" dice Rose, mettendosi le mani sui fianchi. La sua voce è sorprendentemente tranquilla.

Vlad la fissa, meditabondo.

Lei ricambia il suo sguardo, con un'espressione per me illeggibile... ma non dev'essere così per Vlad, che aggrotta ancora di più le sopracciglia.

"Sasha per me è come un membro della famiglia" dichiara Rose, e stavolta, nella sua voce calma, risuona un'evidente minaccia.

Vlad all'inizio sembra sgonfiarsi, poi fa un respiro profondo e dice a denti stretti: "*Tu* non vieni."

Rose avanza di un passo verso il suo innamorato. "Pensavo di essere stata..."

"Intendevo dire, tu non vieni perché ci andrò *io*" dice Vlad, veloce e secco.

"Ma..."

"No" ripete lui. "Se vuoi aiutare, puoi darmi una ricarica."

"Solo una ricarica?" Rose si acciglia. "Ma io voglio fare di più."

"Dopo l'ultima volta, non ti chiederei nemmeno una ricarica, ma so che è l'unico modo per accertarmi che tu non ci vada." Sospira. "Lo sai che, così, sarai di grande aiuto."

"Va bene" dice lei, stizzosa. "Non c'è tempo per discutere. Vieni qui."

Vlad le si avvicina.

Lei accorcia le distanze, poi si stringono in un abbraccio sensuale.

Guardo Lucifera, confusa, e la gatta mi guarda a sua volta con un'espressione che sembra dire: "Lo sappiamo, serva. Gli umani sono disgustose, sporche creature, il cui comportamento è impossibile da comprendere per Sua Maestà."

Osservo di nuovo Vlad e Rose.

Invece di pomiciare con il vampiro, Rose sta scaricando su di lui un flusso di energia color rosa fard, e in un istante, il suo potere ricopre Vlad dalla testa ai piedi.

Lui sembra alzarsi di qualche centimetro... ma potrebbe essere un'illusione ottica.

Con un lampo accecante, l'energia si dissipa.

Rose s'accascia tra le braccia di Vlad, che così la prende in braccio e la posa sul divano.

"Lasciaci" dice e, prima che possa dire qualcosa, si sta già squarciando il polso con le zanne improvvisamente snudate, appoggiandone poi il sanguinolento risultato sulla bocca di Rose.

Sebbene mi affretti ad andare nella cucina di Rose, non mi è difficile capire cosa sta per succedere.

Rose berrà il suo sangue. Il suo sangue, simile all'eroina, che ha paragonato al sesso.

Accantonando le preoccupazioni sulla sua possibile dipendenza (e su quella certa di Ariel), mi concentro su un altro aspetto di ciò che ho visto.

Vlad ha definito 'una ricarica' quello che Rose gli ha appena fatto.

Significa che lei ha aumentato i suoi poteri di vampiro?

Mentre ci rifletto su, Vlad entra in cucina, immerso in tetri pensieri.

"Rose sta bene?" chiedo prontamente.

"Non ucciderò nessuno dei Conoscenti durante questo cosiddetto salvataggio" dice Vlad, sul volto una maschera priva di emozioni.

Rimango sorpresa. "E chi ha detto che devi uccidere qualcuno? Adesso, per piacere, puoi rispondere alla mia domanda?"

"Essere il Capo degli Esecutori pone altri limiti alla

mia condotta" prosegue, nello stesso modo automatico usato dai rappresentanti del servizio clienti per scusarsi con gli interlocutori arrabbiati. "Se i miei doveri interferiranno con i tuoi obiettivi, *non* solleverai obiezioni."

"Capito" dico. "E Rose?"

"Se ti chiedo di saltare..."

"Chiederò quanto in alto" continuo a denti stretti. "In millimetri. Ho capito. Puoi solo dirmi cos'è successo a Rose?"

"Sto bene." Rose entra a fatica nella stanza con in mano un bastone.

Il nuovo pallore del suo viso e gli occhi incavati sembrano in contraddizione con le sue parole.

Poi mi accorgo di una cosa.

Ogni tanto lei ha questo aspetto, in quei giorni negativi di cui ero solita dare colpa alla vecchiaia.

Vlad la squadra, si acciglia, e mi lancia un'occhiata accusatoria. "Voglio che Rose stia nel tuo appartamento" afferma. "Il tuo domovoi la terrà al sicuro."

"Certo" rispondo. "È un'ottima idea."

"Se io vado, Luci deve venire con me" dice debolmente Rose.

"Deve proprio?" Faccio una smorfia al ricordo di come la gatta abbia quasi mangiato Fluffster, la sola e unica volta in cui si sono incrociati in corridoio. "Torneremo al massimo tra qualche ora. Non puoi..."

"Se lei non viene, non ci vado neanch'io." Rose alza la testa.

Vlad mi lancia un'occhiata come per dire: "Se Rose non ci va, non ti aiuto."

"Va bene" dico, ansiosa di dare inizio al salvataggio. "Prendila e andiamo."

Vlad prende il trasportino e va in salotto a prendere la gatta. Ci sono rumori di una lotta, e Lucifera sibila come un cobra rabbioso varie volte, ma dopo un minuto Vlad torna in cucina con la gatta nel trasportino.

Lucifera sembra furiosa. Con un balzo da tigre, artiglia il polso di Vlad attraverso le sbarre di plastica.

La sua pelle guarisce istantaneamente.

"Dev'essere bello essere un vampiro" mormoro sottovoce. Poi guardo Rose. "Perché non è Vlad l'addetto al lavaggio della gatta?" Gli spiego: "È facendole il bagno che mi sono procurata la cicatrice sul braccio, che ho poi nascosto con il tatuaggio della Regina di Cuori."

Vlad risponde, mugugnando qualcosa d'incomprensibile.

"La poveretta ha paura di lui." Rose gli strappa di mano il trasportino, e Lucifera si calma immediatamente. "Tu le piaci molto di più."

Osservo la gatta, chiedendomi come si comporterebbe se *non* le piacessi.

L'animale mi lancia la solita occhiata minacciosa, come per dire: "Chi non piace a Sua Maestà tende a supplicare per una morte misericordiosa."

Scuotendo la testa, guido Vlad e Rose fino alla porta del mio appartamento, ancora aperta.

Quando entro, Rose mi segue, ma Vlad si ferma sulla soglia.

Mi chiedo se sia il caso d'invitarlo a entrare, ma la domanda è invalidata da Felix e Fluffster, che ci raggiungono all'entrata.

"Rose, aspetta" faccio per dire, ma lei apre il trasportino e libera la sua bestia rabbiosa.

Com'era prevedibile, la prima cosa che fa la maledetta gatta è balzare addosso a Fluffster. La sua espressione sembra dire: "Finalmente. Il nobile banchetto peloso è cresciuto per il piacere di Sua Maestà."

L'incontro, tuttavia, si svolge in modo diverso da quello avvenuto con Fluffster in corridoio.

Dato che a guardarli ci sono solo dei Conoscenti, il domovoi non è tenuto a rispettare il Mandato, né deve fingere di essere un cincillà, e cosa ancora più importante, adesso è nel suo territorio personale.

Nella mia testa risuona un grido mentale, e anche in quelle di Rose e Felix, a giudicare dalle loro facce.

Per un attimo, l'orribile forma mostruosa che ha ucciso Harper appare dove c'è Fluffster... solo un poco più piccola, circa delle dimensioni di un gran danese.

Lucifera interrompe immediatamente la caccia, e la forma scompare.

La gatta si gira verso Rose con un'espressione che sembra significare: "Sua Maestà si è accorta che i ratti ipertrofici come questo potrebbero avere i pidocchi."

E ignorando completamente Fluffster, lo supera di corsa per esplorare l'appartamento.

C'è un rumore di stoviglie che cadono a terra.

Felix rabbrividisce, mormorando: "Credo che fosse il mio vaso preferito."

"Te ne prenderò un altro" dico. "L'importante è che Vlad abbia capito dove dobbiamo andare. E si sia 'offerto volontario' di venire con me."

"Venire con *noi*" dice Felix, sicuro di sé.

Lo guardo, come se stessero per spuntargli i lacci delle scarpe dalle narici.

"Verrò con te" dice con un po' meno sicurezza.

Incrocio le braccia. "No che non verrai."

"Sì, invece." Imita la mia postura.

"Non è possibile."

"Sì che è possibile."

"Bambini" dice Rose. "È essenziale fare presto."

"Già." Felix mostra i denti. "Quello che ha detto lei, e in più, hai bisogno di me."

"Davvero?" chiede Vlad dal corridoio.

"I miei poteri possono tornare utili" si difende Felix. "E poi, porto una potenza di fuoco che funziona soltanto con me." Estrae il suo futuristico moschetto/pistola laser.

"Tu non dovresti averlo, quello" dice Vlad, accigliato.

Felix fa una smorfia. "Giusto, scusa. Me ne sbarazzerò dopo tutto questo. Non mi segnalerai al Consiglio, vero?"

Vlad corruga ancora di più la fronte. "No. Ma vedi di sbarazzartene davvero."

"Sì, signore." Felix fa prontamente il saluto militare.

"Va bene, puoi venire con noi" dico, studiando dubbiosa la pistola di Gomorra. "Ma accetto solo perché non voglio sprecare altro tempo a litigare."

"Ho preparato questi per noi." Felix tira fuori di tasca una decina di auricolari e me ne porge uno.

"Non ascolteremo la musica durante il salvataggio" replico. "Neanche se le canzoni sono davvero fighe."

"No, sciocca." Rotea gli occhi. "Li ho trasformati in dispositivi di comunicazione." Se ne infila uno nell'orecchio. "Come i servizi segreti."

"Ah." Ne prendo uno, dicendo: "Dallo anche a Rose. Lei resterà qui, e Vlad sarebbe lieto di rimanere in contatto."

Felix consegna un auricolare a Vlad e Rose. "Se Rose resterà qui, ho un'idea. Torno subito."

Mentre corre nella sua stanza, sfrutto il ritardo per affrettarmi a prendere il coltello M9 in camera di Ariel. Quest'arma si adatta bene alla tasca segreta, in cui di solito nascondo la pistola, e la pistola stessa finisce nella cintura dei miei pantaloni... a mo' di gangster.

Tornata indietro, vedo Felix con in mano un tablet, mentre una piccola webcam gli spunta dalla tasca della camicia.

Porge delle videocamere simili a me e Vlad, che le attacchiamo ai vestiti.

"Questo" porge il tablet a Rose, "ti permetterà di vedere ciò che vediamo noi." Lancia la sua magia verso entrambi i dispositivi, poi gioca con il tablet per un momento, e tre video della stanza in cui siamo compaiono sullo schermo.

"Voglio un auricolare" dice mentalmente Fluffster.

"Certo." Felix prende quello più piccolo e lo inserisce nel grazioso orecchio del domovoi. "Il tuo auricolare e quello di Rose dovrebbero essere collegati ai microfoni nelle webcam nelle nostre tasche. Riuscite a sentire?"

"Sì" risponde Fluffster. "Ti sento due volte, nell'auricolare e nel mondo reale."

"È okay. Quando ce ne saremo andati, riguarderà solo il tuo orecchio" lo informa Felix. "Ma ricorda che non potrai parlare con noi... a meno che tu non riesca a comunicare mentalmente anche a lunghe distanze."

"Niente lunghe distanze." Fluffster china la testa.

"Io farò da intermediario" lo rassicura Rose. "Adesso vi conviene proprio andare."

"Rose ha ragione" dico, dirigendomi verso la porta.

Vlad sta già chiamando l'ascensore, e Felix ci raggiunge presto.

La nostra silenziosa discesa in ascensore è tranquilla quanto una dormita sul soffitto e, non appena gli sportelli si aprono, Vlad attraversa il parcheggio a grandi passi, senza voltarsi indietro.

"È la mia immaginazione, o Vlad sta facendo l'incazzato?" sussurro a Felix, mentre il vampiro, grazie alla sua velocità soprannaturale, allunga la distanza tra noi.

Invece di rispondere, Felix digita qualcosa sul telefono e me lo mostra. Il messaggio dice: "I vampiri hanno un super-udito."

"Oops" commento, bugiarda.

"Dovete dargli tregua" interviene Rose nell'auricolare. "Non gli piace questa situazione."

"Ha ragione" dice Vlad, quando finalmente lo raggiungiamo, e fissandomi con gli occhi simili a buchi neri, aggiunge: "Gli Esecutori non dovrebbero lasciarsi coinvolgere in banali dispute personali tra i Conoscenti."

"Giusto" dico. "Se... o quando... Ariel verrà uccisa, allora potrai 'aiutarci' con una coscienza pulita."

Vlad non risponde, ma si strappa di tasca un portachiavi con un mazzo di chiavi, sceglie un aggeggio che assomiglia a un'automobilina nera, e lo preme.

Un'auto nera lì vicina, che assomiglia proprio al giocattolo, emette un bip.

"Guidi una Tesla?" gli chiede Felix, invidioso. "Questo è il loro modello di punta" mi spiega. "Guida da sola, anche se questa funzionalità è ancora leggermente limitata. Però è estremamente parsimoniosa nei consumi..."

"Dentro." Vlad apre la portiera posteriore, che si muove verso l'alto in stile DeLorean, e indica a me e Felix di salire.

Quando obbediamo prontamente, Vlad si mette al volante, e l'auto elettrica scivola fuori dal parcheggio.

Immergendoci in un altro spiacevole silenzio, guidiamo lungo la strada.

"Perché elettrica?" chiedo una volta passato il quinto incrocio, più che altro per vedere se Vlad mi parla.

"È meglio per l'ambiente" mi dice Rose

nell'orecchio. "Vlad cerca di limitare l'impatto sull'ambiente."

"Eh?" Osservo la burrascosa espressione di Vlad nello specchietto retrovisore, ma lui ignora la mia domanda. "Bevi anche il sangue esclusivamente da persone di campagna nutrite con erba?"

Felix ridacchia e, anche se Vlad ancora non risponde, mi sembra di notare un barlume di divertimento nei suoi occhi.

"La longevità e l'importanza data all'ambiente vanno a braccetto" spiega Rose, con tono da professoressa. "Quando vedi scomparire la tua foresta preferita, o l'estinzione della tua specie preferita di orso, o se semplicemente guardi le isole di plastica che si accumulano nel..."

"Afferriamo il quadro" dice Felix. "Ma ci riserviamo il diritto di trovare divertente l'idea di un vampiro che abbraccia gli alberi."

"Chissà se è per questo che Nero è ossessionato dall'ufficio senza carte" medito sottovoce. Chiedo a voce più alta: "Quanti anni ha Nero?"

"È molto vecchio" rispondono all'unisono Vlad e Rose.

"Quanti anni deve avere per voi due qualcuno, o qualcosa, per considerarlo 'vecchio'?" sono tentata di chiedere, ma prima di averne la possibilità, le casse d'alta gamma dell'auto cominciano a emettere una melodia alta.

"Questa è 'The Future' di Leonard Cohen" dice

Felix, sovrastando il baccano. "L'abbiamo sentita nel film *Assassini nati* che Ariel ci ha fatto guardare."

Ricordo quella sera. È stato quando la violenza sullo schermo ha fatto svenire Felix. Spicca nella mia memoria, perché volevo fare la ceretta a Felix nel mezzo del suo monosopracciglio, mentre era privo di sensi. Abbiamo magnanimamente deciso di astenerci da questa marachella, alla fine, ma Ariel ha detto (cito testualmente): "Lo rimandiamo in attesa del comportamento futuro di Felix."

"Darian" dice Vlad, riportandomi di colpo al presente. "A cosa devo questo piacere?"

"Una semplice telefonata di cortesia" risponde la voce di Darian attraverso gli altoparlanti dell'auto, con un extra-forte accento britannico nell'articolare le parole in maniera cerimoniosa. "Tu non sei mai stato uno di quelli che dubitano dell'utilità della specie dei veggenti, ma ti ricordo lo stesso quanto possiamo essere fondamentali."

"Hai avuto una premonizione che mi coinvolge?" Il tono di Vlad è scettico.

"Esatto" dice Darian. "E così, ho deciso di rivelarti alcune parole di avvertimento e di saggezza."

Cala un lungo silenzio. Vlad, come il resto di noi, vuole certamente sentire queste parole di presunta saggezza, mentre Darian sta chiaramente sfruttando la situazione in tutta la teatralità che ci può spremere.

Vlad si schiarisce distintamente la voce.

"Giusto" dice Darian. "Ecco qua." La sua voce

assume una tonalità da Obi-Wan, mentre dice gravemente: "Fa' attenzione alla luce rossa. Usa la..."

"...forza, Luke" completiamo all'unisono io e Felix.

Vlad ci lancia una cupa occhiata nello specchietto retrovisore, perciò parlo per entrambi. "Dai. Quell'accento britannico e quel passaggio..."

"Sasha." Le sopracciglia di Vlad si fondono l'una con l'altra, abbastanza strette da far insorgere il monosopracciglio di Felix per violazione di marchio depositato.

"Hai detto 'Sasha'?" Darian sembra così preoccupato, che gli darei un Golden Globe per aver finto di non sapere che fossi in macchina.

"Sì." Vlad appare confuso.

Darian riattacca con un sonoro clic.

Con un'espressione ancora più confusa, Vlad sterza in una grande strada.

"Nero ha vietato a Darian di parlarmi, pena la morte" spiego dopo un momento di silenzio. "Scommetto che Darian sapeva che ero in macchina, ma ha finto il contrario."

"Negabilità plausibile" dice Felix. "Intelligente."

"Ma non avrebbe dovuto vedere questo episodio svolgersi esattamente così?" chiede Rose negli auricolari. "Lo chiede Fluffster, comunque" aggiunge.

"Esatto" dico. "Scommetto che voleva che succedesse proprio questo. Sono sicura che abbiamo sentito abbastanza cose utili per noi. O più probabilmente, utili per *lui*, perché questo andrà senz'altro a beneficio di qualche suo piano a lungo termine."

Non aggiungo che questo piano a lungo termine potrebbe essere il venire a letto con me.

Sono distratta dalle mie riflessioni 'Darian più Sasha', quando il mio senso di ragno per i pericoli della strada pizzica all'improvviso.

Stiamo andando forte verso un grande incrocio, e l'attacco d'ansia (o di qualunque cosa sia) sembra incentrato sul semaforo, che si avvicina rapidamente.

Ma la luce è verde, non rossa.

In quel preciso istante, il verde diventa giallo.

"Queste storie dei veggenti fanno venire il mal di testa perfino ad un vampiro" mormora Vlad, e preme sull'acceleratore per riuscire a passare con il semaforo giallo, prima che diventi rosso.

"Questo è un buon modo per beccarsi una multa" sento lamentarsi Rose a distanza nelle nostre orecchie. "È Fluffster, a parlare" specifica. "Dice che toccherà a Vlad pagare la multa."

Non è per la multa che il mio intuito si sta ribellando.

Dev'essere per l'imminente semaforo rosso in sé.

"Fermati!" grido in preda al panico.

# CAPITOLO VENTICINQUE

DEVO DARE il giusto riconoscimento agli istinti dei vampiri. Vlad schiaccia il freno, prima che io abbia terminato la parola.

Devo anche riconoscere i meriti di Elon Musk e del personale della Tesla. L'auto si ferma, prima di attraversare le strisce pedonali, nell'esatto momento in cui il semaforo sopra di noi diventa rosso.

Un enorme camion della spazzatura attraversa l'incrocio alla velocità di un'auto da corsa.

Esalo un respiro, che non mi ero accorta di trattenere. "Dev'essere stata questa la ragione della telefonata di Darian."

"Sì" dice Rose, scossa, a giudicare dalla voce. "Se foste andati avanti, quel camion vi avrebbe investiti."

"Ne ero consapevole" si difende Vlad. "Ce l'avremmo fatta."

"Forse" dice Rose. "E *tu* te la saresti cavata, se si fosse verificata la collisione."

Non aggiunge, però, che io e Felix saremmo diventati degli hamburger umanoidi a cottura media.

"Saresti sopravvissuto?" Felix osserva il camion, che scompare rapidamente, e il sottile telaio dell'auto attorno a noi. "Pensavo che nemmeno un vampiro potesse sopravvivere a una cosa del genere."

Vorrei spiegargli che Rose ha dato a Vlad una specie di ricarica magica, ma decido di non farlo; forse lui preferisce tenere segreta questa informazione.

Il semaforo torna di nuovo verde.

Vlad esprime le proprie emozioni a proposito dell'incidente del semaforo rosso, pestando sull'acceleratore così di colpo, che le forze G mi incollano al sedile.

Raggiungiamo l'autostrada in silenzio.

Decido di allentare la tensione nel mio modo preferito, e chiedo: "Ragazzi, volete vedere qualcosa di figo?"

"Un trucco?" chiede Rose, eccitata. "Puoi fare qualcosa, che posso vedere attraverso la telecamera?"

"Vlad" dico, soffocando l'impulso di sgridare Rose per averlo definito 'un trucco' e non 'un numero'. "Vuoi partecipare anche tu?"

Vlad emette qualcosa a metà tra un grugnito e un mugugno, che prendo come un sì.

Recupero un mazzo di carte nella mia tasca. Lasciando l'aggeggio FELLATIO di Felix nella scatola delle carte, le tiro fuori e le porgo a Felix, per esaminarle e mischiarle, mentre infilo la scatola in tasca.

Una volta riavute le carte, dico: "Questo numero metterà alla prova il legame tra Vlad e Rose, per vedere quanto sono fatti l'uno per l'altra."

Rose strilla di gioia, e perfino Vlad sembra più interessato nello specchietto retrovisore.

"Se funziona, significa che era destino da sempre che voi due vi metteste insieme" spiego. "In caso contrario, significa solo che devo fare più pratica."

Tutti ridacchiano.

"Lasciatemi controllare che non ci siano jolly nel mazzo" dico, e apro le carte per dare loro una rapida occhiata.

"Ora" affermo, risistemandole. "Voglio che Rose dica il numero di una carta, senza il seme."

"Sette" dice Rose.

"Ottimo" rispondo, strizzando l'occhio quasi impercettibilmente a Vlad nello specchietto retrovisore. "Vlad, nomina un seme."

"Fiori" dice, e sarà la mia immaginazione, ma credo che mi strizzi l'occhio anche lui.

"Ottimo." Allargo le mani, per quanto me lo consenta la macchina. "Guardate qua."

Inclinando le mani, in modo da mostrarle a Rose attraverso la telecamera, faccio saltare le carte da una mano all'altra... un classico svolazzo di magia con le carte.

La maggior parte degli illusionisti esegue una 'cascata' in questo tipo di situazione... dove le carte vanno dall'alto verso il basso con l'aiuto della gravità. Farle saltare (specialmente nella mia versione) è più complicato, soprattutto per la distanza alla quale tengo le carte, ma io sono *molto* brava in questo. Visto quanta della mia giovinezza ho dedicato al metterlo in pratica (e si parla di un'orribile pratica, che comprende il raccogliere le carte da tutto il pavimento quando si sbaglia), mi *conviene* essere brava.

Il risultato mi soddisfa. C'è un fruscio di trionfo, e ogni singola carta sembra aver sviluppato dei superpoteri, mentre passa dalla mano destra alla sinistra con un salto che sfida la gravità.

Felix e Vlad sembrano colpiti... ed è fantastico, dato che la parte davvero degna di nota arriva *dopo*.

"Notate che nella mano destra mi è rimasta una sola carta" dico, mostrando loro la veridicità della mia affermazione.

Sto tenendo una carta nella mano destra.

"Non è possibile" mormora Rose nell'auricolare.

Lentamente, giro la carta in questione per rivelare che è la carta nominata da Vlad e Rose insieme... il sette di fiori.

Rose grida qualcosa d'incomprensibile.

Anche se non dice nulla, Vlad sembra molto compiaciuto nello specchietto retrovisore. Deve gradire la prova del forte legame tra lui e Rose, anche se sa come ci sono riuscita... sempre se ho ragione a pensarlo.

Felix continua a fissare la carta. Non ha la solita espressione arrogante da 'so come hai fatto', tanto che vorrei ridacchiare di gioia.

"È stato fantastico" commenta Rose. "Lo pensiamo sia io, sia Fluffster."

"Concordo" dice Vlad, uscendo dall'autostrada con una sterzata. In tono più serio, aggiunge: "Ci siamo quasi."

Metto le carte in tasca, senza nemmeno preoccuparmi di riporle nella scatola. Estraendo rapidamente la Glock dalla cintura, controllo che sia carica.

Felix segue il mio esempio e gioca con i controlli della sua arma di Gomorra.

Un grande schermo futuristico compare sopra la pistola... uno schermo simile all'ologramma di un film di fantascienza.

Mi sfrego gli occhi.

Lo schermo trasparente continua a rimanere sospeso nell'aria.

"Wow" esclamo. "Non stavi scherzando. La tecnologia di Gomorra è *davvero* molto più avanzata della nostra."

"Già." Felix studia la sua pistola con tale amore, che Maya sarebbe gelosa.

"È qui." Vlad indica l'enorme edificio di un magazzino fatiscente sulla destra.

Due tizi grandi e grossi in giacca e cravatta sono in piedi all'entrata del posto. Sembrano cloni di quelli che hanno cercato di rapirmi, quando io ed Ariel stavamo tornando a casa dalla palestra, l'altro giorno.

In realtà, potrebbero essere gli stessi.

Vlad gira l'angolo e parcheggia la macchina.

"Prendo io il comando" dichiara, sbloccando le portiere e passando rapidamente all'azione.

A velocità soprannaturale, scompare dietro l'angolo ancora prima che io e Felix usciamo dal veicolo.

Scendo e corro dietro a Vlad, con Felix che ansima alle mie calcagna.

Svolto l'angolo appena in tempo per vedere gli occhi di Vlad diventare specchi riflettenti di mercurio, mentre fissa le due guardie.

"Hai sonno" lo sento mormorare nell'auricolare, parole che stillano dalla sua lingua come miele da un cucchiaio. "Molto sonno."

Sul serio? L'ipnosi è un ramo del mentalismo che non ho esplorato, ma tutti conoscono questa frase.

La malia rituale di Vlad va liscia come l'olio. Quando l'ho raggiunto, i due tizi stanno facendo un pisolino sul lastricato.

"Potrebbe andare meglio di quanto pensassi" sussurra Felix, osservando con delusione la sua pistola.

"Non portare iella" gli sussurro, ma anch'io mi sento speranzosa.

Forse, tutto ciò che devo fare per sventare l'orribile visione, è permettere a Vlad di entrare nella fatidica stanza e sistemare l'ammiraglio.

Vlad tocca leggermente la porta, apparentemente bloccata, con la mano aperta,

ed essa si spalanca come se una squadra della SWAT avesse aperto una breccia con un ariete.

Entra.

"Pensavo che la sua specie dovesse essere invitata" sussurro a Felix, che si stringe nelle spalle.

"Presumo che non sia la casa di nessuno."

Seguiamo Vlad dentro.

Ci sono altri sei gorilla in giacca e cravatta. Sembrano tutti scioccati nel vederci... finché Vlad non cattura il loro sguardo, s'intende.

"Dormite" dice nello stesso tono ipnotico. "Subito."

I sei uomini cadono subito in uno stato catatonico.

Sta andando decisamente bene.

Scavalcate le guardie addormentate, raggiungiamo una porta che dice: 'VIETATO L'INGRESSO'.

"È assurdo" mormora Felix. "Il solo scopo della porta è di consentire l'ingresso."

"Già" concordo, impassibile. "Questa porta a chiusura rallentata è quasi una finestra."

Con un altro colpetto della mano, Vlad dimostra alla porta che può effettivamente consentire l'ingresso... almeno, se è coinvolto un vampiro.

Mentre la porta salta dai cardini, una piccola luce rossa sopra si accende a dimostrazione del suo disappunto.

Ad eccezione di quel tenue bagliore rosso, la stanza è buia.

Felix preme qualcosa sulla sua pistola, e l'ologramma dello schermo mostra la stanza in modalità notturna ultra-definita.

Sparsi tutt'intorno a noi ci sono dieci gorilla di colore verde, armati con fucili d'assalto e muniti di occhiali per la visione notturna.

Devono aver indossato quell'attrezzatura e spento le luci, per coglierci di sorpresa.

"Il buio o gli occhiali interferiranno con i poteri di Vlad?" sussurro a nessuno in particolare.

"Vedrai" mormora Rose.

"Giù le pistole" ordina Vlad con la stessa voce della malia.

Gli uomini abbassano le pistole.

"Svenite" ordina Vlad, e loro eseguono all'istante, crollando con dieci schiocchi succulenti.

Vlad raggiunge un'ampia serie di porte che scorrono verso l'alto e le prende a calci.

Esse volano via e Vlad entra dentro.

Io e Felix ci scambiamo un'occhiata impressionata, mentre lo seguiamo.

Anche la nuova stanza è buia ma, grazie alla pistola di Felix, vedo all'interno molto nitidamente.

Vedere e capire ciò che vedo, comunque, sono due cose diverse.

I gangster che ci sono qui, una dozzina, non sono come quelli incontrati finora. Tanto per cominciare, nessuno di loro sembra russo. Anzi, questi uomini sono un crogiolo di tipi criminali che ci si aspetterebbe di vedere sui poster dei più ricercati in tutto il mondo. Non indossano nemmeno completi formali... e la parte più strana è quello che hanno effettivamente addosso.

Sono camicie da notte ospedaliere. Come quelle vestaglie da ospedale che lasciano scoperto il sedere. E non hanno niente sotto quelle camicie da notte, nemmeno le solite pantofole da ospedale.

Ultimo ma non meno importante, portano tutti degli occhiali da sole. E non di quelli fighi, bensì economici... in una stanza dove c'è buio pesto.

È lo schermo fantascientifico della pistola a creare tutto ciò?

"Gettate a terra le armi" ordina loro Vlad.

Loro *non* fanno come ha detto.

Batto le palpebre, confusa.

In una strana coreografia, ciascuno dei tipi strani solleva la pistola... puntandola direttamente alla testa di Vlad.

# CAPITOLO VENTISEI

L'ADRENALINA in corpo mette a fuoco la mia mente. "Spara!" grido a Felix, puntando la mia pistola verso l'uomo più vicino con indosso la vestaglia da ospedale... nome in codice: Johnny Uno.

Nel mio auricolare riecheggia un grido di orrore.

Si tratta o di Rose, o di una banshee con la capacità polmonare di un pescatore di perle.

Facendo del mio meglio per ignorare il rumore, premo il grilletto.

Tutti i Johnny devono aver fatto lo stesso contemporaneamente, con il risultato di un rumore assordante.

Johnny Uno cade a terra, ma tenta di strisciare. Non devo avergli causato ferite gravi, ma assegnare loro un numero, forse, non è una buona idea.

La testa di Vlad, con mio sollievo, non sembra uno scolapasta; deve aver anticipato la sparatoria, poiché si muove come una sagoma sfocata sullo schermo della pistola di Felix.

La velocità di Vlad è troppo elevata per essere inquadrata adeguatamente dalla telecamera con la visione notturna, oppure sta davvero dando del filo da torcere a Flash?

Passando con un sibilo davanti al Johnny più vicino a lui, Vlad gli stacca la testa come in una mossa Fatalità di un gioco di *Mortal Kombat*. Poi calpesta la testa di Johnny Uno, che sta ancora strisciando.

Lo scricchiolio delle ossa e della pelle che si rompono è il suono più disgustoso che abbia mai sentito.

Esatto. Decisamente, non assegnerò loro un numero. Qualunque cosa siano questi Johnny immuni alla malia dei vampiri, le loro teste si staccano e si spaccano come quelle delle persone normali.

O forse no.

Il Johnny con la testa staccata cerca ancora di afferrare Vlad, anche se il sangue gli zampilla dal collo come acqua da un idrante rotto.

Cos'è quel tizio, da riuscire a muoversi dopo aver perso la testa? Uno zombie? È questo il motivo dell'abbigliamento da ospedale?

No. Gli zombie che ho incontrato non sanguinavano così tanto... e avevano un odore molto forte.

A meno che non sia semplicemente biologia? Esiste la proverbiale gallina che corre con la testa teoricamente mozzata. Le persone riescono a farlo?

I suoni da banshee nel mio auricolare s'intensificano, e mi chiedo se debba sbarazzarmi del dispositivo per farli smettere.

Vlad scaglia il Johnny decapitato contro una parete, e ciò pone fine alla strana scena, mentre l'uomo scivola in un mucchio floscio.

Sono sicura che Felix stia per svenire.

Perfino a me, che di solito non sono schizzinosa, gira la testa di fronte alla carneficina.

Ma Felix mi sorprende. Invece di svenire, spara a uno dei Johnny che sta puntando l'arma verso di me.

La pistola di Gomorra emette un lieve bip, ma non sembra espellere proiettili... però, qualcosa di simile ad un raggio laser appare sullo schermo olografico e colpisce l'obiettivo di Felix al petto.

Il Johnny crolla immediatamente, cosa interessante. La pistola di Gomorra dev'essere più efficace di una decapitazione.

Nel frattempo, Vlad vortica vicino ad altri cinque Johnny, staccando altre cinque teste e sbattendo poi per terra i corpi decapitati che si muovono.

L'aria è satura del fetore metallico del sangue e della morte.

I nostri aggressori non devono essere dei Conoscenti. Vlad ha detto che non ne avrebbe ucciso nessuno, e invece queste persone le ha uccise.

Rendendosi conto che Vlad è un obiettivo troppo mobile, un Johnny in un angolo della stanza punta la pistola su Felix.

Di nuovo, l'adrenalina nel sangue sembra aiutare la mia concentrazione.

Vedo che Vlad non farà in tempo a staccargli la testa, quindi sollevo la pistola e premo il grilletto.

Lo sparo è così forte, che mi chiedo se abbiamo sparato assieme.

Il lamento di panico nel mio auricolare si mescola a quello che sembra un gatto ferito.

Forse anche a un gatto che fa il bagno.

L'uomo si affloscia a terra con la camicia da notte inzuppata di sangue. Cerca per un attimo di strisciare verso di me, poi si rilassa per sempre.

Devo averlo colpito al cuore.

Imperturbabile, fisso l'uomo morto, poi le mie mani che stringono la pistola.

Questo è il primo umano che muore grazie a me.

Ammesso che *fosse* umano, dico... ma non dovrebbe essere davvero importante, poiché qualunque essere senziente è degno di vivere come gli altri, e questi tizi sembrano essere senzienti, in qualche modo.

Il poco rimorso che provo è scioccante.

È l'adrenalina che mi rende insensibile?

Il peggio è che mi sento veramente pronta a difendere ancora i miei amici e me stessa, e ne ucciderò il più possibile per raggiungere questo scopo.

Sono stata segretamente una sociopatica per tutto questo tempo, e non me ne sono mai accorta? Oppure, nella mia testa, ho visto gli uomini con la camicia da notte come dei mostri? Seguendo la pura logica, non vedo problemi in quello che ho fatto: è stato un semplice caso di autodifesa.

Comunque, non importa. Se necessario, posso andare in terapia con Lucretia in un secondo momento, per appianare questa questione. Lo scopo è sopravvivere abbastanza, da aver bisogno di questa terapia.

Affascinata e sgomenta, guardo Vlad staccare le ultime teste dalle spalle dei loro proprietari.

Felix si guarda intorno nella stanza attraverso lo schermo, come per avere conferma che non ci sia più pericolo.

Tutti gli uomini con la vestaglia da ospedale sono spacciati.

Le urla di Rose nel mio auricolare cessano.

Sollevando lo sguardo dallo schermo, Felix si copre la bocca con la mano in maniera teatrale, come se stesse per vomitare. Poi cade a terra senza preavviso.

Provo un balzo al cuore.

Il proiettile dell'ultimo uomo aveva davvero colpito Felix?

# CAPITOLO VENTISETTE

ESTRAGGO il telefono per usarlo come torcia e controllare il mio amico.

Non vedo sangue, e sento che il battito è forte e il respiro normale.

"Finalmente è svenuto" sussurro, sollevata.

"Povero caro" dice Rose con voce rauca. "Vlad ha davvero combinato un macello, lì."

"L'eufemismo del secolo" replico, guardando il massacro tutt'intorno.

Rivolta di nuovo l'attenzione a Felix, gli do uno schiaffo sulla guancia.

Non si sveglia.

"Avrei dovuto portare dei sali d'ammoniaca" mormoro sottovoce.

"O lasciarlo a casa" ribatte Rose.

"Lasciami provare" dice Vlad, chinandosi su Felix.

Con gli occhi che si tramutano in specchi, Vlad

costringe le palpebre di Felix ad aprirsi e fissa gli occhi girati all'indietro del mio amico.

"Su" ordina Vlad.

Felix si muove.

"Bel lavoro" commenta Vlad, rialzandosi in piedi.

"Datemi un momento" gracchia Felix. "Sasha, puoi controllare che tutti i nemici siano morti?"

Mi sta prendendo in giro?

Come potrebbe esserci qualcuno ancora vivo?

Poi capisco. Felix vuole probabilmente un momento di privacy per asciugarsi la saliva, o qualcosa di altrettanto imbarazzante.

Passando su teste mozzate e pozze di sangue, raggiungo l'unico tizio senza evidenti ferite... quello colpito dalla pistola di Gomorra.

Niente battito, niente respiro.

La pistola di Gomorra deve sparare raggi mortali, o simili. Macabro, ma forse l'arma perfetta per la delicata suscettibilità di Felix.

"Stai bene?" grido, senza voltarmi.

"Intero come un cetriolo" risponde con voce più forte. "Dovremmo andare avanti."

Mi giro appena in tempo, per vedere Vlad togliere la mano dalla spalla di Felix.

"Sei sicuro di voler continuare?" chiedo, avanzando verso di loro. "Se svieni nel bel mezzo di..."

"Non succederà più" afferma Felix, serrando i pugni con determinazione. "Andiamo."

Marcia verso la porta successiva.

Io e Vlad ci scambiamo delle occhiate colpite.

Felix sbatacchia la maniglia della porta.

Non si smuove.

Allora le dà un calcio, come fanno i poliziotti nei programmi TV. Per scherno, la porta rimane dov'è, ma lui strilla di dolore, borbottando sottovoce quelle che devono essere parolacce in russo.

"Lascia che me ne occupi io" dice Vlad, e dà un colpetto alla porta, come ha fatto prima.

La porta salta verso l'interno, come se non fosse mai stata chiusa a chiave.

"Prima che procediamo, posso chiedere delle orribili urla nel mio orecchio?" dico. "Erano quasi più spaventose di quei Johnny."

"Johnny?" Vlad solleva un sopracciglio.

"Scommetto che si riferisce alle persone con la vestaglia da ospedale" dice nervosamente Felix... cercando chiaramente di distogliere i pensieri dal massacro dei Johnny dietro di noi. "Penso che le camicie da notte ospedaliere si chiamino 'johnny', per rendere più facile ai pazienti l'utilizzo del gabinetto. Ora, il motivo per cui i gabinetti si chiamano 'johns' ha a che fare con Sir John Harrington..."

"Mi dispiace per le urla" s'intromette Rose nell'auricolare. "Quando ho sentito gli spari e ho visto..."

"Deconcentravano molto, cara" dice gentilmente Vlad. "Potresti forse astenerti dal ripeterlo?"

"Cercherò di controllarmi" risponde Rose. "Ho spaventato perfino Luci con il mio impeto."

Sapevo che sarebbe saltato fuori un gatto, da qualche parte.

"Tocca sull'auricolare per disattivare il microfono o accenderlo" suggerisce Felix con un po' troppa energia. "Disattiverò anche i microfoni delle nostre webcam, così non sentirai gli spari." Felix manda degli archi di energia verso le nostre telecamere. "I nostri auricolari sono già disattivati." Tocca il suo, e si sentono le interferenze. "Vedete?" La sua voce riecheggia nella stanza e nel mio orecchio. Si tocca di nuovo l'auricolare, e le interferenze spariscono.

"Vedo" dice Rose. Per un attimo ci sono delle interferenze nel mio orecchio e, dopo una pausa, si ripetono.

"Mi avete sentito?" chiede Rose.

"No" risponde Felix. "Sembra che tu abbia capito."

Le interferenze si ripetono, e l'auricolare ridiventa meravigliosamente silenzioso di nuovo.

Vlad mi lancia un'occhiata, come per dire: "E tu, che volevi portare Rose con noi."

"Voleva venire lei" sono tentata di rispondere. "Io non la porterei mai... soprattutto adesso."

Entriamo nella nuova stanza in un cupo silenzio, e mi sento subito a disagio.

In fondo alla stanza c'è una luce rossa.

"Un'altra porta a chiusura rallentata?" mormora Felix.

"Peccato che la bocca di certe persone non abbia un comodo pulsante per disattivarla" sussurra Vlad.

Li ignoro, perché il mio senso di presagio

s'impenna fino alla stratosfera, e l'adrenalina riordina le tessere del puzzle in un lampo di illuminazione.

"A terra" sibilo a miei alleati. "Subito!"

# CAPITOLO VENTOTTO

PASSANDO DALLE PAROLE AI FATTI, mi getto a terra in una posizione da flessioni.

Vlad fa lo stesso, con movimenti così rapidi da sembrare l'effetto grafico di un computer.

Felix segue l'esempio, grugnendo mentre colpisce il pavimento. Potrebbe non essere atterrato con la mia stessa grazia.

Nello stesso istante, esplodono colpi di mitragliatrice simili ad un'infernale batteria heavy-metal.

Grazie a Dio, il microfono di Rose è disattivato, al momento. Se avrei voglia di urlare *io*, lei sta probabilmente svegliando i morti con le sue grida di panico.

Felix solleva la sua pistola come un periscopio. Lo schermo mostra la porta e la parete dietro di noi crivellate di proiettili.

Ingoio di nuovo il cuore nel petto e scambio una

torva occhiata con Felix.

Se non ci fossimo chinati in tempo, saremmo morti... e perfino Vlad sarebbe stato perlomeno importunato.

Ma sarei potuta morire davvero qui, e non a causa del coltello dell'ammiraglio in gola, come predetto dalla mia visione?

È possibile.

Spifferando a tutti della mia visione, avrei potuto facilmente creare un altro di quegli effetti farfalla, cambiando il futuro previsto.

"Li prendo mentre ricaricano" grida Vlad nel mio orecchio, sovrastando il rumore. "Copritemi!"

Le mitragliatrici continuano a sparare, perciò devo urlare nell'orecchio di Felix. "Preparati per un fuoco di copertura appena..."

Gli spari cessano.

La sagoma sfocata di Vlad passa all'azione.

Sparo nell'oscurità... puntando soprattutto dove non dovrebbe essere Vlad.

Felix segue il mio suggerimento e spara con l'arma nella vaga direzione dei nostri nemici.

Prima di poter sparare di nuovo, sento il rumore di spine dorsali che si spezzano, seguite da sangue che sprizza come il getto della pistola ad acqua di un bambino stacanovista di cinque anni.

Ritorna il nauseante odore metallico, e guardo Felix alla ricerca di segni di svenimento.

Vedo invece che la sua espressione è determinata.

"Tutto libero" dice Vlad, sbucando dal nulla.

Piegandoci in due, ci alziamo in piedi e corriamo verso la debole luce rossa, studiando la carneficina.

Tutti quei proiettili provenivano da altri Johnny. A giudicare dalle parti del corpo tranciate, devono essercene stati sette... a meno che una testa non sia rotolata nel buio.

Quello che ho scambiato per mitragliatrici erano invece dei fucili d'assalto AK-47... non che saremmo stati meno morti, senza metterci a terra.

"È per questo che ha chiamato Darian" dico, con voce instabile mentre spiego il mio momento eureka di prima. "Era quella la luce rossa a cui dovevamo stare attenti." Indico la lampadina sopra la porta 'VIETATO L'INGRESSO', maltrattata prima dagli uomini morti. "Tutta la parte del 'Usa la forza' era un consiglio per *me*. Darian voleva che mi fidassi del mio intuito di veggente... che è salito alle stelle, quando siamo entrati in questa stanza."

"Combacia tutto" dice Felix con parole a malapena udibili. "A quanto pare, non avremmo fatto un incidente al semaforo rosso, come ha detto Vlad."

C'è il rumore sibilante delle interferenze. "Darian avrebbe anche potuto limitarsi a 'occhio agli AK-47 quando entrate in questa e in quella stanza'" mi dice Rose nell'orecchio, con la voce simile a carta vetrata. "Questa è una lamentela di Fluffster, e mi trovo d'accordo."

"Veggenti" commenta Vlad con esasperazione. "Sono individui che mettono rabbia."

Decidendo di non offendermi, mi chiedo se sia il

caso di scambiare la mia pistola con un fucile d'assalto.

"Non hanno più munizioni" dice Vlad, quando gli descrivo la mia idea.

"Merda." Guardo, delusa, il fucile vicino al mio piede. "Ho solo un caricatore."

Vlad si stringe nelle spalle, mentre un sibilo delle interferenze ci informa che Rose ha il microfono disattivato.

Faccio un rapido calcolo mentale. Mi restano tredici proiettili su quindici, non è poi *così* male.

"Devi proprio creare tutto questo caos?" chiedo a Vlad, soprattutto per alleggerire l'umore tetro. "Felix sta cercando di non svenire."

Prima che Vlad possa rispondere, luci alogene prendono vita nella stanza adiacente.

Qualcuno ha deciso che il buio non è un vantaggio contro di noi, dopotutto.

Dopo esserci scambiati tetre occhiate, entriamo cautamente nella stanza illuminata, grande come uno stadio.

"Che diavolo?" chiede Felix, dando voce esattamente ai miei pensieri.

La stanza è piena di letti di ospedale. Ce ne sono centinaia. Su ogni letto c'è un Johnny attaccato alla flebo, con un sondino di alimentazione su per il naso e gli occhiali da sole che coprono gli occhi.

"Tutti uomini" sussurro. "Il datore di lavoro non dev'essere per le pari opportunità. Supponendo che i Johnny siano stati davvero assunti per stare in rianimazione, intendo."

Nel mio auricolare riecheggiano improvvisamente le interferenze. "Forse è qui che Baba Yaga tiene i suoi tirapiedi feriti?" suggerisce Rose. "Anche se questo non spiega come facessero ad andarsene in giro quelli che vi hanno sparato." Le interferenze si ripetono.

"Quanto dev'essere grande la sua organizzazione, se tanti di loro restano feriti come parte delle operazioni quotidiane?" replica Felix. "A meno che non siano in guerra con una serie di altre gang?"

Tornano le interferenze. "Secondo Fluffster, la stanza sembra un ospedale che ospita le conseguenze di una guerra tra una serie di gang *diverse*" dice Rose, "e sono d'accordo con lui." Le interferenze si ripetono, mettendo a tacere l'auricolare di Rose.

Questa storia delle interferenze potrebbe diventare seccante tanto quanto le sue urla.

Vlad smette di camminare e fissa l'angolo lontano della stanza, la postura improvvisamente tesa.

Un uomo magro e pericolosamente bello si sta avvicinando a noi con lievi fruscii... ad una velocità che compete con quella di Vlad. I suoi capelli, neri come la pece e lunghi fino alle spalle, frusciano dietro di lui mentre scivola nella nostra direzione, e i suoi occhi verde smeraldo hanno un bagliore maligno.

Mi fermo di colpo. "Quello è Koschei, il vice di Baba Yaga."

Di nuovo le interferenze. "Sei sicura che sia lui a lavorare per lei, e non il contrario?" chiede Rose. "Fluffster dice che Koschei appare in tante fiabe russe quanto Baba Yaga."

"So chi e che cosa è lui" dice cupamente Vlad, mettendosi davanti a noi. "Dovete scappare. Immediatamente."

"Dove?" Mi guardo intorno nella stanza. In questo spazio gigantesco ci sono tante porte.

"Usa i tuoi poteri per capirlo." Vlad si muove, sfocato, in direzione di Koschei.

Esito, non disposta a lasciare che un alleato combatta da solo. Visto che ha l'aura del Mandato, Koschei è chiaramente uno dei Conoscenti, e Vlad ha detto che non avrebbe ucciso la nostra specie; questo potrebbe avvantaggiare enormemente Koschei nella lotta.

Dato che io non ho promesso nulla di simile, punto la pistola verso Koschei e con la visione periferica vedo che Felix fa lo stesso. Come me, Felix deve aver capito che potremmo sparare a Koschei, prima che Vlad lo debba affrontare. Spero solo che Felix capisca anche che, in caso di successo, saremo nei guai con il Consiglio.

Sparo.

Rose strilla come un maiale accoltellato. Ha palesemente dimenticato di disattivare il suo aggeggio.

Il mio proiettile colpisce Koschei nel petto.

L'uomo magro non rallenta nemmeno.

Poi spara Felix.

Sullo schermo della sua pistola, il raggio colpisce Koschei alla testa, ma nemmeno questo lo rallenta.

In un batter d'occhio, Vlad e Koschei si affrontano petto contro petto, come due galli pronti alla lotta.

Abbasso la pistola; continuando, rischierei di sparare a Vlad.

Koschei dà un pugno a Vlad nel petto, e il vampiro scivola indietro di qualche metro per l'impatto, ma resta in piedi.

Punto l'arma su Koschei, ma Vlad gli balza addosso prima che possa sparare.

Muovendosi come un video in avanzamento rapido, Vlad accorcia le distanze e dà un pugno in faccia all'avversario.

La testa di Koschei scatta all'indietro, come colpita allo stesso tempo dai pugni di Mike Tyson e Muhammad Ali... cosa non sorprendente, se ripenso a ciò che è successo alle porte sfiorate appena da Vlad.

Muovendosi ancora più veloce, Vlad scivola dietro uno stordito Koschei, e lo afferra in una presa di testa.

La testa di Koschei si torce con uno scrocchio in una direzione innaturale; se riuscisse a guardare verso il basso di nuovo, si vedrebbe la schiena.

Vlad lascia andare il suo avversario, ormai floscio, e Koschei crolla a terra come un sacco di patate marce.

"Menomale che non dovevi uccidere un altro dei Conoscenti" mormoro, guardando l'aura di Koschei che tremola e scompare.

"Cosa ci fate ancora qui?" dice Vlad, senza alzare lo sguardo dal corpo morto davanti a sé. "Vi avevo detto di..."

Un lampo di luce viola circonda Koschei e, quando svanisce, l'aura del Mandato è tornata.

## CAPITOLO VENTINOVE

RESISTO all'impulso di sfregarmi gli occhi.

La testa che, appena un secondo fa, era piegata all'indietro comincia a tornare a posto con un nauseante scricchiolio. Poi un proiettile cade dal petto di Koschei, colpendo il pavimento con un tintinnio metallico.

"Quello era il mio proiettile?" chiedo, incredula. "E lui è appena tornato in vita?"

"C'è un motivo se lo chiamano Koschei l'Immortale" mi sussurra Rose nell'orecchio. "Vi conviene scappare. Vlad ne avrà per un po', e Ariel deve ancora essere salvata." Stavolta risuonano le interferenze.

Bene. Si è ricordata di disattivare il suo microfono.

Prima che possa rispondere, Koschei si rimette in piedi, con movimenti che ricordano in modo inquietante il Nosferatu dei vecchi film che si alza dalla bara.

Non dovrebbe essere Vlad a farlo, dei due?

Non appena Koschei è in piedi, tira un pugno a Vlad, che lo schiva, afferra il polso dell'avversario, e gli spezza in due il braccio.

Qualcosa nella visione periferica cattura la mia attenzione.

Uno degli scagnozzi con la vestaglia dev'essere uscito dal coma, perché è seduto dritto sul suo letto e, con movimenti convulsi ed esagerati, si strappa la flebo dalla vena. Poi, apparentemente ignaro del sangue che gli sgorga dal braccio, si strappa il sondino di alimentazione dal naso e rotea i piedi, appoggiandoli a terra.

Ha gli occhi nascosti dagli occhiali da sole, ma sembra guardare verso di me.

In un letto adiacente, un altro uomo con la vestaglia fa lo stesso ma, una volta in piedi, corre in direzione di Vlad.

"Vlad, sta' attento!" grido. "Felix, andiamo." Lo prendo per un braccio, trascinandolo con me mentre comincio a correre.

L'adrenalina in corpo sembra acuire il mio intuito. Sono sicura di quale porta devo attraversare... anche se, purtroppo, è una di quelle più lontane.

Piedi nudi battono sul pavimento alle nostre spalle.

Mi giro e vedo il primo gorilla che si è alzato intento ad inseguirci, e gli sparo al torace.

Cade, ma altri due si alzano dai letti d'ospedale davanti a noi, e le unghie delle loro dita dei piedi, non tagliate, grattano il pavimento di cemento.

Sparo a uno, mentre Felix si occupa dell'altro.

Lancio un'occhiata a Vlad, che sta staccando una gamba al suo aggressore in vestaglia, usandola quindi per colpire Koschei in testa.

Koschei barcolla, e Vlad gli balza addosso, strappandogli il cuore.

Letteralmente.

In qualche modo, l'uomo che ha perso la gamba ha una soglia del dolore abbastanza alta, e un'immunità alle perdite di sangue, da tentare di ghermire Vlad dal pavimento. Vlad gli lancia addosso il cuore di Koschei, poi prende a calpestarlo in maniera devastante, trasformando l'uomo in una montagnola di sangue.

Esattamente nello stesso istante, l'aura di Koschei diminuisce, mentre il suo corpo si accascia a terra.

Un secondo dopo, il bagliore viola lo circonda di nuovo, e stavolta so che non rimarrà per terra a lungo. "Non guardare lì" avverto Felix, mentre io stessa distolgo lo sguardo. "Vlad sta facendo a modo suo."

Felix non guarda altro che la porta, mentre acceleriamo il passo.

Un paio di Johnny con il sedere scoperto si mette in mezzo, e spariamo loro addosso quasi nello stesso momento.

Il Johnny di Felix cade.

Quello a cui ho sparato io perde un pezzo di faccia, ma continua a venirci incontro.

Gli sparo di nuovo... imitata da Felix.

L'uomo cade.

Cosa *sono* questi uomini? E se sono umani, cosa c'era in quelle sacche di flebo? Metamfetamina pura?

Scavalcati i due corpi, Felix raggiunge la porta per primo, la tira, e grugnisce frustrato. "È chiusa a chiave."

Devo sparare alla serratura?

Mi restano nove colpi, ma anche senza i miei poteri sospetto che mi serviranno fino all'ultimo. Ci sono centinaia di letti d'ospedale solo in questa stanza, e ogni corpo sopra di essi è una potenziale minaccia.

"Coprimi" dico a Felix e, senza aspettare di vedere se lo farà, estraggo gli attrezzi da scasso dalla lingua, cominciando a lavorare alla serratura.

La porta cede rapidamente, ma nel tempo che mi occorre per scassinare la serratura, Felix atterra comunque un paio di aggressori.

Attraversiamo la porta, ritrovandoci in un lungo corridoio.

Un Johnny ci insegue nel corridoio di corsa, si becca il raggio mortale di Felix in testa, e cade.

Viene sostituito da un altro, e io e Felix gli puntiamo le armi addosso.

La porta all'altro capo del corridoio si apre con uno scricchiolio, perciò lascio che sia Felix ad occuparsi dell'altro aggressore e giro su me stessa, per affrontare la nuova minaccia.

Come temevo, un altro Johnny irrompe dall'altro lato del corridoio.

"Schiena contro schiena" ordino, premendo la schiena sudata contro quella di Felix, ancora più sudata.

I muscoli della sua schiena si contraggono e la pistola di Gomorra emette un lieve bip.

Sollevo la pistola.

Il tizio davanti a me accelera.

Non ho tempo per mirare: punto la pistola e premo il grilletto.

Il proiettile colpisce l'aggressore in un occhio. Quello che resta dei suoi occhiali da sole vola di lato, mettendo a nudo qualcosa di strano.

L'occhio a cui ho sparato non c'è più, cosa inquietante ma comprensibile. Comunque, non mi viene in mente un motivo per cui l'altro occhio sembri colmo di energia nera. In quest'occhio la sclera non esiste.

Continua a correre.

Come fa a vedere dove sono, con gli occhi in quello stato?

E in quanto a questo, come fa a correre ancora?

Senza aspettare una risposta dall'universo, sparo di nuovo.

Il proiettile lo colpisce a una gamba.

Il sangue sgorga dalla ferita, ma l'aggressore continua ad avanzare... ora con un'andatura zoppicante a rallentarne i progressi.

Premo spasmodicamente il grilletto un'altra volta.

Questo proiettile lo colpisce allo stomaco, squarciando le budella. Alcune fuoriescono, ma lui continua a venirmi incontro, lasciandosi dietro una scia di sangue.

Boccheggiando, premo il grilletto.

Nessuna nuova ferita.

L'adrenalina focalizza tutta la mia attenzione sulla

mira con la pistola. Il corridoio sembra trasformarsi in un tunnel, mentre incanalo tutto il recente allenamento con i bersagli in questo sparo, puntando la pistola dove spero si trovi il suo cuore.

Sparo di nuovo.

# CAPITOLO TRENTA

QUASI MI ASPETTO che le urla attutite di Rose siano udibili da Manhattan fino a Brooklyn. Ma forse è solo una mia proiezione. Vorrei tanto urlare fino a svuotare i polmoni, ma reprimo l'impulso.

Il Johnny cade... con una nuova macchia rossa in mezzo alla camicia da notte.

Aspetto un momento per vedere se si rialzerà come Koschei.

Rimane morto.

La pistola di Felix emette un altro bip; deve aver colpito un altro bersaglio.

"Muoviamoci!" gli urlo, precipitandomi lungo il corridoio.

Felix mi segue con la schiena contro la mia, fermandosi solo per sparare tre volte.

Dopo il corridoio, entriamo in una stanzetta.

Felix sbatte la porta dietro di noi per chiuderla, poi

si volta di scatto, e spara a un Johnny che corre verso di noi dall'angolo sud della stanza.

Senza esitazione, preparo gli attrezzi da scasso e mi metto al lavoro con la porta, sperando che bloccarla sia semplicemente l'opposto di forzare una serratura per aprirla.

Risuona il tonfo di un corpo che cade a terra.

Riesco a bloccare la serratura.

Si sente immediatamente la raschiatura delle unghie dei Johnny dall'altra parte.

"Non terrà per molto" dice Felix. "Dove andiamo adesso?"

Oltre alla porta che ho appena bloccato, ce ne sono altre tre.

Il mio intuito, amplificato dall'adrenalina, mi conduce verso la più lontana sulla destra.

Felix mi segue.

Appena l'ho raggiunta, la paura m'invade come un'ondata di maremoto. E questa non è nemmeno la solita paura da 'telefonata di Baba Yaga'. È più mirata e chiaramente associata alla stanza dopo questa porta.

Accantonata la sensazione, controllo la porta e la trovo bloccata.

Quella del corridoio scricchiola, come se potesse rompersi da un momento all'altro.

Uso gli attrezzi da scasso per distruggere la serratura senza fare rumore. Durante l'operazione, la vicinanza alla maledetta porta mi fa sentire le interiora come un ghiacciaio sotterraneo.

Dev'essere qui che tengono Ariel, e l'angoscia psicologica dev'essere dovuta alla mia visione.

Sta per avverarsi.

"Se entro in quella stanza, sono morta" mormoro, perlopiù a me stessa.

"Allora non entrare" dice Felix. "Entreremo insieme. Nella visione eri da sola; adesso siamo in due."

Non appena prendo atto del suo suggerimento, l'intensità della paura cambia in meglio.

Vuol dire che ha ragione?

Strategicamente, potrebbe avere più senso lasciare Felix qui nel corridoio, ad affrontare i nemici che stanno per irrompere, ma la sua presenza *metterebbe* i bastoni fra le ruote alla mia visione precedente.

Eppure, qualcosa della sua proposta di andare insieme non quadra. Infatti, un'intuizione simile alla consapevolezza dei pericoli della strada mi dice che è un'idea terribile.

Dal momento che sto cercando di fidarmi dei miei poteri, non posso ignorare queste sensazioni.

Ma se non andiamo insieme, cosa facciamo?

Felix dovrebbe andare da solo?

No, questo crea un'ansia ancora peggiore.

Maledizione.

L'indecisione mi sta uccidendo.

Ariel è appena oltre questa stupida porta, e Vlad sta lottando per la sua vita là fuori.

Se solo potessi avere una visione, per vedere cosa succederebbe se io e Felix entrassimo insieme... dato che, al momento, sembra essere il piano d'azione migliore. Ma avere una visione vorrebbe dire meditare in mezzo a tutta questa follia. Sarebbe più facile farmi crescere la coda.

Ma d'altro canto, il bannik ha detto che esistono altri modi per raggiungere la dovuta concentrazione mentale...

Ed è qui che un'idea mi colpisce come un pugno di Vlad.

Le costanti fasi di pensiero concentrato, sperimentate durante tutto questo salvataggio e attribuite all'adrenalina... non erano affatto dovute all'adrenalina.

Non solo, almeno. È il Focusall: il farmaco ideato per farti sentire esattamente come mi sono sentita io. Se avessi avuto il tempo per riflettere, me ne sarei accorta prima. Ho preso una pastiglia, e adesso sta facendo pienamente effetto.

Inspiro profondamente, poi espiro.

Il bannik aveva ragione? Esistono altri modi per raggiungere la concentrazione necessaria per una visione?

Cosa più importante, posso usare la concentrazione derivata da questo farmaco?

"Dammi un momento" dico a Felix, e chiudo gli occhi.

Scacciando dalla mente tutti i rumori e i pensieri sulla mia morte imminente, regolarizzo il respiro.

Può andare male per tanti motivi... come il fatto di aver già avuto una visione oggi, anche se breve. Non sono mai riuscita prima a raggiungere lo Spazio

Mentale due volte in un giorno, ma ignoro questo dettaglio e respiro ancora più lentamente.

Ora che so come cercarlo, posso sentire il farmaco in corpo. Il 'raccoglimento' che di solito richiede parecchi minuti di meditazione è sul confine della mia mente.

Le mie mani diventano molto calde.

"Stai bene?" chiede Felix, mandando a monte il mio gioco.

"Ehi." Resisto all'impulso di strangolarlo. "Mi serve qualche secondo di silenzio. Voglio invocare una visione, per vedere cosa dobbiamo fare ora, ma posso riuscirci solo senza distrazioni... se ci riesco."

"Scusa. Pensavo solo che fosse ovvio andare insieme."

"Lo faremo" replico. "Dopo che ho fatto questo. Prima mi lasci concentrare, prima procediamo."

"D'accordo." Guarda il telefono. "Hai due minuti."

Ignorandolo, chiudo di nuovo gli occhi e cerco di concentrarmi.

Il mio respiro si stabilizza ancora, e la mente si svuota anche più rapidamente, ma cercare quella particolare concentrazione per qualche secondo non porta a nulla.

Rilasso ulteriormente il respiro, abbandonando le preoccupazioni sul fallimento.

Le mie mani si scaldano e, prima di perdere la concentrazione, i fulmini mi esplodono negli occhi.

## CAPITOLO TRENTUNO

FLUTTUO per un momento nello Spazio Mentale, come trattenendo il mio respiro inesistente. Poi dirigo l'attenzione sulle forme circostanti.

Sono i familiari ottaedri rotondi, caldi, di colore viola e dal sapore di popcorn, che mi hanno portato la visione della mia morte in precedenza.

Come sono gentili, ad essere proprio dove ne ho bisogno.

Magari Felix aveva ragione a pensare che le visioni che mi occorrono potrebbero essere le primissime incontrate nell'entrare. Ma in tal caso, come funziona? Come sanno che ne ho bisogno?

Accantonando l'analisi della metafisica dello Spazio Mentale, noto che queste forme sono leggermente diverse dalle precedenti.

Infatti, anche la loro musica è leggermente meno carica di presagi dell'ultima volta.

"Non me ne vado dallo Spazio Mentale, finché non

ho visto questo" dichiaro mentalmente come l'ultima volta, se un ultimatum dovesse aiutarmi in qualche modo.

Nel ricordare quell'escursione, decido di determinare la durata della visione.

Se devo avere una seconda visione nello stesso giorno, dovrà essere breve. Però, se questa sarà *troppo* breve, potrebbe diventare inutile come la visione in cui ho visto il mio nome scritto in russo... e basta.

No.

La visione dev'essere lunga almeno come quella in cui sono morta.

Una volta deciso, zoomo in avanti sulle forme più e più volte.

Arrotolandomi le maniche immaginarie, protendo il braccio nebuloso, ordinandogli di toccare la forma più vicina.

Non funziona, ma essendo già stata qui, ci riprovo.

E ancora.

E per altre cinquanta volte.

Ho raggiunto il mio limite giornaliero, alla fin fine?

Zoomo in avanti di nuovo verso la forma. Forse, se la visione fosse un pochino più breve, funzionerà?

Mi protendo.

Una volta.

Due volte.

Al terzo tentativo, una specie di ghiaccio metaforico si spezza, e precipito nella forma come Alice nel Paese delle Meraviglie.

———

FELIX POSA la mano sulla maniglia e apre la porta con determinazione.

Gli metto una mano sulla spalla, per impedirgli di procedere senza di me. Al ricordo dell'ultima visione, controllo l'orologio sul telefono. Sono le 03:27 del pomeriggio. L'ultima volta erano le 03:24, quindi va bene. Più differenze ci sono tra la visione e la realtà, meglio è.

Con un cenno del capo a Felix, mollo la sua spalla.

Dietro di noi risuona lo schiocco di una porta che si rompe. Guardando indietro, vediamo un'orda di Johnny riversarsi nella stanza.

Li ignoriamo ed entriamo di furia nella stanza, che ho appena sbloccato.

Felix blocca la porta alle nostre spalle, mentre controllo che l'enorme stanza, vuota e senza finestre, sia davvero quella che ho visto nella visione.

Ed è così, compresa Ariel, che è seduta al centro a mangiare la minestra.

Comunque, non badiamo a lei, ma puntiamo le armi a sinistra... nel punto in cui nella mia visione c'era l'ammiraglio.

Con i muscoli guizzanti sotto la maglietta senza maniche, l'ammiraglio è esattamente dove dovrebbe essere.

Purtroppo, anche il suo coltello.

Punto la pistola verso la fronte aggrottata dell'ammiraglio e premo il grilletto.

La luce debole dell'ologramma dello schermo m'informa che anche Felix ha puntato la pistola di Gomorra verso l'ammiraglio.

Il nostro avversario scaglia il coltello, proprio mentre premo il grilletto.

La pistola di Felix emette quel lieve bip, che indica lo sparo.

La spalla dell'ammiraglio si copre di sangue, ulteriore prova del fatto che al futuro piace seguire determinati schemi.

Mi ha fatto mancare la testa esattamente allo stesso modo.

Ma stavolta l'ammiraglio non grida parole incoerenti in russo.

Cade a terra, stecchito.

*Colpito.* La pistola di Felix colpisce ancora.

E il coltello?

Io sono viva, perciò non può essere nella mia gola.

No, aspetta…

Di fianco a me, c'è un terribile gorgoglio.

Con il cuore che mi sprofonda fin sotto i piedi, guardo Felix.

Si sta tenendo la fontana di sangue che gli zampilla dal collo, e crolla in ginocchio.

"No." Mi chino su di lui. "Non è possibile…"

# CAPITOLO TRENTADUE

SONO di nuovo nel mio corpo.

Ho uno stretto nodo alla gola, e dopotutto vorrei essere nella posizione per meditare.

Il Focusall nel sangue fa correre i miei pensieri a velocità supersonica, mentre analizzo ciò che ho appena visto.

Ero in una visione, fin qui è ovvio.

Felix è vivo... altra cosa ovvia.

Quello che non capisco è perché stavolta l'ammiraglio abbia tirato il coltello più velocemente. È stato forse perché abbiamo sprecato un momento a bloccare la porta? O perché si è sentito più minacciato, dovendo affrontare due avversari invece di uno? Magari, nella visione originale, faceva meno attenzione a me perché sono una ragazza?

Apro gli occhi e fisso la faccia preoccupata di Felix.

Voglio abbracciarlo e gridare quanto sia felice di vederlo vivo, ma mi trattengo. Potrebbe non badare alla visione e insistere sul venire con me in quella stanza.

È ciò che farei io al suo posto.

In effetti, *è* ciò che farò, sotto un certo aspetto.

Affronterò una morte certa in quella stanza da sola, invece di lasciare che Felix muoia al posto mio.

"Hai avuto la tua visione?" chiede, con il monosopracciglio che si stringe più fitto in un secondo.

"Sì" rispondo. "Era surreale... sapevo di quella visione precedente, mentre ero dentro *questa* visione, ma non sapevo che ne stavo *avendo* una, e questo l'ha fatta sembrare più reale."

L'ultima parte era una bugia.

La sua morte è stato quello che ha fatto sembrare tutto anche troppo reale, ma *questo* non glielo dico.

"Wow" commenta. "Che cosa surreale. Se adesso tu riuscissi a rifarlo, sapresti di aver avuto una visione su una visione. In generale, come fai a sapere di non essere in una visione *adesso*?"

"Lo so" rispondo, e parte della mia meraviglia non è una recita. "Come faccio a sapere che tutta la mia vita adulta non è una visione super-lunga, che la me stessa adolescente sta avendo in questo momento sul divano?"

Felix ha gli occhi spalancati. "Dovremo riparlarne, la prossima volta che assumo la psilocibina. Questo non è il momento adatto."

I graffi e i colpi sulla porta del corridoio diventano più forti, come in risposta alle parole di Felix.

"Esatto" dico, continuando a comportarmi come se niente fosse. "Resta qui e occupati dei Johnny, quando spaccano la porta." Indico con la testa la fonte del rumore. "Io vado..."

"Aspetta, non andiamo insieme?"

"Non possiamo. Innanzitutto, come ho detto, quella porta sta per spaccarsi... l'ho visto nella visione. Inoltre, sapendo di aver avuto la visione precedente dentro questa visione, ho potuto sconfiggere l'ammiraglio senza problemi."

Felix si acciglia.

Non si sta bevendo la mia storia?

Mentire è un'abilità necessaria per un'illusionista, perciò sono molto brava, ma Felix è sempre stato uno spettatore difficile...

La porta del corridoio va in pezzi, come nella mia visione.

"Non farli entrare in quella stanza!" grido a Felix. "Altrimenti la mia ultima visione sarà inutile."

La determinazione prende il posto dei dubbi sul volto di Felix, mentre punta la pistola verso i nuovi arrivati.

Stavolta non controllo il telefono.

Metto solo la mano sulla maniglia e apro la fatidica porta.

# CAPITOLO TRENTATRÉ

IRROMPO NELLA STESSA STANZA, di nuovo.

Presumo che fosse troppo, sperare di trovare una stanza diversa rispetto alle mie visioni.

Sollevando la pistola, mi giro verso sinistra.

Il coltello è nella mano dell'ammiraglio. Di nuovo.

Ma invece di sparargli in testa, o di mirare, punto la pistola verso il suo torace e premo immediatamente il grilletto.

Agire diversamente dalle mie visioni è la mia unica speranza... anche se debole.

A questo scopo, metto in atto una manovra che ho visto solo nei film... quelli dove un G.I. Joe si butta di lato e rotola, per evitare il fuoco nemico.

Il coltello dell'ammiraglio mi ferisce all'orecchio, quasi tagliandolo a metà.

Atterro sul pavimento, e tutta l'aria mi esce dai polmoni mentre la vista mi si sfoca, riempiendosi di macchie bianche e nere.

L'unica cosa che rotola è la mia pistola... lontano da me.

Faccio del mio meglio per inalare un po' di ossigeno.

L'ammiraglio sta di nuovo strillando parole incoerenti in russo.

Devo avergli sparato, come nelle mie visioni, ma non l'ho ucciso. Se fossi una che fa scommesse, scommetterei che il proiettile ha colpito di nuovo la sua spalla... testardo com'è il futuro.

Ignorando l'orecchio tagliato che punge e brucia atrocemente, spingo forzatamente qualche respiro nella cassa toracica danneggiata.

Respirare fa più male dell'orecchio. Devo avere le costole incrinate o rotte.

Stringendo i denti, faccio un altro respiro.

Quando le macchie mi danzano più lentamente davanti agli occhi, lancio un'occhiata all'ammiraglio ed emetto un grugnito frustrato... causa di un ulteriore grido delle mie costole.

Lo stronzo ferito sta venendo verso di me, stringendo un coltello nella mano sinistra sana.

Avevo ragione sulla sua ferita alla spalla.

Sulle prime, mi chiedo se sia un secondo coltello, ma poi vedo una scia di sangue sul pavimento. È andato a recuperare *questo* coltello... e in qualche modo, sembra molto più sinistro. Ma almeno non ha raccolto la mia pistola.

Poi ricordo quello che, secondo Maya, gli piace fare alle donne con questo stesso coltello, e inalo un altro atroce respiro.

No.

Non ho sconfitto il mio schifoso futuro originario, solo per morire per colpa di quello stupido coltello un po' più tardi e molto più dolorosamente.

Se sto *davvero* per morire, preferirei che mi strozzasse o mi sparasse.

Un piano folle si concretizza nella mia mente, e fingo di strisciare umilmente lontano da lui. In realtà, sfrutto il movimento più grande dello strisciare per nascondere i due movimenti più piccoli delle mani che infilo in tasca.

Con l'orecchio ancora sanguinante che punge e le costole che ululano di dolore, un comportamento patetico è molto facile da mettere in atto.

La mia performance deve colpire l'ammiraglio che, sogghignando minaccioso, incombe su di me con il coltello proteso, e una protuberanza nei pantaloni per motivi a cui preferisco non pensare.

Striscio per qualche altro centimetro e mugugno in proporzione al mio dolore.

Il suo sorriso si allarga, mentre si china più vicino, e mi arriva alle narici una zaffata d'aglio quando mi gira.

Le mie mani scattano fuori dalle tasche, e gli getto le carte in faccia.

La mia prima mossa funziona. Mentre le carte gli volano in faccia come farfalle affamate sul nettare, cerca di scacciarle via.

Ed è per questo che si perde il momento in cui gli

sfrego il braccio, con il quale regge l'arma, con il coltello M9 di Ariel.

Il mio disgusto si mescola alla soddisfazione, mentre il coltello fende la carne e il tendine croccante.

L'animalesco grido di dolore dell'ammiraglio è musica per le mie orecchie.

Gli sfrego la gamba, poi sollevo più in alto il coltello e gli infilzo un piede.

Comincia a crollare addosso a me.

No, non crollare.

Nonostante le ferite, sta cercando di mettere in atto una mossa di wrestling.

Le mie costole si ribellano, mentre mi getto di lato.

Il suo gomito atterra a pochi centimetri dal mio mento.

Grugnisce, ma si riprende con rapidità sorprendente, cercando la mia gola con le mani ferite.

Se si è lasciato cadere a terra di proposito, e non perché la gamba lesa non lo reggeva più, è stato un errore tattico.

Ora che è a portata di mano, gli pianto il coltello nel torace, evitando le mani che cercano di afferrarmi.

La lama penetra in qualcosa di molle, e c'è molto più disgusto nella mia soddisfazione, stavolta, mentre grida di dolore.

A denti stretti, ricordo cosa mi era successo nella prima visione, e colpisco di nuovo l'ammiraglio.

Le sue grida cessano, ma le mani si stanno ancora contraendo, come per prendermi.

Ricordo a me stessa quello che ha fatto a Felix nella

seconda visione, e lo colpisco ancora, stavolta premendo il coltello più a fondo.

Si affloscia.

Ignorando le urla d'angoscia delle costole, lo pugnalo un'ultima volta... per sicurezza.

In lontananza, una ciotola di minestra cade sul pavimento.

O almeno presumo che sia questo il rumore, dato che Ariel stava mangiando la minestra nella visione.

Il sangue e le pugnalate le hanno finalmente rovinato l'appetito?

Lasciando il coltello sepolto nel petto dell'ammiraglio, mi rimetto in piedi a fatica e guardo la mia amica.

Le costole mi fanno così male, da provocarmi la nausea e le vertigini per il dolore... anche se potrebbe essere il sangue perso dall'orecchio tagliato.

Ariel cammina speditamente verso di me, con espressione illeggibile sotto quegli occhiali da aviatore.

"Perché porti gli occhiali da sole?" chiedo ad alta voce, anche se nelle budella sento crescere una terribile intuizione.

Lei non risponde.

Accelera il passo e corre verso di me, con movimenti discontinui ed accentuati, proprio come nella mia visione precedente.

"Ariel, fermati." Indietreggio.

Si muove ancora più velocemente, riducendo alla svelta la distanza tra noi.

Mi raggiunge e mi colpisce al petto con le mani e tutta la sua super-forza.

Mentre volo all'indietro, la percezione incrementata dal Focusall m'informa che è la fine.

Quando colpirò il pavimento a questa velocità, sarò morta.

# CAPITOLO TRENTAQUATTRO

PER LA PRIMA VOLTA OGGI, sono fortunata.

Invece di un pavimento di cemento, la mia caduta è interrotta dal cadavere sanguinolento dell'ammiraglio.

Ma dall'agonia delle costole, vorrei non essere stata così 'fortunata'.

Un attimo dopo, Ariel torreggia su di me.

L'istinto di sopravvivenza subentra e le afferro gli occhiali, strappandoglieli dalla faccia.

Gli occhi di Ariel sono pieni della stessa energia nera, che ho visto nell'occhio intatto del Johnny in corridoio.

Ora ricordo in quale altro luogo ho visto questo tipo di energia, e tutti i pezzi del contorto mosaico finiscono al loro posto.

"Ti servo viva" dico d'istinto.

Anche se la mia teoria è corretta, non so proprio se parlare con Ariel funzionerà.

"Non è niente di personale, Sasha" dice Ariel, e la

sua solita cadenza sexy sembra androgina e antica, e le parole pronunciate con un marcato accento russo. "Sono solo affari."

Per sottolineare il messaggio, le mani di Ariel mi afferrano la gola.

Un'altra persona che cerca di strangolarmi?

Me la sono cercata, quando ho pensato che preferivo essere strozzata che pugnalata a morte?

Cerco di aprire le dita per allontanarle, ma tanto varrebbe piegare dei tubi di acciaio.

"Era un'altra delle tue citazioni del *Padrino*?" dico, pensando che, se la faccio parlare, forse non stringerà. "Se è stato per quelle uova che ti ho mandato tramite corriere, mi dispiace molto."

Non aggiungo che, se *si tratta* delle uova, *è* una questione personale.

"Non posso mostrarmi debole" dice la mia nemica attraverso la bocca di Ariel. "Può essere fatale, nel mio mondo."

"Lasciarmi in vita non ti farà sembrare debole" replico e, per quanto ne so, potrebbe essere vero.

"Ti sei presa gioco di me più volte" afferma, mentre le dita mi stringono la gola. Poi lancia un'occhiata all'ammiraglio, mormorando: "Era l'umano di facciata della mia operazione."

"Potresti mettermi incinta e tenermi in stato comatoso per tutta la durata della gravidanza, come quei gangster che hai usato" dico con voce soffocata, continuando a strattonare invano le mani che mi strangolano. "Non pensi che sarebbe un destino peggiore della morte?"

"Sei abile con le parole." Stringe più forte, mentre meno dei calci, lottando nonostante l'inutilità del gesto... e la mia naturale riluttanza a ferire la mia amica. Con un ghigno, immobilizza le mie gambe scalcianti. "Peccato che la mia pazienza con te sia esaurita."

Vorrei dirle che al Consiglio non piacerà il mio assassinio, e che anche Nero potrebbe leggermente irritarsi, ma non posso rispondere perché il mio rifornimento d'aria è completamente interrotto.

Forse è un bene che non abbia sollevato questa obiezione. Potrebbe decidere di fare una bella ripulita dopo la mia morte, uccidendo Vlad, Rose, Fluffster, Ariel e Felix come potenziali testimoni.

E se lo facesse, potrebbe funzionare. Nero e il Consiglio potrebbero non scoprire mai cosa sia successo.

Le dita stringono più forte, ma chiaramente non con tutta la loro forza, perché mi spezzerebbero il collo.

Sta cercando di darmi una morte più lenta?

*Niente di personale, un corno.*

Il mio corpo in rivolta è preso dalle convulsioni, vedo tutto bianco, e sembra che i miei polmoni stiano per scoppiare.

Colpisco più forte, anche se il mio corpo s'indebolisce.

Dietro di noi c'è un rumore... ma potrebbe essere

un'allucinazione uditiva del mio cervello in carenza di ossigeno.

"Che stai facendo?" dice o grida una voce, che potrebbe appartenere a Felix, in qualche terra lontana.

Ariel serra la bocca e la pressione sulla mia gola aumenta.

"Così la ucciderai!" grida Felix. "Fermati, subito!"

Lei non lo fa.

La mia coscienza comincia ad allontanarsi, fluttuando.

C'è un bip in lontananza, e le dita che mi strangolano mollano la presa sulla gola.

Emetto un respiro straziante, mentre Ariel s'accascia a terra vicino a me, scoprendo l'immagine di Felix con la pistola di Gomorra tra le mani tremanti.

"No" vorrei gridare, ma non ho abbastanza aria per farlo. "Hai ucciso Ariel."

## CAPITOLO TRENTACINQUE

IL MIO RESPIRO affannoso successivo fa così male, da ricordarmi quella volta in cui ho respirato nell'acqua del porto di New York. Tuttavia, ignoro il dolore fisico.

Quello emotivo è molto peggio.

Felix mi raggiunge di corsa e si accovaccia vicino a me, squadrandomi preoccupato.

"Ti prego, fa' che sia un'altra visione" voglio dire, ma dalla gola gonfia non mi esce alcun suono.

Ariel non può essere morta.

Non riuscirei a sopportarlo.

Mentre vorrei sfregarmi gli occhi, inalo un altro atroce respiro e cerco di rotolare su un fianco.

Tutto questo dolore non dovrebbe mandare una visione in cortocircuito?

L'incubo, indifferente, continua implacabile.

Voglio gridare, ma ancora non ci riesco.

Come ha potuto farlo, Felix? Certo, probabilmente

sembrava che Ariel mi stesse uccidendo (ed era così), quindi ha fatto una scelta terribile.

Una parte di me vorrebbe compatirlo, mentre un'altra parte vorrebbe dargli un pugno in faccia.

"Perché lo stava facendo?" chiede Felix, come dando voce al mio precedente filo di pensieri.

La sua voce sembra cupa, ma lui non appare abbastanza scosso dalla gravità della situazione.

Prendo un altro tormentoso respiro.

I giramenti di testa e la nausea diminuiscono parzialmente, perciò respiro l'ossigeno con maggiore impegno, nonostante il dolore.

"Come hai potuto?" riesco finalmente a gracchiare. "Dovevi lasciare che mi uccidesse. Qualsiasi cosa è meglio di..."

"Di cosa stai parlando?" Mi scruta negli occhi. "Non è morta."

Lo fisso a mia volta, senza capire.

"Questa pistola ha una modalità non letale." Felix mi tende una mano e l'afferro, stringendola come una donna in travaglio, mentre mi metto a sedere a fatica.

"È viva?"

"Rimarrà fuori gioco per qualche ora, ma poi riprenderà i sensi... e spero che spieghi cosa diavolo stava facendo con le mani sulla tua gola. È così seria la sua astinenza dal sangue?"

"No." I miei respiri sembrano improvvisamente meno dolorosi. La buona notizia deve aver invaso il mio corpo attraverso le agognate endorfine. "Era opera di Baba Yaga" gracchio. "Ricordi quando ti ho detto che ha cercato di usare un'energia nera, per impossessarsi della mia mente, quando sono andata da lei con Fluffster?"

Felix annuisce.

"Beh, quella volta ero protetta, ma Ariel no, quindi Baba Yaga deve aver usato quel trucco su di lei."

"Così, ha molto più senso." Sempre tenendomi la mano, Felix si alza e cerca di mettermi in piedi. "Quei teppisti con i camici da ospedale saranno nella stessa barca."

"Lo sospetto." Mi alzo barcollando, soffocando un grido di dolore. Una volta ripreso fiato, dico con voce aspra: "Probabilmente, all'inizio erano nemici della mafia russa, poi è subentrata Baba Yaga e ha trasformato i nemici in aiutanti dalla mente contaminata." Mentre parlo, barcollo sulle gambe. Rimanere in piedi è fattibile, ma a stento.

"Adesso ha tutto senso" continuo con voce rauca. "Gli occhiali da sole nascondevano la magia nera nei loro occhi. Scommetto che, in questo modo, i gorilla umani di Baba Yaga non si accorgono che i suoi tirapiedi, a cui è stato fatto un lavaggio del cervello, le obbediscono grazie ai suoi poteri soprannaturali; in quel caso, violerebbe il Mandato."

Lascio andare la mano di Felix, per vedere se riesco a stare in piedi da sola.

Funziona, ma è una tortura.

Faccio un piccolo passo.

No.

*Questa* è una tortura.

Le costole sembrano colpire il centro del dolore del mio cervello con un ferro da stiro caldo, e mi sento come se avessi ingoiato un porcospino obeso.

"È fantastico, ma ci conviene uscire di qui." Felix lancia un'occhiata paranoica alla porta da cui è venuto.

"Giusto" gracchio, facendo un altro passo con prudenza. "E come ci riusciamo?"

"Tu prendila per le gambe, e io per le braccia" dice, afferrando Ariel per i polsi.

Gli dico che mi reggo a malapena in piedi?

Innanzitutto, devo almeno tentare di seguire il piano.

Mi piego in avanti, ma non posso non boccheggiare dal dolore.

Cambio di nuovo idea. *Questo* dovrebbe comparire nella lista delle cose vietate dalla Convenzione di Ginevra.

"Stai bene?" chiede Felix. "Posso..."

"Non puoi trasportarla da solo." Digrignando i denti, mi preparo ad un'ondata di nauseante agonia e prendo Ariel per le caviglie. "Andiamo."

Non appena sollevo la mia estremità, devo mordermi la lingua per rimanere in silenzio.

"Qual è il piano?" chiedo con voce aspra, quando si placa la fase peggiore del dolore e delle vertigini. "Ti prego, dimmi che ne hai uno."

"La portiamo in macchina?" suggerisce, incerto. "Magari, da lì, capiremo cosa fare."

"E Vlad?" Mordendomi la guancia, abbasso Ariel

per terra e do un colpetto all'auricolare. "Vlad, abbiamo Ariel. Come vanno le cose da te?"

Le interferenze mi sibilano nell'orecchio, seguite da un rumore che mi ricorda il Quinto Cerchio dell'Inferno di Dante... quello dedicato al peccato dell'ira. All'altro capo della linea, ci sono cose che scricchiolano e si squarciano, e liquidi che sprizzano, prima che Vlad risponda: "Ho da fare. Portatela fuori. Siamo venuti per questo."

"Vuoi che ti abbandoniamo?" dice Felix, pallido per i rumori infernali.

"Noi non abbandoniamo nessuno" dichiaro.

"Uscite" dice Vlad. "È un ordine. Dovresti solo chiedere 'quanto in alto', ricordi?"

Un altro sibilo fuoriesce dall'auricolare. "Vlad" gracchia Rose, e dalla voce sembra lei quella che è stata strozzata. "Tu *devi* ritornare da me."

"Lo farò, amore mio." La gentilezza del tono di Vlad contrasta con i continui rumori di sottofondo delle decapitazioni. "Devo tenere l'esercito di Baba Yaga in questa stanza, mentre Sasha e Felix fuggono. Una volta fuori loro, avrò più possibilità di scelta."

"In tal caso, andiamo." Ignorando il mio crescente bisogno di svenire, sollevo di nuovo le gambe di Ariel. "Vlad, scusa per il ritardo. Terrò aperta questa linea, così possiamo dirti che siamo fuori non appena usciamo da questo maledetto magazzino."

"Bene" risponde, e una scarica di interferenze mi dice che ha disattivato la sua linea.

Anche Rose si disattiva; non che possa dire molto,

essendosi danneggiata le corde vocali con tutte quelle urla.

Con passi sofferenti e strascicati, raggiungo la porta e guido di schiena mentre usciamo.

La stanza è disseminata di Johnny immobili.

"Hai usato la modalità non letale su di *loro*?" chiedo, scavalcando un corpo dal sedere scoperto.

"No" risponde Felix, senza incrociare il mio sguardo. "La non letale consuma dieci volte di più la carica della batteria, e volevo accertarmi di non esaurirla nel bel mezzo della vicenda."

"Che freddezza" commento con voce rauca, piena di ammirazione, e metto giù Ariel per riprendere fiato. "Dove andiamo adesso?"

Felix posa la sua parte di Ariel per terra e tira fuori il telefono. Dopo aver toccato lo schermo per qualche secondo, lo colpisce con il suo potere e me lo mostra.

Sullo schermo è visualizzata la pianta di un magazzino.

"Penso che dovremmo andare di qua" dice, e una linea rossa compare sulla mappa.

"Allora andiamo." Mi chino per raccogliere di nuovo le gambe di Ariel.

Il mio auricolare sibila, e la voce di Rose, a stento udibile, dice: "Sbrigatevi."

"Ma certo." Prendo Ariel per le caviglie.

"Felix, che stai facendo?" mormora Rose.

Il mio battito accelera, e alzo lo sguardo su Felix.

Con occhi spalancati, sta puntando la pistola contro di me.

# CAPITOLO TRENTASEI

IN REALTÀ, la sta puntando verso qualcosa sopra di me, e me ne rendo conto quando preme il grilletto e non perdo i sensi.

Mi volto, vedendo un altro Johnny che si accascia su una pila già notevole di cadaveri con la vestaglia da ospedale.

Sollevato il nostro fardello, riprendiamo la fuga, con Felix che fa strada.

La porta che vuole attraversare è bloccata, perciò rimettiamo giù Ariel e la apro con i miei attrezzi da scasso.

C'è un rumore dietro di noi.

Quando ci giriamo, un altro Johnny sta irrompendo nella stanza.

Inciampa sui cadaveri dei suoi colleghi e si spiaccica per terra.

Felix lo fa fuori, poi prende Ariel per le gambe,

come se abbattere degli aggressori fosse roba trita e ritrita per lui.

"Se sopravviviamo, ricordami di dire ad Ariel di perdere peso" mormora, mentre la solleviamo di nuovo.

"Non oserai dirle una cosa simile" ribatto con voce aspra e un finto orrore. "E poi, è in forma smagliante."

"Era una battuta." Felix si ferma vicino ad un'altra porta. "Puoi aprirla?"

"Non si scherza sul peso di una signora." Uso gli attrezzi da scasso per sconfiggere un'altra serratura. "Né sull'età."

"Capito." Felix prende Ariel, e procediamo lungo un corridoio, fino a ritrovarci davanti ad un'altra serratura.

Abbattuta la porta, guardo alle nostre spalle.

Il mio orecchio sanguinante ha lasciato una macabra scia dietro di noi.

I Johnny (o Baba Yaga) potrebbero approfittarne?

Mi strappo una manica e me l'avvolgo intorno alla testa, cercando di fermare l'emorragia.

Sarà meglio cavarci qualcosa, da tutta questa fatica.

Felix entra per primo nella stanza e la ripulisce da un paio di Johnny.

Riprendiamo con il trasporto di Ariel, fino a raggiungere la porta, che apro come le precedenti.

Dopo altre due stanze, tre corridoi, cinque serrature, e sette Johnny morti, ci ritroviamo davanti ad una porta con la scritta 'USCITA' in grandi lettere verdi al neon.

"L'auto è qui." Felix mi mostra la pianta sul suo schermo, con una linea tratteggiata che porta dal parcheggio alla porta che stiamo per usare.

"Non avevi bisogno di fare una mappa. Sono solo pochi metri."

Ma non sta ascoltando. "Lo senti?" chiede, profondamente accigliato.

Tendo sia l'orecchio ferito, sia quello intatto.

C'è un rumore, che assomiglia allo scalpiccio di piedi nudi che corrono.

Dev'essere un gruppo di Johnny in avvicinamento. Vlad sta facendo fatica a tenerli tutti in quella stanza? Sempre se Vlad è ancora vivo, s'intende... un pensiero terribile che accantono, per il momento.

"Corriamo" dico, e apro la porta.

Il sole luminoso del pomeriggio mi fa temporaneamente male agli occhi, e i rumori dell'orda sempre più vicina dei Johnny è molto più chiara, adesso.

Afferriamo Ariel e portiamo via il culo.

Mentre soffio lungo il breve tratto fino al parcheggio, il dolore raggiunge i livelli della cerimonia del Mandato... e stavolta, non posso permettermi di svenire.

"Prendiamo la Tesla di Vlad, o rubiamo una di queste?" dico, ansimando e indicando una serie di auto meno lussuose, sparse per il parcheggio.

"Non t'interessa che appartengano alla mafia russa?" ansima a sua volta Felix. "Alcune potrebbero essere rubate, e l'ultima cosa che ci serve è essere fermati dalla polizia."

"Allora, Tesla" boccheggio.

"Già." Felix prende un respiro. "Per me, sarà anche più facile..."

Smette di parlare, mentre il fuggifuggi dei Johnny si riversa fuori dal magazzino, come locuste affamate che attaccano un prato non tagliato. Hanno i camici da ospedale coperti di sangue, e ciò supporta il mio sospetto precedente sul fatto che provengano da quell'orribile stanza, dove Vlad sta lottando contro Koschei e il resto dei Johnny.

Almeno, adesso gli occhiali da sole sono adatti all'ambiente; potrei usarli anch'io.

Un arco dell'energia magenta da tecnomante di Felix investe la Tesla di Vlad.

Simile a Frankenstein, l'auto prende vita violentemente, lasciando segni di sbandata sul lastricato nell'accelerare verso i Johnny.

La faccia di Felix esprime un'intensa concentrazione.

I Johnny si sparpagliano come quaglie paranoiche, ma l'auto riesce ad investirne un paio. Invece di rimanere giù, essi strisciano verso di noi sugli arti spezzati.

La Tesla svolta bruscamente, distruggendo altri due Johnny, e si lancia verso di noi.

Resistendo alla tentazione di mollare Ariel e scappare, resto immobile mentre l'auto accelera, bloccandosi alla distanza da infarto di neanche tre centimetri da noi.

"Mettiamola dentro" dice Felix, e le portiere posteriori della Tesla si alzano, automaticamente e come per magia.

Far entrare un'amica priva di sensi nel retro di un'auto non è così facile come sembra, e perdiamo qualche prezioso secondo nell'assicurarci di non uccidere Ariel, dopo tutte queste peripezie per salvarla.

Lancio un'occhiata ai Johnny rimanenti; si sono riuniti e ci sono quasi addosso.

Felix balza sul sedile del passeggero, perciò salgo sul lato del conducente.

Prima che possa allacciarmi la cintura, o mettere le mani sul volante, l'auto sobbalza in avanti per volontà propria (o meglio, di Felix).

L'auto elettrica è stranamente silenziosa, nonostante la velocità alla quale schizziamo fuori dal parcheggio.

Un rombo di motori dietro di noi rompe il silenzio.

Dato che non sto veramente guidando questo aggeggio, guardo indietro.

Ogni macchina che prima era ferma nel parcheggio, ci sta seguendo... con sopra almeno un Johnny.

Ignorando per ora i burattini mentali di Baba Yaga, tocco l'auricolare e dico: "Vlad, siamo usciti dall'edificio."

Nessuna risposta.

"Vlad?" dico. "Rose?"

C'è un sibilo d'interferenze, e sento che Rose sta

cercando di dire qualcosa, ma le sue parole rauche sono incomprensibili con il rumore dell'inseguimento e il cuore che pulsa nelle orecchie.

"Assumi il controllo della guida" ordina Felix, e spara la sua energia magenta nel grande schermo sul cruscotto.

"Aspetta!" grido, mentre l'auto sterza... e va a tutta velocità verso il lampione vicino.

## CAPITOLO TRENTASETTE

AGGUANTO IL VOLANTE COSÌ FORTE, che le mie costole urlano di dolore. Girando completamente il volante a sinistra, pesto il piede sul freno.

Slittiamo ed evitiamo per un pelo l'ostacolo.

Sul retro, Ariel rotola giù dal sedile, finendo sul fondo con un tonfo sonoro.

Un'auto con un Johnny sbanda al lampione che ho schivato, trasformandosi in un pancake.

Prendo il controllo della macchina e, quando questa e il mio battito cardiaco si normalizzano, capisco perché Felix ci ha quasi ucciso.

Ha richiamato sullo schermo della sua pistola l'inquadratura della webcam di Vlad, ed è proprio come il Quinto Cerchio dell'Inferno.

A Koschei mancano entrambe le braccia, ma sta cercando di mordere Vlad con i denti... quindi Vlad gli dà un pugno così forte, che i denti volano in ogni direzione. Koschei cerca allora di colpirlo con la testa, e Vlad gliela stacca... ma naturalmente, è troppo sperare che Koschei resti a terra a lungo. Con esperta brutalità, Vlad uccide una gran quantità di Johnny che lo attaccano, mentre Koschei resuscita.

Vlad deve averlo ripetuto parecchie volte. Brandelli di camicie da notte ospedaliere e una serie di parti del corpo di Koschei e dei Johnny coprono ogni superficie... facendo sembrare il campo di battaglia la stanza dei giochi di un chirurgo serial killer con una predilezione per l'arte moderna.

Perfino il soffitto è coperto di sangue.

Ciò che vedo delle braccia di Vlad attraverso la telecamera non è molto bello.

Ha i vestiti lacerati e la pelle pallida ricoperta di diversi strati di visceri... spero non i suoi.

Un Johnny muscoloso tenta di fare l'arrogante e afferra Vlad per la camicia, ma lui gli squarcia la gola con i denti.

"Sta bevendo sangue in mezzo a tutto questo?" mormora Felix, con il viso pallido in fase pre-svenimento.

"Potrebbe aver bisogno delle calorie extra, o di quello che i vampiri prendono dal sangue" replico. "Spegnilo, altrimenti perderai i sensi."

Felix elimina il collegamento, ma sembra comunque sul punto di svenire da un momento all'altro.

"Dove siamo diretti?" chiede, probabilmente per distrarsi.

"Vlad ha chiaramente mentito sulla facilità di evadere da quella stanza, per farci andare via." Inspiro profondamente. "Perciò, anche se detesto doverlo fare, non vedo altra possibilità." Rallento e sterzo bruscamente. "Chiederò aiuto a Nero."

Felix sospira di sollievo, e mi chiedo se definirlo un traditore simpatizzante di Nero, oppure un...

Un Johnny approfitta del mio rallentamento e ci urta da dietro, causando un colpo di frusta al mio già miserevole collo.

"Dai gas" dice Felix, e spara la sua energia verso l'imminente semaforo rosso.

Lo faccio, e il semaforo passa da rosso a verde.

"Non dovrebbe chiamarsi 'ronzio' in un'auto elettrica?" chiedo, più che altro per non svenire a causa del dolore alle costole.

"Il termine ufficiale è 'acceleratore'" risponde Felix, e fa diventare rosso il semaforo alle nostre spalle.

Il Johnny (o Baba Yaga che lo controlla) non fa caso al semaforo rosso, e viene prontamente infilzato da un grosso camion, probabilmente diretto verso i molti magazzini che circondano il posto.

"Ehi." Scocco a Felix un'occhiata preoccupata. "Non ferire gli spettatori innocenti."

Il mio amico prende il telefono per eseguire qualche magia da tecnomante, e dice: "Il conducente sta bene. Ha una buona assicurazione. Possiamo anche mandargli un bell'assegno più tardi."

"Bene" commento, poi, con un comando vocale all'intelligenza artificiale del mio telefono, chiedo riluttante 'Videochiama Nero'.

Felix è così ansioso che parli con Nero, che sposta la chiamata dal telefono allo schermo sul cruscotto.

Il telefono squilla ancora e ancora.

Oh, no.

Quando sono entrata violentemente nell'ufficio di Nero l'ultima volta, Venessa mi ha detto che era in Europa per qualche giorno. È ancora là?

Mi spremo le meningi per un piano B, o anche C, ma è un nulla di fatto.

Il rombo dei motori riecheggia di nuovo.

In piena allerta, scorgo due Johnny su due diverse muscle car, una in ogni specchietto retrovisore.

"Usa la tua pistola" dico a Felix. "È silenziosa."

"Ma letale" replica, estraendo l'arma di Gomorra.

Premo a tavoletta il pedale del ronzio/gas.

Felix abbassa il suo finestrino.

Un Johnny cerca d'investirci sulla destra.

La pistola di Felix emette un bip.

Il raggio mortale deve colpire il Johnny di destra; la sua Jaguar sbatte contro una fila di biciclette a noleggio parcheggiate.

"Giù!" strilla Felix.

"Come faccio a chinarmi e a guidare contemporaneamente?" vorrei dire, invece obbedisco.

Il Johnny sulla sinistra urta contro la nostra fiancata.

Se sopravviviamo a tutto questo, Vlad mi ucciderà per i danni alla sua elegante macchina?

La pistola di Felix emette un altro bip.

Sollevo la testa, lanciando un'occhiata al Johnny di

sinistra, che s'accascia sul volante senza più gli occhiali da sole.

L'auto senza conducente impazzisce e curva verso di noi.

Accelero.

C'è uno stridio di metallo e plastica, mentre raschia contro la parte posteriore della nostra fiancata.

Già. A Vlad non farà piacere.

Schiacciando al massimo l'acceleratore ancora una volta, volo sulla rampa dell'autostrada e schivo una Toyota Camry, spostandomi nella corsia centrale.

"Assumo io il controllo, per il momento" dice Felix in tono sommesso. "Credo sia meglio parlare veramente con il tuo Mentore."

Sono felice che prenda il controllo Felix, poiché ciò che vedo sul cruscotto mi fa mollare la presa sul volante.

È Nero, con la faccia cupa per la furia.

"Stai perdendo sangue" dice, con una voce che mi ricorda un tirannosauro affamato e arrabbiato.

"Non solo, peggio" gracido. "Mi serve aiuto."

"Prima le cose importanti." È preoccupazione, quella nei lineamenti di Nero? Devo essere frastornata. "Descrivi in dettaglio le tue ferite."

"Mi fanno male le costole" rispondo con voce roca. "Ho un taglio all'orecchio e la..."

"È sufficiente" replica Nero. "Dove sei?"

"Stiamo guidando sulla I-278 Est."

"Riformulo la domanda" dice impaziente. "Dove stai andando, e quando ci arriverai?"

"Al nostro appartamento, e mancano quindici minuti, a seconda del traffico" risponde Felix. "Ma potremmo venire nel tuo..."

"Andate a casa. Ci vediamo lì" afferma severamente Nero. "E fa' che siano dieci minuti." Guarda fissamente Felix.

"Sì, signore" risponde Felix immediatamente. Si concentra visibilmente per un attimo, e l'auto schizza in avanti.

"Devo sistemare alcune cose" dice Nero. "Richiamerò appena terminate le mie disposizioni."

"Aspetta..." inizio, ma la chiamata è già stata interrotta.

"Non farci ammazzare" sussurro a Felix nel guardare le altre auto e gli alberi sfrecciare, sibilando.

Ignoro le fitte alle costole e mi allaccio la cintura di sicurezza.

Felix non rallenta. Qualunque cosa abbia visto negli occhi di Nero, lo spaventa più della prospettiva di un semplice incidente d'auto.

La strada, almeno, è sgombera, altrimenti ci schianteremmo di sicuro. Attualmente, abbiamo solo un novantacinque percento di probabilità di schiantarci... percentuale in più o in meno. Soprattutto in più.

Quando sfrecciamo davanti al pedaggio prima del tunnel, mi aspetto decisamente di sbattere contro una delle cabine, ma Felix in qualche modo riesce ad oltrepassarle.

Nello specchietto retrovisore, scorgo un'auto

sportiva con tre Johnny che superano il tornello senza pagare.

Nessuno li ferma, purtroppo... ma chiunque sia il proprietario dell'auto si beccherà una multa salata per posta.

"Posso seminarli nel tunnel" dice Felix, sparando agli inseguitori con la pistola di Gomorra, senza molta fortuna.

Mi squilla il telefono. È una videochiamata da Nero, e la accetto.

Felix la sposta di nuovo sullo schermo.

"Pronto?" dice Nero. "Sasha?"

"Siamo nel tunnel" rispondo. "La linea può cadere da un momento all'altro."

"Sasha?" ripete forte Nero. "Dimmi come sei rimasta ferita. Chi devo..."

Viene troncato, perciò non ho idea se stesse per dire 'uccidere' o 'chiamare' o 'ringraziare'.

"Baba Yaga" rispondo, se per caso riuscisse ancora a sentirmi. "Ti ho perso?"

Nero non risponde. La sua immagine video è pixellata e bloccata sullo schermo.

A giudicare da quell'unica inquadratura del video, Nero è dentro una limousine con due persone: un uomo e una donna. L'uomo, uno sconosciuto, è pallido e vestito completamente di nero, con gli occhiali da sole che ora associo agli Esecutori di Vlad.

Nero sta portando un vampiro, per aiutare a ripulire il mio casino?

La donna, dall'altro lato, ha un'aria familiare, ma a

causa di tutta l'adrenalina mi è difficile ricordare dove abbia visto questa seducente bellezza esotica.

Poi ho un'illuminazione. È la dottoressa (o forse l'infermiera) che viene sempre al fondo durante i controlli gratuiti per il colesterolo e altre iniziative per la prevenzione e la salute, che le risorse umane di Nero organizzano regolarmente. L'ho sempre vista con il camice, e non con l'abito da cocktail che indossa: per questo mi ha depistata... ma è lei.

L'ultima volta che l'ho vista, è stato qualche mese fa durante la donazione del sangue.

Raccoglieva sangue per i vampiri, per caso?

"Controlla la guida per un secondo" dice Felix, riportandomi alla realtà del nostro inseguimento ad alta velocità. "Voglio toglierceli da dietro."

Le costole mi fanno male perfino quando afferro il volante, ma ignoro il dolore e incollo lo sguardo alla strada davanti a me.

Felix punta la pistola dietro di noi e impreca.

Nello specchietto retrovisore, vedo l'auto con tre Johnny dietro una monovolume.

Rallentiamo, anche se non tocco il freno.

Credo che Felix mi abbia dato solo il volante.

I Johnny/Baba Yaga devono sapere cosa intende fare Felix, poiché rallentano e frappongono una berlina tra noi.

Felix punta la pistola su di loro, ci fa accelerare, e aspetta.

I Johnny rallentano di nuovo, mettendo in mezzo un'altra macchina.

"Bene" commenta Felix. "Li seminiamo e basta."

Il tachimetro minaccia di girare su se stesso, mentre balziamo in avanti a velocità da NASCAR.

Il mio intuito per i pericoli della strada getta la spugna, e aggiorno la precedente probabilità di collisione a 99,999999%.

# CAPITOLO TRENTOTTO

FELIX SORPASSA MIRACOLOSAMENTE ogni auto davanti a noi senza incidenti.

Vedo la luce in fondo al tunnel... a meno che, ovviamente, non ci siamo già schiantati, ed è *l'altro* tipo di luce in fondo al tunnel.

In un batter d'occhio, sfrecciamo fuori dal tunnel.

Felix indica una svolta a destra e rallenta ad appena cinque volte il limite di velocità.

Voliamo in curva e ci precipitiamo lungo una strada, sempre a rotta di collo.

L'auto dei tre Johnny compare alla nostra destra con il motore su di giri.

Mi squilla di nuovo il telefono.

Felix spara ai nostri avversari con la sua pistola, e uno dei tre cade nella macchina... ma non è il conducente.

Dico all'intelligenza artificiale del telefono di rispondere alla chiamata senza guardare.

"Sasha" dice la voce di Nero dallo schermo. "Cosa..."

Mi perdo le altre parole di Nero, poiché i Johnny ci urtano violentemente da destra.

La forza dell'impatto mi scuote sul sedile, e le costole mi si rompono in alcuni nuovi punti.

I momenti più belli della mia vita vorticano nel mio cervello saturo di adrenalina.

Il controllo del volante dev'essere condiviso tra me e Felix; solo così mi spiego perché non finiamo fuori strada.

I Johnny ci investono di nuovo.

Il finestrino sul lato del passeggero si frantuma in piccoli pezzi.

Nero sta gridando inutili imprecazioni e raggelanti minacce attraverso le casse.

Con le gomme che bruciano e pezzi di Tesla che cadono, imbocchiamo sbandando la nostra strada.

I Johnny ci seguono.

Felix accelera.

Se Vlad proverà istinti omicidi per le condizioni della sua povera auto, potrebbe non avere nessuno su cui sfogare la sua ira.

Il rombo dell'auto dei Johnny diventa più forte.

Siamo a mezzo isolato dall'entrata del nostro palazzo, quando il Johnny che non guida comincia ad arrampicarsi fuori dal lunotto della loro auto... quello più vicino a noi.

La resistenza del vento spazza via i suoi occhiali da sole, ma a Baba Yaga non importa, perciò il suo corpo sporge ancora più fuori.

Poi il conducente dà uno strattone al volante, e il mio intuito per i pericoli della strada (o il buonsenso) prevede cosa sta per succedere.

Sta per...

Il Johnny-conducente sbatte di nuovo contro di noi, e questo, come temevo, porta il cascatore Johnny a volare dal finestrino dell'auto dentro ciò che rimane del nostro.

Atterra sul sedile posteriore della nostra macchina, e Felix si gira per sparare al nuovo arrivato.

Il Johnny afferra un frammento seghettato del metallo accartocciato che separa i finestrini distrutti, senza mostrare segni di dolore dal taglio che esso gli procura fino all'osso della mano.

"Felix, giù!" grido, ma è troppo tardi.

Il Johnny ferisce la mano di Felix che regge la pistola con il coccio affilato.

Felix lascia andare la pistola, e il Johnny gli taglia la faccia.

Felix urla di dolore, tenendosi la ferita sanguinante.

La lama improvvisata del Johnny affonda allora verso il mio collo, mancandomi per un pelo.

Mi accorgo di aver già cominciato ad urlare qualche secondo fa, quindi mi limito ad urlare più forte.

"Chiunque tu sia, parla Nero Gorin." La voce del mio ex capo sovrasta, tonante, le nostre grida. Evidentemente, l'adrenalina fa scherzi alla mia mente, poiché il tono di Nero sembra più spaventoso della nostra situazione. "Smetterai di aggredire me e i miei *in questo preciso istante*."

Il Johnny si blocca.

I suoi occhi completamente neri fissano intenti l'immagine di Nero sullo schermo; poi Baba Yaga grida qualcosa in russo con le labbra dell'uomo.

Nero abbaia qualcosa in risposta... anche lui in russo.

Svolto verso il palazzo del nostro appartamento, che si avvicina rapidamente, soffocando l'impulso di chiedere a qualcuno perché e come Nero parla russo.

Il discorso di Baba Yaga si fa più rapido; sembra conciliante, ma ferma.

Le risposte di Nero, apparentemente fluide, sono tanto spaventose quanto la prospettiva dell'incidente.

Baba Yaga dice qualcosa in tono di sfida.

La risposta successiva di Nero è più breve, e stavolta ridimensiona leggermente la violenza nella propria voce.

"D'accordo" dice Baba Yaga in inglese, mentre il Johnny mi guarda in faccia. "A quanto pare, dopotutto, mi sei tornata utile."

Prima che io riesca a rispondere, fa in modo che il Johnny si tagli la gola con l'arma improvvisata.

I freni dell'auto dei suoi colleghi stridono e, allo stesso tempo, il mio auricolare sibila.

"Hanno smesso tutti di lottare" dice Vlad in tono confuso. "Perfino Koschei. Qualunque cosa tu abbia fatto..."

Non sento le altre ottime notizie di Vlad, perché vedo un ragazzo di dieci anni attraversare la strada, distratto, proprio davanti a noi, nella maniera tipica dei newyorchesi.

Cerco di frenare, scoprendo di non riuscirci.

"Felix, frena!" grido.

Non lo fa.

Gli do un'occhiata. Ha perso i sensi, o per la perdita di sangue, o per averla vista.

Giro il volante il più possibile a sinistra, per quanto me lo consentano le costole... gesto che ci mette nella traiettoria di collisione con le porte del nostro palazzo.

Premo energicamente su e giù i freni.

Niente.

Grido a Felix di svegliarsi.

Niente.

Nero grida a Felix delle minacce da far gelare il sangue, se non frena immediatamente... ma anche questo non funziona.

L'entrata frontale del mio palazzo s'ingigantisce, fino a comprendere l'intero universo.

In una valanga di metallo, plastica e vetri rotti, sfondiamo le porte.

La mia testa viene scaraventata in avanti dall'impatto, mentre l'airbag mi colpisce in faccia e la cintura di sicurezza mi schiaccia le costole doloranti.

Ma la porta, fatta perlopiù di vetro, non ci rallenta, e la nostra auto sfreccia nell'atrio, puntando dritta verso la parete con gli sportelli dell'ascensore.

Il rumore del metallo e della plastica che si comprimono ha una potenza da apocalisse.

"Non si può sopravvivere" direi in quell'ultimo momento, se riuscissi ancora a parlare.

Invece perdo conoscenza.

# CAPITOLO TRENTANOVE

UN ESERCITO di unghie cerca di graffiare una lavagna grande come un pianeta.

Sto sognando, o sono i rumori che si sentono nell'aldilà?

Dita maschili mi sfiorano delicatamente il viso.

Non assomiglia molto all'aldilà, ma chissà.

Una piacevole energia scorre dentro di me, e sento le ossa rotte che cominciano a risanarsi.

Poi i tagli e i lividi vengono cancellati con una sensazione familiare.

Ho sentito questo tipo di calda energia dopo la battaglia contro Beatrice... quando un guaritore anonimo mi ha reso presentabile per il Consiglio.

Il mio orecchio torna ad essere intero, e i lividi sul collo e le costole rotte sono solo un lontano ricordo.

Il piacevole relax si diffonde in ogni muscolo guarito, e faccio un respiro di sollievo.

"A posto" cantilena Nero nelle vicinanze. "Isis si occuperà di te."

ISIS? Come i terroristi? Nero sta dicendo che la lunga astinenza mi ha ritrasformata in una vergine, e che sono in Paradiso per diventare la ricompensa di un membro dell'ISIS? Allora questo Paradiso non sarebbe un Inferno, per me? E perché uno dovrebbe volere delle vergini in Paradiso, innanzitutto? Se la mia versione del Paradiso dovesse includere quaranta oggetti sessuali (ed è un grosso *se*), sarebbero uomini sexy con un bagaglio di esperienze diverse, ma senza malattie sessualmente trasmesse e con...

La mia mente frastornata diventa più libera. È come se mi avessero fatto un massaggio, avessi usato una banya (non una gestita da Baba Yaga) e poi dormito per cinquanta ore, tutto nel giro di pochi secondi.

Le dita sul mio viso incrementano la quantità di sensazioni piacevoli, diffondendo scintille di sensibilità puramente femminile nel mio corpo.

Sospiro di piacere.

Una donna si schiarisce la gola.

Apro gli occhi mentre Nero, accovacciato accanto a me, ritrae la mano.

Era *lui* ad accarezzarmi il viso?

Ritiro tutto. Non è stato così piacevole come pensavo.

Non mi ha eccitato. Assolutamente no.

Giro leggermente la testa e vedo l'infermiera/dottoressa della limousine di Nero. Ha l'aura del Mandato e sta indirizzando un arco di energia dorata verso di me.

Dev'essere una guaritrice dei Conoscenti, a giudicare da come mi fa sentire quell'energia.

È presente anche l'Esecutore della limousine, ma la sua reazione è difficile da decifrare tra gli occhiali da sole e il viso scolpito.

Crogiolandomi nel calore dell'energia curativa, mi guardo intorno.

Sono ancora seduta sul sedile del conducente, con la cintura di sicurezza allacciata, ma intorno a me la macchina non c'è. Ciò che rimane della Tesla sembra carta passata ripetutamente in un tritadocumenti da una spia, che voleva accertarsi di non far mai vedere la luce del giorno alle informazioni segrete.

In effetti, ho già visto simili brandelli di materiale... ma si trattava di carne di orco, e non dei resti della Tesla.

Nero ha messo in atto la sua mossa con gli artigli per arrivare a me? Sono stati quei rumori a svegliarmi?

Prima di poterglielo chiedere, mi cade l'occhio su Felix e il piacevole relax evapora, sostituito da un brivido gelido nello stomaco.

Sempre sul sedile e con la cintura allacciata come me, Felix è coperto di sangue, con le membra piegate in maniera innaturale.

Se si vedesse adesso, di sicuro perderebbe i sensi.

Scordandomi di Nero e dell'energia dorata sempre lanciata verso di me, mi slaccio la cintura e mi sollevo con un balzo per controllare Felix.

Il suo respiro corto rallenta ad ogni debole tentativo.

Il mio sguardo terrorizzato si abbassa su Ariel, che giace tra le macerie dietro i sedili.

Senza una cintura di sicurezza a tenerla ferma, è messa addirittura peggio di Felix... e il fatto che sia ancora intatta è probabilmente la prova più impressionante della sua super-forza.

"Posso smettere?" chiede la donna a Nero.

"Sì" dice. "Sembra stare molto meglio."

Il flusso di energia curativa s'interrompe... e nonostante lo stress, mi accorgo della sua assenza.

Mi giro con urgenza verso la donna. "Ti prego, cura nello stesso modo anche i miei amici."

Invece di accontentarmi, lancia un'occhiata a Nero.

"Un secondo, Isis" dice lui, calmo. "Io e Sasha dobbiamo prima raggiungere un accordo."

La guaritrice, Isis, annuisce e fa scorrere una mano delicata tra i lucidi capelli neri con aria vagamente annoiata.

"Curali!" le grido, sbigottita dalla sua indifferenza. "Stanno morendo."

Isis osserva di nuovo Nero, quindi giro su me stessa per guardarlo.

La sua espressione è illeggibile, ma l'anello limbare dei suoi occhi è molto scuro e spesso.

"Il loro destino è nelle tue mani." La sua voce è bassa e profonda, mentre avanza di un passo verso di me.

Reprimo un torrente di violenti impulsi,

concedendomi solo la fantasia di dare uno schiaffo alla sua faccia da manipolatore.

Quello che vuole è palese: la sua gallina dalle uova d'oro a forma di Sasha da comandare a bacchetta. E non mi resta altra scelta, se non arrendermi. Farei qualunque cosa per guarire i miei amici, anche un patto con il diavolo in persona.

D'altro canto, nessuno mi vieta di farlo alle mie condizioni.

Inclinando il corpo in modo tale che Isis ed il vampiro Esecutore non vedano cosa sto per fare, vado verso Nero, fissandolo intensamente.

Sostiene il mio sguardo... ed è un bene, perché non vede le mie mani scivolare in tasca ed uscire con il dispositivo FELLATIO nascosto nel palmo.

"Tornerò al lavoro" gli dico. "E puoi farmi di nuovo da Mentore... anche se ciò significa mandarmi altri orchi gorilla a riempirmi di botte."

Serra la bocca, e i suoi occhi si socchiudono pericolosamente.

Bene. Ho la sua attenzione.

"Vuoi che giuri?" Mi fermo a una distanza tale da baciarci, e mormoro: "O volevi qualcosa di più... *capo?*"

Senza aspettare risposta, allungo entrambe le mani verso il suo inguine.

Il suo corpo s'irrigidisce, come un predatore che sta per balzare addosso alla preda.

Sperando di averlo distratto abbastanza, inserisco con cautela il dispositivo nascosto nella tasca dei suoi pantaloni e continuo con il movimento, sfregando molto delicatamente il cavallo dei pantaloni con le dita.

*Oddio*. Il mio respiro si fa più rapido, e il calore si diffonde sulle mie guance.

Lì c'è un rigonfiamento che non ricordo di aver visto prima.

Allontano le mani di scatto, come da un serpente velenoso.

Un serpente molto *grosso*.

Un pitone, forse? Aspetta, quelli non sono velenosi.

Mi prende per i polsi, prima che possa ritrarli. Le sue dita sono calde e incredibilmente forti, la stretta invincibile.

Si china in avanti, e il suo respiro caldo mi aleggia sul collo mentre ringhia: "Non ti è richiesto altro se non lo status quo."

Mi aspetto che aggiunga 'per adesso', invece lascia andare i miei polsi e si allontana dalla mia portata.

Arretro, fissandolo mentre cerco di prendere fiato. I miei polsi risentono ancora degli spettrali segni del suo tocco, e il mio cuore batte anche troppo forte.

Era tutta una farsa, allora perché una parte di me è delusa dal fatto che si sia tirato indietro?

Per fortuna, il resto di me vuole dare una botta in testa a quella parte, verificarne la salute, chiederle un time out, e farle una doccia fredda.

"Procedete" Nero si rivolge a Isis e al vampiro.

Isis tende la mano verso Felix, e il vampiro si apre il polso con le zanne.

"Aspetta" dico. "Niente sangue di vampiro per Ariel."

I due guardano Nero, che annuisce.

Isis indirizza l'energia verso Ariel, e il vampiro si avvicina a Felix.

"Non so se voglio che anche Felix eviti quel veleno" aggiungo.

"Io sono quasi esaurita" dice Isis a Nero. "Sono novecento, per farli entrambi."

"Mi applichi un sovrapprezzo?" Nero solleva un sopracciglio. "Non pensi che sia troppo salato? Sarai piuttosto esaurita né più né meno."

"Ma con due, poi mi sentirò di merda" insiste Isis. "*Questo* ha un costo extra."

"Va bene" dice Nero. "Sbrigati, prima che uno di loro muoia."

Mentre loro parlano, il polso del vampiro si richiude.

Isis emette un sospiro ostentato, prima di puntare la mano destra verso Ariel e la sinistra verso Felix.

L'energia dorata fluisce verso entrambi i miei amici.

Quasi immediatamente, le loro gravi ferite si richiudono e gli arti spezzati si raddrizzano.

La pelle sana e olivastra di Isis diventa pallida, e sulle tempie le spuntano dal nulla dei capelli grigi.

La gola di Felix emette un gemito inquietante, e Isis interrompe il suo trattamento con un ghigno furbesco.

Felix si alza sobbalzando, guardandosi intorno con occhi stravolti.

"Stai bene?" gli chiedo.

"Sì." Non sembra molto sicuro. "Tu?"

"Capperi" rispondo, con tutto il sarcasmo che si può mettere nel nome di un vegetale.

Annuisce, ed entrambi fissiamo Ariel.

Sembra ancora intera, ma non si muove, né emette suoni.

Isis interrompe l'energia curativa, scuote la mano destra qualche volta, come per facilitare la circolazione del sangue, poi la spara di nuovo verso Ariel.

Ancora non torna in sé.

"È stata messa k.o. con questa" spiega Felix, raccogliendo dalle macerie la maciullata pistola di Gomorra. "Non so se si riesce a farla riprendere da *quello*."

"Portiamola nel loro appartamento, penseremo a qualcosa lì." Nero guarda quella che era stata l'entrata del nostro palazzo.

Seguendo il suo sguardo, vedo che si stanno radunando dei veicoli di emergenza.

Hanno chiamato il 911?

È probabile. Dopotutto...

Delle braccia forti mi afferrano senza preavviso.

"Ehi" grido a Nero... che mi stringe come una sposa novella, come ha fatto quando sono svenuta durante la mia presentazione alla sua conferenza. "Riesco a camminare."

"Sei ancora debole per il trattamento" replica, ignorando la mia inefficace ribellione, mentre si dirige a lunghi passi verso le scale.

Felix e Isis ci seguono, e il vampiro trasporta Ariel come Nero trasporta me.

D'accordo. Non importa. L'ascensore è probabilmente guasto a causa della collisione, e non ho particolarmente voglia di trascinarmi su per quelle scale. Eppure, non si tratta affatto dello scenario ideale.

Non mi piace sentirmi così bene tra queste braccia forti. Non apprezzo l'inappropriata delizia dell'odore di Nero, o come...

Assolutamente no. Devo pensare a qualcos'altro.

Qualunque cosa.

Quanto costerà tutto ciò a Nero?

Già. Ecco un argomento non sexy.

Vista la reazione di Nero al prezzo di 'novecento' di Isis, posso presumere che non intendesse 'dollari'. Nero si tiene quella quantità di soldi in tasca come fossero spiccioli. A meno che non stessero parlando di una valuta dei Conoscenti, lei intendeva 'novecentomila'... cioè quasi un milione di dollari. Molto più costoso di qualsiasi ospedale.

Come ciliegina sulla torta, Nero è proprietario di questo palazzo, perciò il conto esorbitante delle imminenti ristrutturazioni sarà un altro problema a carico suo.

Oh, beh. Chi ha fatto trenta può fare trentuno... o un milione di dollari.

"Puoi comprare a Vlad una Tesla sostitutiva?" chiedo sfacciatamente, mentre Nero raggiunge il quarto piano, rapido come un velocista delle

Olimpiadi. "Mi sono schiantata con la sua auto, e lui era..."

"C'è altro?" I suoi occhi brillano, guardandomi con oscuro divertimento.

"Certo" dico. "Puoi dire a Isis di guarire la voce di Rose, e chiamare Vlad per vedere se sta bene."

"Ho già parlato con Vlad" replica Nero. "Sta venendo qui... ma la sua auto salterà fuori dal tuo prossimo bonus."

Quasi lo ringrazio per fare di nuovo il rompiscatole. Così, è molto più facile ignorare il formicolante calore nel mio corpo... un calore che non ha niente a che vedere con il recente trattamento di Isis, ma dipende dall'inappropriata vicinanza al corpo possente del mio capo.

Magari dovrei contare le pecore, come quando si cerca di dormire.

No. Mi fa pensare all'andare a letto con Nero, e *non* ho bisogno di andare lì con la mente.

Con mio sollievo, raggiungiamo il mio piano.

La porta dell'appartamento è aperta e Rose è lì, a farsi aria con la mano.

Cerca di parlare ma, al posto delle parole, le esce di gola un sibilo malsano.

Quanto forti erano le sue grida?

"Isis" dice Nero da sopra la spalla. "A Rose farebbero bene i tuoi servizi."

"A quanto pare, con il mio conto faremo cifra tonda" commenta Isis scontrosamente, e spara un piccolo dardo della sua magia verso Rose.

"Ti farà pagare centomila dollari per sistemare la laringe di Rose?" sussurro.

Nero si stringe nelle spalle, scavalca Fluffster, e mi porta dentro.

"Sei tornata" urla Fluffster nella mia testa. "Ero così preoccupato."

"Sto bene" sussurro a Fluffster "Sono stata completamente guarita."

Ciò che vorrei sapere, ma che non posso chiedere ad alta voce, è: come mai Nero non ha avuto paura di Fluffster in quel momento? Gaius, Pada e Vlad diventavano tutti cauti nel vedere il domovoi per la prima volta, ma Nero si comporta come se Fluffster fosse davvero il piccolo roditore peloso che finge di essere.

Da parte sua, sembra che a Fluffster faccia comodo dimenticarsi della sua precedente baldanza. Ricordo bene il suo suggerimento d'invitare a casa Nero, per potergli 'insegnare le buone maniere'.

Chinandosi, Nero mi adagia con cura su una poltrona.

Poi se ne va e ritorna con Ariel in braccio... e non sono affatto gelosa per la delicatezza con cui la stringe.

Assolutamente no. Per niente gelosa.

"Sono così felice che tu stia bene" dice Rose, entrando di corsa nella stanza. La sua voce è stata chiaramente riparata. "Ma perché Ariel è priva di sensi?"

Isis entra con passo tranquillo, e Felix arriva dopo

di lei, trascinando i piedi e ansimando come un cane disidratato.

Crollando su una sedia vicino a me, si lamenta: "*Io non avevo nessuno, per farmi trasportare. Ma anche se Maya fosse qui...*"

"Non finire quella frase" dico. "Non ho i soldi per pagare Isis e farti rimettere in sesto, se..."

Isis si schiarisce la gola e, quando smettiamo di parlare, raggiunge Ariel e la studia con attenzione.

"I suoi parametri vitali vanno bene" dichiara. "Lasciatela riposare così, e riprenderà i sensi molto presto."

"Anche Sasha dovrebbe riposare" dice Nero a Isis, poi guarda Felix. "Anche lui."

La guaritrice emette un cerimonioso sospiro e punta di nuovo le mani contro di noi.

"Aspetta un sec..." inizio, ma l'energia curativa mi sprofonda in una beata sonnolenza, e perdo i sensi.

# CAPITOLO QUARANTA

MI SVEGLIO SENTENDO un profumo di bergamotto, e apro gli occhi.

Rose sta porgendo una tazza, probabilmente di Earl Grey, a Felix che è già sveglio.

"Ciao." Mi stiracchio, accorgendomi di essere in condizioni strepitose. "Come stanno tutti?"

"Felix sembra come nuovo" risponde Rose.

"E Vlad?" chiedo.

Come in risposta alla mia domanda, Vlad entra nella stanza.

L'unica cosa strana sono i suoi vestiti. Non avrei mai immaginato che fosse un fan di *Matrix*, né tantomeno che portasse le t-shirt dei film.

"Spero che non ti dispiaccia" dice Rose a Felix. "Ho preso alcuni tuoi vestiti in sostituzione dei suoi stracci pieni di sangue." Impallidisce al ricordo.

"Nessun problema. Ne ho dieci, di quella, perciò la

puoi tenere" risponde lui, studiando Vlad con una punta d'invidia.

Se Felix pensa che quei vestiti non gli siano mai stati bene come a Vlad, ha ragione. L'outfit preso in prestito sembra fatto su misura per le spalle più ampie di Vlad.

Guardo il divano.

Ariel è ancora priva di sensi.

"Vuoi una tazza di tè?" mi chiede Rose.

"Certo" dico. "Molto volentieri."

Rose prende Vlad per un braccio e lo trascina via.

La porta d'entrata viene sbattuta. Dev'essere andata a preparare il tè nel suo appartamento, dove dispone di un assortimento migliore.

Oppure, lei e Vlad non potevano più tenere le mani lontane l'uno dall'altra, e sono andati a casa di lei per una tresca.

Fluffster entra nella stanza e ci osserva.

"È stato estremamente stressante" commenta. "Non rifatelo mai più."

"Certo" dice Felix. "È per *questo* che non lotteremo mai più contro le orde dell'inferno... per assicurarci che *tu* non ti stressi troppo."

"Bene" replica Fluffster, ignorando o non cogliendo il sarcasmo. "Ora credo che schiaccerò anch'io un pisolino. Svegliatemi, quando Ariel torna in sé."

"Lo faremo" dico.

Il cincillà se ne va, e guardo Felix. "Dov'è Nero?"

"Quando mi sono svegliato, non c'era. Perché? Ti manca già?"

Mi fa l'occhiolino.

"Se tu non ne avessi già passate tante, darei un pugno a quella tua faccia soddisfatta" replico, scherzando solo a metà.

"Rose ha detto che lui e gli altri se ne sono andati, non appena abbiamo perso conoscenza." Felix soffia sul suo tè.

Provo a stare in piedi di nuovo.

Assolutamente okay.

Addirittura meglio di così. Penso che riuscirei a correre una maratona o due.

"Sapevi che Nero parlava russo?" chiedo a Felix, rimettendomi seduta.

"No." Sorseggia avidamente il tè. "Ma come ti ho detto prima, con un cognome come Gorin la distanza è poca."

"Che cosa si sono detti lui e Baba Yaga?" Mi guardo intorno, con la sensazione che Nero possa essere appostato nell'ombra.

"Non ero nelle condizioni migliori per ascoltare." Felix rabbrividisce al ricordo. "Ma ho afferrato il succo del discorso."

"E? Dimmelo."

"All'inizio, Nero sembrava Liam Neeson in *Io vi troverò*" dice animatamente. "Ha ricordato a Baba Yaga, e faccio la parafrasi, che è dotato di una particolare serie di abilità, che lo rendono un incubo per le persone come lei... o chiunque, in realtà." Ridacchia ironicamente. "Baba Yaga è veramente pazza, perché non ha acconsentito subito. Ed è a questo punto che

Nero ha cominciato con le minacce." L'entusiasmo di Felix svanisce a questo ricordo. "È stato brutto. Ha detto che l'avrebbe presa a calci in culo in piena modalità Keyser Söze... anche se non esattamente con questi termini. Ha detto che avrebbe inseguito lei e il resto della sua mafia, e che li avrebbe uccisi lentamente. Che... e ripeto, non mi ricordo parola per parola... avrebbe ucciso i figli dei suoi uomini, le loro mogli, i loro genitori, e gli amici dei loro genitori. Avrebbe incenerito il ristorante Izbushka e..."

"Ehi, ho visto *I soliti sospetti*" dico. "Che cos'ha risposto Baba Yaga a tutto questo?"

"È una donna forte" dice Felix. "Ha detto che, se morirà, preferisce morire gloriosamente e opponendo resistenza. Oh, e che non gliene frega un cazzo di quello che succede a chiunque altro dopo la sua morte."

"E cos'ha risposto Nero?"

"Ha chiesto che cosa voleva. Ma dal modo in cui l'ha detto, sembrava che, se Baba Yaga avesse chiesto la cosa sbagliata, la reazione alla Keyser Söze sarebbe stata ancora sul tavolo."

Per qualunque motivo, sento il mio petto riempirsi d'orgoglio. Mi piace, penso, l'immagine di Nero che mette l'anziana donna al suo posto... soprattutto perché l'ha fatto per me, una semplice rotella nella sua macchina finanziaria.

"Baba Yaga ha detto che vuole essere lasciata in pace da Nero per un anno" continua Felix. "Che lui non insegua la sua gente o lei per qualunque motivo, indipendentemente da quello che fa... a patto che lei lasci stare *te*."

"E?" chiedo, quando Felix si ferma per prendere fiato.

"Lui ha detto che, se lei mantiene la parola e per il resto rimane fuori dai suoi affari, l'accordo è concluso. Ha aggiunto poi che sa delle sue ambizioni nel Consiglio di New York, e che se ne sbatte in un modo o nell'altro... e con questo, lei sembrava felice."

"Quindi sono al sicuro da lei?" specifico. "Temevo di dovermi guardare le spalle, o rimanere a casa per il resto dei miei giorni."

"Sei al sicuro" dice Felix. "Finché stai lontano da lei e da Brighton Beach in generale, lei starà lontano da te. Si è parlato anche di stendere un contratto scritto in quel senso, e nessuno li viola una volta che esistono."

"Ottimo" commento con un sorriso. Poi divento di malumore al ricordo del prezzo di questo accordo... io che torno ad essere la schiava di Nero.

O la sua serva.

Già. Questo ha qualche connotazione sessuale.

*Bleah*. Devo interrompere la mia stupida astinenza. Altrimenti, come spiegare che una parte di me trova irragionevolmente eccitante la frase 'la schiava di Nero'?

"Sasha, qui è la Terra" dice Felix, e grazie al cielo non ha il superpotere della telepatia. Se avesse intercettato l'ultimo pensiero, mi toccherebbe uccidere un buon amico.

"Scusa" dico. "Torniamo al lavoro... Sei riuscito alla fine a penetrare Nero?"

"Sono cosa?" Il tè gli va di traverso.

"Oh, forse mi sono dimenticata di dirtelo" spiego. "Ho messo l'aggeggio della FELLATIO nella sua tasca."

"Tu *cosa*?" strilla. "Quando? Come?"

"Prima che ti guarissero" rispondo, ignorando sia il come, sia i flashback sulla sensazione di quel 'serpente'.

"Beh" dice Felix in tono molto più calmo. "Anche se me l'avessi detto, quando avrei potuto farlo? Mi hai visto toccare un computer? Nero è poi tornato nel suo ufficio? Dev'essere vicino al suo..."

"Non serve che diventi stizzoso" dico. "Puoi metterti al lavoro da adesso. Avendo scoperto che Nero parla russo, ciò che ho visto nella visione (il mio nome scritto in cirillico) potrebbe essere la sua password, dopotutto."

"Hai ragione." Felix balza in piedi, versando metà del tè. "Lasciami prendere il portatile e..."

Ariel mugugna dal divano e comincia a fare dei movimenti spasmodici e agitati.

# CAPITOLO QUARANTUNO

MI ALZO in piedi di scatto e ci precipitiamo verso il divano.

Agitando scompostamente le braccia, Ariel apre gli occhi e si guarda intorno, con le pupille dilatate e lo sguardo vacuo.

"Come stai?" le chiedo in tono confortante.

"Gaius?" chiama e, sebbene stia guardando me, ho la sensazione che non mi riconosca.

"Gaius non è qui" cantileno. "Rilassati."

"Gaius" ripete, e la fronte le s'imperla di sudore. "Ho bisogno di lui."

"È in Russia" dico.

"Stai comunque meglio senza di lui" mormora Felix, dando voce a quello che, per eccessiva gentilezza, non riuscivo ad aggiungere.

"No." Comincia a tremare. "Chiamalo. Portalo qui."

"Se quel vampiro osasse venire qui, Fluffster si accerterebbe che fosse il suo ultimo gesto." Il tono di

Felix è insolitamente minaccioso. Poi il suo sguardo si addolcisce, scrutando l'infelicità dipinta sul volto di Ariel. "Mi dispiace ma, in ogni caso, non penso che gliene importi abbastanza di te per venire a salvarti, specialmente dalla Russia."

Ariel comincia a dimenarsi in maniera imprevedibile, e io e Felix ci scambiamo occhiate preoccupate.

"Ariel." Le tocco delicatamente una spalla. "Per favore, st..."

Con un colpo spasmodico, scaccia via la mia mano, quasi slogandomi la spalla. "Ne ho bisogno" boccheggia, scuotendo la testa da un lato all'altro. "Non tenetelo lontano da me."

Ricordo una cosa detta da Baba Yaga al telefono... e che sul momento sembrava un'iperbole. "La tua ragazza soffre ancora di forti crisi d'astinenza" aveva detto. "Costituirebbe un pericolo per te e per se stessa, in questo momento, ma durante le poche settimane che le occorrono per superarla posso tenerla pulita."

Ariel si china sul divano e vomita la minestra sulle scarpe di Felix.

Io e lui ci scambiamo altre occhiate, e la preoccupazione aumenta, sfociando nel panico.

Il crollo di Ariel prosegue, e lei geme e si dibatte sul divano.

Mi allungo verso il telefono per chiamare Nero e vedere se può darci una mano. Dovrebbe come minimo chiedere un rimborso parziale a Isis. Le sue capacità di guarigione hanno dei difetti evidenti.

Un cigolio in corridoio annuncia l'apertura della porta del nostro appartamento.

Ariel sembra improvvisamente vigile e speranzosa. Pensa davvero che sia arrivato Gaius?

"Vlad e Rose" indovina Felix, subito prima che entrino nella stanza.

Ariel annusa l'aria come un cane e fissa i nuovi arrivati con occhi acquosi.

"Ho il tuo t..." fa per dire Rose, poi posa gli occhi su Ariel e diventa pallida come un lenzuolo.

"Ti prego" dice Ariel, tendendo le braccia tremanti verso Vlad. "Ti prego..."

Vlad socchiude gli occhi.

Lei si alza a sedere e sposta i piedi sul pavimento.

"Ariel" dice Felix. "Cosa stai..."

Muovendosi con folle rapidità, spintona Felix di lato e corre verso Vlad.

Tazza in mano, Felix fa un volo di qualche passo e sbatte contro un'altra poltrona, rovesciandosi addosso dappertutto il tè caldo, mentre la tazza cade e si frantuma.

Con un gemito, si ribalta sul pavimento, e faccio una smorfia nel vedere la sua mano atterrare su una delle schegge. Strilla mentre se l'avvicina al viso, e temo che perda i sensi per il rivolo di sangue.

Ariel si blocca a metà falcata: la vista del sangue di Felix la catapulta fuori dalle nebbie della dipendenza. "Quello è... L'ho fatto io?" Una parvenza di sanità mentale ricompare nei suoi occhi, e fa per andare da Felix, con la mano tesa come per aiutarlo ad alzarsi.

Poi la sua spalla fa uno scatto convulso, e lei si ferma.

I suoi occhi si appannano di nuovo, poi si gira per fissare Vlad con una determinazione da zombie.

"Che stai facendo?" grida Rose, ma Ariel sta già balzando addosso a Vlad.

Non è l'unica con i riflessi buoni, comunque. Il vampiro l'intercetta a mezz'aria e, molto rudemente, la ributta sul divano.

Qualcosa di legno si spezza con un crac dentro il divano, ma l'atterraggio non sembra nemmeno averle fatto il solletico.

Scivolando per terra dai cuscini, Ariel comincia a strisciare gattoni in direzione di Vlad.

"Ti prego" geme, con lo sguardo servilmente fisso su di lui. "Solo un sorso."

"Devi andare in riabilitazione" afferma Vlad. "Sei nelle fasi peggiori dell'astinenza e..."

"Solo un po'." Lo strisciare di Ariel si velocizza. "Farò tutto quello che vuoi."

Un'energia rosa danza sui palmi delle mani di Rose, che punta rabbiosamente una mano verso Ariel.

"Non prendere la sua forza, amore" dice Vlad a Rose. "Ne avrà bisogno."

Rose abbassa riluttante la mano e l'energia rosa si dissolve.

Ariel è arrivata vicino a Vlad e la sua testa è precariamente vicina al suo cavallo dei pantaloni.

"Tutto quello che vuoi" dice e, anche se penso che

volesse pronunciare la frase in modo seducente, fa accapponare la pelle. "Ne ho bisogno."

Allunga la mano verso la cerniera di Vlad, ciancicando promesse a luci rosse.

Vlad ferma il suo polso e la costringe ad alzarsi in piedi.

Lei sembra speranzosa per un attimo, ma poi lui la prende per i capelli in una morsa d'acciaio e la obbliga a guardare Felix... che è ancora per terra, a tenersi la mano sanguinante con gli occhi spalancati per l'abominevole performance di Ariel.

"Farai del male a tutti quelli che ami" dice Vlad. "È questo quello che vuoi?"

Un accenno di comprensione compare sul viso di Ariel.

Cerca di distogliere lo sguardo, ma Vlad non glielo permette.

"Mi dispiace" dice a metà tra un singhiozzo e un mugugno. "Per favore. Per favore. Ne ho bisogno. Ne ho bisogno così tanto." Si asciuga il naso gocciolante. "Mi serve... Mi serve aiuto." L'ultima frase è così debole, che si sente a malapena.

Gli occhi di Vlad ridiventano delle pozze di mercurio, poi spinge di nuovo la testa di Ariel verso di sé.

"*Ti aiuterò*" dice con quella voce ipnotica. "Starai al centro Tranquility di Gomorra, finché non sarai in grado di fare le tue scelte da sola."

"Starò al centro Tranquility di Gomorra" ripete Ariel con voce cupa.

Vlad la lascia andare e lei rimane ritta come un palo, in attesa di ulteriori istruzioni.

"Hai usato la malia su di lei?" Felix si alza a sedere, sofferente. "Non pensavo che funzionasse così bene sulla nostra specie."

"I dipendenti dal sangue sono più sensibili ad essa degli umani normali" spiega Vlad, serrando la bocca. "Ora ci conviene portarla a Gomorra."

"Per quanto tempo rimarrà così sotto il tuo incantesimo?" chiedo, tendendo la mano per aiutare Felix, chiaramente scosso, a rimettersi in piedi.

"Un paio d'ore, a meno che la malia non venga ripetuta" dice Vlad. "Ma al Tranquility dispongono di sistemi migliori per tenerla rilassata... ed è lì che andremo adesso."

"Vengo con voi" dice Felix, ondeggiando sulle gambe quando mollo la sua mano.

"Stai bene?" Gli afferro di nuovo il braccio.

"Sì." Si strofina la mano insanguinata sulla camicia, quando lo lascio andare. "È stato più spaventoso che doloroso."

"Va' a darti una lavata, mentre chiamo un taxi per l'aeroporto" gli dico.

Felix fila via, e uso il telefono per prenotare una corsa.

"L'auto sarà qui tra cinque minuti" dico un attimo dopo, sforzandomi di non incrociare lo sguardo di Vlad. Mi sento in colpa per il fatto che debba salire su una Ford Fusion e non sulla sua lucente Tesla.

"Rimango qui con Fluffster" dice Rose, piegandosi

per raccogliere i frammenti della tazza di Felix. "Andate ad aiutare Ariel."

Vlad spinge Ariel verso la porta d'entrata, dove ci riuniamo a Felix, che ora indossa una maglietta identica a quella presa in prestito da Vlad e un cerotto sul palmo della mano.

"Probabilmente, l'ascensore non funziona ancora" dico, guidando il gruppo verso le scale.

"Quando ti ha acciuffato Baba Yaga?" chiedo ad Ariel, poi guardo Vlad. "Può parlare, in queste condizioni?"

Incrociando lo sguardo di Ariel, le ordina: "Rispondi."

"Quel sabato stavo andando a casa" dice in tono monotono. "Avevo appena finito di accompagnare Gaius al JFK per il suo viaggio in Russia, quando Koschei mi ha attaccato. All'inizio pensavo di averlo ucciso, ma..."

"Ti ha fatto del male?" chiede Felix, ed è palese la sua paura della risposta.

"Non lo so" dice Ariel. "Nella mia memoria c'è un vuoto, dopo che Baba Yaga ha usato la sua energia su di me."

Camminiamo in silenzio per il resto del percorso, tutti molto più tetri, tranne Ariel, nel passare davanti alle macerie che prima componevano l'atrio del palazzo.

Almeno, qualcuno si è sbarazzato dei pezzi rotti della Tesla. Vlad sembra già abbastanza incavolato così.

Quando saliamo sul taxi, mi sembra di poter annegare nel senso di colpa.

Sospettavo che Gaius non andasse bene per Ariel, ma in merito non ho fatto nulla.

Avrei anche dovuto capire molto giorni fa che Ariel era stata rapita. Non l'ho intuito nemmeno quando Baba Yaga ha quasi confessato di avere in pugno Ariel.

Caspita, andando ancora più a fondo, avrei dovuto ignorare i desideri di Ariel, indagando e assillandola sul disturbo da stress post-traumatico che sostiene di non avere. È da un po' che pratica l'automedicazione (tramite sostanze che sapevo non essere così valide per lei), ma non ho mai agito in maniera abbastanza decisiva, dandole solo dei prudenti consigli. Ora mi chiedo se le sue esperienze traumatiche nell'Esercito siano il motivo per cui è stata particolarmente vulnerabile alla dipendenza dai vampiri.

Oh, e non dimentichiamo che il suo primo assaggio del sangue di Gaius è stato dopo essersi ferita aiutando *me*.

A metà strada verso il JFK, passo dall'auto-punirmi al fantasticare di annientare Gaius per ciò che ha fatto alla mia amica. È possibile che, attualmente, io lo odi più di Baba Yaga.

La mia malinconia continua, mentre scendiamo dal taxi e camminiamo lungo i corridoi segreti fino all'hub del portale.

Evidentemente, anche Felix è del mio stesso umore, poiché mi lascia stare e preferisce parlare con Vlad in russo, sussurrando ad alta voce.

Mi riprendo leggermente, nel vedere il portale che conduce a Gomorra... poi mi sento in colpa per questo.

La mia amica andrà in riabilitazione, non in vacanza.

Quando usciamo dal portale sul lato di Gomorra, comunque, la vista del cielo mi strappa alla depressione e all'autoflagellazione.

Come durante l'ultima visita, il tempo qui non è come quello di casa. Abbiamo raggiunto il JFK attorno all'ora di cena, ma qui è già sera tardi. Il lato positivo è che il cielo notturno è spettacolare come me lo ricordo, con una maestosa nebulosa, che sembra fatta di fuoco e zolfo, al posto della luna.

Inoltre, come durante l'ultima visita, le dimensioni della città mi tolgono il fiato. È come l'ideale platonico di una megapolis, che ogni grande città cerca inutilmente di raggiungere.

Scendiamo di nuovo con i rapidi ascensori e, nonostante l'abbia già visto, rimango a bocca aperta di fronte all'atrio dell'edificio, simile ad un museo.

L'abitudine di rimanere a bocca aperta continua, mentre camminiamo per la strada. L'ultima volta l'abbiamo semplicemente attraversata, per arrivare all'Earth Club di Nero, quindi questa passeggiata più lunga dovrebbe essere una delizia.

"È come se tutti i film di fantascienza e fantasy si fossero fusi in uno solo" sussurro, fissando gli abiti esotici e futuristici di vari tipi di Conoscenti per strada.

Passiamo vicino ad un orco verde con un lucido outfit molto aderente, poi accanto ad un essere di genere indeterminato dalla pelle blu, che ha sia una bella scollatura, sia un rigonfiamento nei pantaloni di pelle rosa. Quando adocchio la nana con la barba alta poco più di un metro, socchiude gli occhi piccoli e luccicanti e mi mostra il dito medio.

Sentendomi come una sciocca turista, rivolgo l'attenzione ai dintorni inanimati.

Le insolite facciate dei negozi tutt'intorno a noi proiettano pubblicità olografiche di top model in grandezza naturale sul lastricato, mostrandomi di sfuggita la cultura locale. Chiaramente, l'irrealistica aspettativa dell'industria della moda di Gomorra dichiara che un orco femmina deve avere le dimensioni di un linebacker, ma le modelle elfo farebbero sentire obese anche le loro omologhe umane più anoressiche.

Giriamo l'angolo e fisso una struttura in vetro, che immagino sia un parcheggio.

Wow. L'auto più monotona qui (per non dire sulla strada) farebbe sembrare la defunta Tesla di fascia alta di Vlad come uno di quei macinini vintage che guidano a Cuba.

Prima di entrare nel parcheggio, si alza il vento, e da un piccolo, lucido veicolo che sembra un disco volante atterrato, mi arriva il profumo più delizioso che abbia mai sentito. Dev'essere la versione di questo luogo di un furgone-chiosco.

"Vi prendo qualcosa da mangiare" dice Vlad, notando il mio sguardo.

"Grazie" dice Felix.

Vlad raggiunge quel congegno e fa una cosa che non riesco a capire.

Poi ritorna con tre sacchetti, fatti di un materiale simile alla carta.

"Mangiate in auto" dice, quando Felix gli ruba di mano un sacchetto. "Andiamo."

Entriamo nella struttura di vetro, e Vlad raggiunge alla svelta una delle auto parcheggiate, apparentemente a caso. Non sento cosa dice alla macchina, ma le deve piacere, poiché essa apre automaticamente le portiere rotonde.

Saliamo tutti sul sedile posteriore, perciò l'aggeggio dev'essere a guida autonoma. Vlad ordina chiaro e tondo "Centro Tranquility", e l'auto chiude le portiere, prima di uscire dal parcheggio.

Le strade in cui passiamo brulicano di ulteriori tipi di Conoscenti con indosso misteriosi outfit, e diventa più forte la mia percezione di prima di trovarmi in un film fantasy futuristico.

E questo succede di notte. Come New York City, questa città evidentemente non dorme mai. Nemmeno Times Square è così affollata a quest'ora di notte. Le persone, qui, devono strisciare le une sulle altre durante il giorno.

"Assaggia il cibo" dice Felix, aprendo la sua porzione.

Vlad porge a me e ad Ariel i sacchetti rimasti, e assaggio il mio, mentre Ariel si mette meccanicamente il cibo in bocca.

*Mmm.* Anche se il cibo assomiglia visibilmente a

qualcosa come uno knish o i pierogi, il gusto appetitoso e concentrato mi ricorda i miei piatti umami giapponesi preferiti... arrotolati in uno.

In effetti, il cibo è così buono, che mi dimentico temporaneamente di ciò che ci circonda... ma solo temporaneamente, perché presto entriamo in una zona così magnifica, che rimango di nuovo a bocca aperta.

La cosa più vicina sulla Terra potrebbero essere i Gardens by the Bay di Singapore, solo che questi sono molto più grandi e con tanti grattacieli ricoperti di piante che scompaiono nel cielo notturno.

Mi appunto mentalmente di tornare qui di giorno; dev'essere ancora più maestoso.

Scivoliamo in un parcheggio vicino all'edificio più verde e scendiamo dall'auto.

Mentre Vlad ci guida all'interno, sono così distratta da tutto, che Felix deve tirarmi per mano.

"Ti volerà qualcosa in bocca" mi dice.

Chiudo la bocca spalancata, ma la mia mandibola cede di nuovo dopo poco tempo.

Se qui siamo a Tranquility, forse dovrei sviluppare una dipendenza anch'io.

Se una spa avesse un figlio con un resort di lusso e crescesse fino a raggiungere le dimensioni di un parco a tema, il risultato potrebbe assomigliare a questo centro di riabilitazione.

Nonostante l'ora tarda, il luogo brulica di gente. Non riesco a distinguere i pazienti dallo staff; ci sono tanti tipi di Conoscenti mescolati insieme, che creano un effetto Comic Con.

"Aspettate qui" dice Vlad, e porta via Ariel.

"Avremmo dovuto salutarla" dico a Felix, mentre il senso di colpa solleva la sua brutta testa.

"È tutto okay. Non è in sé" risponde, guardandosi intorno distrattamente.

"Vero. Comunque, come facciamo a pagare il soggiorno di Ariel qui? Questo posto sembra costoso."

"Qui a Gomorra c'è un sistema sanitario universale" spiega Felix, sempre cercando qualcosa in giro. "Tutto ciò che è legato alla salute è gratuito, perfino per i Conoscenti in visita come noi."

"Figo" commento. "Hanno anche dei guaritori qui, come Isis? Pensavo che, rimanendo, si perdessero i poteri."

"Penso che ne attirino alcuni in visita" dice, con la testa che ruota da un lato all'altro. "I Conoscenti con poteri pratici, soprattutto i guaritori, sono molto ricercati qui, perché possono aiutare con i casi difficili che non possono ancora essere curati nemmeno dalla tecnologia più avanzata."

"Stai cercando qualcuno?" chiedo, quando non ne posso più del suo disturbo da deficit di attenzione/iperattività.

Si volta verso di me con aria di scuse e sospira. "Ho una vecchia amica che lavora qui. Speravo d'incontrarla, per chiederle di tenere d'occhio Ariel."

"Non c'è una segretaria da qualche parte, o un altro modo in cui localizzare la tua amica?"

"Dovrei lasciarti sola."

"Posso farcela."

"Se sei sicura..."

"Sono sicurissima."

"Allora torno subito." Si allontana di corsa nella stessa direzione di Vlad ed Ariel.

Ricomincio a guardare con l'aria inebetita, proseguendo per un paio di minuti, finché una donna mi si avvicina con un largo sorriso in faccia.

La conosco, mi rendo conto sgomenta.

È il Consigliere Kit... la meschina mutaforma, che si era trasformata in Nero alla mia Grande Festa, cercando di sedurmi.

"Sasha" dice con la sua tipica voce da personaggio dei cartoni animati. "Che cosa eccitante. Non mi ero accorta che fossi qui anche tu." Batte le piccole mani, oppure se le sfrega come una supercattiva; non sono sicura quale delle due. "Qual è il *tuo* veleno?"

"Sto solo accompagnando uno dei miei amici" dico, quando ritrovo la lingua. "E tu?"

La mia ipotesi è dipendenza da hotdog fatti di cuccioli di bassotto tedesco, ma non lo dico ad alta voce.

"Che tu ci creda o no, sono dipendente dal sesso" dichiara Kit con aria sobria... un'espressione che sembra estranea al suo piccolo viso animato.

"Non l'avrei mai immaginato" mento. "Tu, dipendente dal sesso? Ma va'."

A parte il suo tentativo di sedurmi, l'ho anche sorpresa a provare lo stesso trucco con Darian... e quella volta, si era trasformata in me per ottenere ciò che voleva. Quindi, non solo riesco a credere facilmente che sia dipendente dal sesso, ma credo anche che soffra di qualche seria perversione... però ehi, vivi e lascia vivere.

"Eppure, eccomi qua" dice, e mi complimento di nuovo con me stessa per le mie abilità di bugiarda. "Prendo una stanza in questo posto, quando le mie condizioni vanno un po' fuori controllo."

Wow, okay. Se i due episodi in cui l'ho vista erano la norma per lei, non mi piacerebbe proprio vederla 'fuori controllo'.

"Allora, chi stai accompagnando dei tuoi amici?" chiede Kit. "È Felix?" Assume le sue sembianze. "O quella fascinosa..."

"Sasha" dice Vlad alle mie spalle, facendomi sobbalzare. "Dov'è Felix?"

"Ha un'amica che lavora qui" rispondo, girandomi verso Vlad.

Che cavolo?

Vlad sta guardando Kit, come se fosse pronto a staccarle la testa... cosa anche troppo facile da immaginarmi, adesso.

Lancio un'occhiata indietro e vedo il perché. Kit ha assunto le sembianze di Rose, ma tra i venti e i trent'anni... o almeno come ho sempre immaginato Rose a quell'età.

"Consigliere" dice Kit con la propria voce.

"Kit." Vlad rilassa i pugni. "Incorreggibile come sempre."

"Ciao" dice Felix, guardando confuso Kit nei panni

della giovane Rose, mentre si avvicina. "Ci siamo già conosciuti?"

"Ci siamo incontrati alla Grande Festa." Kit si ritrasforma in se stessa e si lecca le labbra con lascivia. "Sei Felix, giusto?" Osserva le magliette identiche di *Matrix* di Felix e Vlad. "State giocando a fare i gemelli? Perché è un gioco che io..."

"Mi dispiace, Consigliere" dice Vlad, trasformando la parte sopra nella terza copia dell'abbigliamento preferito di Felix. "Andiamo di fretta."

Senza lasciarci dire un'altra parola a Kit, Vlad ci spinge fuori dall'edificio, non rallentando il passo svelto, finché non saliamo in un'altra auto futuristica.

"C'è tempo per esplorare Gomorra?" chiedo, appena partiamo. "Questo posto è incredibile."

Felix si schiarisce la gola. "Ti sei dimenticata di quel progetto al computer, che ho promesso di fare per te a casa? Pensavo che ti servisse in gran fretta."

Ha ragione.

Nero potrebbe scoprire il dispositivo in tasca, e non solo non avremo la possibilità di hackerarlo, ma ci potrebbero essere delle conseguenze per Felix.

"Non importa" dico subito. "Sei riuscito a parlare con la tua amica?"

"Sì" risponde Felix con aria sollevata. "Ha promesso di badare ad Ariel. Lei è una camminatrice dei sogni, perciò dovrebbe essere di grande aiuto."

Vlad ne resta colpito, quindi chiedo: "Che cos'è una camminatrice dei sogni, e come mantiene il suo potere, se lavora in questo posto?"

"I camminatori dei sogni sanno entrare nei sogni delle altre persone, e perfino controllare quello che succede... un po' come in *Inception*, ma più figo" spiega Felix. "È un potere raro e molto pratico, e penso che lo mantenga con frequenti viaggi fuori dal mondo."

Annuisco, pensierosa. "Sai, potrebbe davvero aiutare Ariel con quegli incubi, che non ammette mai di avere."

Sia io, sia Felix abbiamo sentito Ariel urlare nel sonno, ma lei il giorno dopo dichiara sempre di non ricordare nulla... e forse è così, ma ne dubito.

"Non solo incubi" dice Felix. "La mia amica dispone di una serie di terapie, sviluppate da lei. È molto ricercata. Per fortuna, ci conosciamo da tempo."

"Sembra un'ottima idea" dico. "C'è solo una cosa che mi preoccupa, adesso... i vampiri nel centro di riabilitazione."

"Me ne sono occupato" risponde Vlad, e sia io sia Felix lo guardiamo, in attesa di una spiegazione.

Non ce la dà.

"Speriamo solo che Ariel stia lontana da Kit" commento dopo un silenzio imbarazzante.

Nessuno replica, perciò ricomincio a guardare, sbalordita, lungo tutta la strada fino all'edificio con il portale.

Durante il ritorno dal JFK, Vlad e Felix parlano di nuovo in russo, e schiaccio un pisolino.

Una volta arrivati a casa, Rose afferra Vlad, e tornano di corsa nel suo appartamento con tutto l'entusiasmo di giovani amanti dopo un anno di separazione.

"Ve ne siete andati, senza parlare con me. Rose mi ha parzialmente raccontato cos'è successo" dice scontrosamente Fluffster, quando entriamo nel salotto ora immacolato... una probabile cortesia di Rose. "Avreste dovuto svegliarmi."

"Mettiti al computer e hackera Nero" dico a Felix. "Ti aggiorno subito" aggiungo a Fluffster,

e il cincillà sembra rabbonito. Mi lancio allora nel racconto, mentre Felix se ne va e ritorna con il portatile, abbandonandosi sul divano e cominciando a pestare sui tasti.

"Allora la password *è* il tuo nome" esclama, proprio mentre finisco la storia.

Io e Fluffster lo guardiamo. I suoi occhi si spalancano sempre più, mentre fissa qualcosa sullo schermo, e il monosopracciglio fa l'altalena su e giù come un bruco ubriaco.

"Che c'è?" chiedo, sedendomi vicino a lui. "Cos'hai scoperto?"

"È una di quelle cose che devi vedere, per credere" dice, e mi passa con riverenza il portatile.

Fisso lo schermo.

C'è un mucchio di documenti, che sembrano scannerizzati da una versione cartacea. Deve trattarsi di nuovo dell'ossessione di Nero per l'ufficio senza carte.

Quando zoomo realmente sul primissimo di questi

documenti, comunque, rimango a bocca aperta per l'incredulità.

Che *cos'è*, questo?

Il computer di carne che è il mio cervello sta per andare in crash.

# CAPITOLO QUARANTADUE

QUESTA È la mia pagella di prima elementare.

I miei voti erano perfetti, tranne una solitaria S in 'partecipazione e condotta'. S significa 'Soddisfacente', oppure 'la mia insegnante di prima elementare è stata davvero 'Stronza' ad abbassarmi il voto per qualche burla innocua'.

Come fa Nero ad avercela e perché?

Nemmeno mia mamma, un'accaparratrice di cianfrusaglie sentimentali, possiede le mie pagelle risalenti a prima delle medie.

Perplessa, chiudo la pagella e scelgo un altro file a caso.

Ecco qualcosa che mia mamma *ha*. È una foto di quando ho conseguito il diploma alle medie, dove fingevo di essere l'innocente angelo che non ero.

Di nuovo... perché Nero ce l'ha? Questa foto potrebbe essere disponibile al grande pubblico negli archivi della scuola, o qualcosa di simile, perciò il fatto che Nero ce l'abbia non è così strano come la pagella, ma è comunque piuttosto bizzarro.

Dopo c'è un tema, che scrissi per la lezione d'inglese del secondo anno delle superiori. Dovevo scegliere una persona che ammiravo, e feci fatica a scegliere tra Houdini e Criss Angel. Optai per Houdini, perché era il più famoso dei due, e perché non volevo riportare nel tema cose come 'perdo la bava quando lo vedo in TV'.

Dove ha preso Nero una copia di questo e per quale motivo? So che i fondi d'investimento eseguono dei controlli sul passato dei potenziali dipendenti, ma qui c'è un livello di accuratezza che sconfina nel brivido e se lo lascia parecchio alle spalle.

Poi guardo l'oggetto successivo sullo schermo, e mi rendo conto che il brivido è appena cominciato.

Questa è una lettera della Columbia University, indirizzata all'attico di Nero nell'Upper East Side.

La lettera ringrazia Nero Gorin per la generosa donazione, si riassicura che lui non voglia che l'edificio porti il suo nome, e lo informa che Sasha Urban è stata ammessa come da sua richiesta.

Che c...?

Sollevo gli occhi e incrocio lo sguardo di Felix.

Sembra scosso quanto me.

Nero mi ha fatto entrare alla Columbia?

Perché?

Come faceva a conoscermi a quei tempi?

E... non ci sono entrata per meriti personali? I miei voti erano ottimi. Ero così felice, quando mi hanno ammessa. Mi sono illusa per tutto questo tempo sulle mie capacità?

Batto le palpebre qualche volta, cercando di capire perché Nero farebbe una cosa simile, ma riesco solo a pensare che, ovviamente, questo è molto più di un controllo sul mio passato.

Assomiglia più al preparare qualcuno in anticipo per un ruolo specifico.

Ma è una follia.

Sì, Nero è un maniaco del controllo, ma supervisionare di persona l'istruzione di una futura serva, non l'ho mai sentito... soprattutto senza alcuna condizione.

Terrorizzata di cosa potrei scoprire in seguito, riduco a icona la lettera della donazione e apro un'altra foto.

Questa sembra non c'entrare nulla con le altre.

È la foto di un uomo che bacia una ragazza. Una ragazza molto giovane, all'inizio dell'adolescenza.

Nero pensa che quella ragazza sia io?

Perché non è così.

A parte Criss Angel, non avevo mai nemmeno pensato di baciare un uomo più grande a quell'età, figuriamoci mettere in pratica la fantasia.

Poi riconosco l'uomo.

È il poliziotto che mi beccò durante una festa, a cui ero andata da matricola alla Columbia.

Mi scoprì con in mano l'unico spinello che avessi mai fumato nella mia carriera al college, e mi portò alla stazione di polizia, terrorizzandomi con promesse di un arresto sulla mia fedina penale altrimenti immacolata.

Aspetta un attimo.

Quell'episodio non mi è mai sembrato completamente sensato, perché, dopo che il poliziotto si diede la briga di portarmi alla stazione di polizia, lasciandomi lì per ore, mi lasciò andare misteriosamente con un avvertimento.

Non cercò di flirtare con me o altro, si limitò a mugugnare qualcosa sul non sprecare i soldi del governo con delle sciocchezze come me... e perciò mi domandai perché si fosse disturbato a trascinarmi lì all'inizio.

La mia fortunata fuga è stata grazie a questa foto?

Nero è intervenuto con qualche tipo di ricatto?

Ha sborsato parecchi soldi per farmi entrare alla Columbia... un fatto che sto ancora cercando di capire... quindi ce lo vedo, a prendersi poi cura di quell'investimento iniziale.

Ma come?

Avrebbe dovuto procurarsi la foto prima dei miei problemi... oppure ottenerla molto rapidamente.

Avrebbe anche dovuto sapere, innanzitutto, che mi ero messa nei guai, e significa che ai tempi mi osservava... un'idea che collima con tutte queste nuove rivelazioni, ma estremamente preoccupante.

È possibile che Nero conservi del materiale di ricatto su tutti i poliziotti della città? O semplicemente conosce un oscuro individuo che lo fa?

A proposito, conserva anche del materiale di ricatto

sui reparti risorse umane di tutti gli Stati Uniti? È così che mi ha impedito di ottenere un nuovo lavoro?

Ma perché non usare la malia sul poliziotto? Nero non aveva a disposizione un vampiro quella notte, o altro? Anche la malia avrebbe funzionato, a meno che il poliziotto non fosse uno dei Conoscenti.

Beh, in ogni caso spero proprio che, oltre ad averlo ricattato per lasciarmi andare, Nero abbia detto al tizio di tenere le sue avide mani lontane da chiunque sotto i diciott'anni, in futuro.

Riduco a icona la foto del poliziotto e faccio passare alcuni altri documenti.

Questo è il mio contratto di affitto... bene. È effettivamente il proprietario del palazzo in cui viviamo.

C'è una scansione dei miei documenti della motorizzazione... ancora più raccapricciante.

Poi vedo un altro file che contiene un grande testo, e comincio a scorrerlo.

Questa è la mia conversazione privata con Ariel, che qualcuno ha trascritto in formato testo.

Oh già. Me n'ero quasi dimenticata. Nero mi spiava attraverso il telefono aziendale... e questo dev'essere uno dei milioni di file derivanti.

Dato che adesso ho meno documenti sullo schermo, riesco a individuare la cartella sottostante.

Si chiama 'Sasha', ma scritto in cirillico come la password.

Clicco su un file a caso nella cartella.

È una copia degli appunti della terapeuta di

mamma. In quel giorno specifico, mamma aveva parlato delle sue emozioni a proposito di altri appuntamenti poco dopo il recente divorzio.

Ho una stretta al petto. Spiava i miei *genitori*?

Per quanto sia tentata di leggere gli appunti, chiudo il file. Mamma merita privacy... un concetto chiaramente estraneo a Nero.

Perché dovrebbe volere questo?

Che cos'ha che non va?

Sconvolta, esamino la cartella alla ricerca di qualcosa di addirittura peggiore.

C'è un file video.

Lo riproduco.

Sono io che faccio levitare un dollaro davanti al naso di Darian, la sera in cui ci siamo conosciuti nel ristorante dove lavoravo.

A quanto pare, Nero spiava anche il mio lavoro nel campo della magia.

Il video seguente è confuso, all'inizio; poi la telecamera zooma in avanti, e mi vedo baciare Nero in una fitta nebbia.

Il mio viso avvampa.

Questa è la registrazione di me che baciavo Kit quella sera, alla Grande Festa... e ciò significa che Nero sa che l'ho baciato.

Beh, non *lui*, ma una sessuomane che, guarda caso, in quel momento aveva il suo aspetto.

Visto tutto il resto, non dovrei sentirmi indignata proprio da questo. *Eravamo* al suo fondo durante la registrazione. Eppure, mi sento comunque più profanata da questo video, che dalla maggior parte delle altre prove del suo spionaggio.

Come poteva sapere di quel bacio, ma comportarsi come se niente fosse?

D'altro canto, forse si *è* comportato come se lo sapesse. Forse assolda sempre degli orchi per aggredire le donne che, secondo lui, vogliono baciarlo.

Fumando d'irritazione, guardo di nuovo Felix.

Lui ha visto questo?

Mi fissa con espressione fastidiosamente vuota.

"Di' qualcosa" ordino. "Dimmi che ha senso, per te."

"A quanto pare, ti osserva da quand'eri piccola" dice Felix, lanciando un'occhiata a Fluffster, come in cerca d'aiuto. Non ne riceve, quindi continua. "E poi... parla russo."

"Sì." Poso il portatile e mi massaggio le tempie.

"E ti ha aiutato" dice Felix, come se ciò dovesse significare qualcosa per me. Non è così. "Ha vigilato su di te" continua. "Ti ha protetto."

"La tua comprensione delle cose ovvie è sbalorditiva" replico. "Dimmi qualcosa che non so."

"Sappiamo che almeno uno dei tuoi genitori è russo." Il suo tono è estremamente paziente, anche se il lato destro del monosopracciglio si solleva più in alto che mai.

"No." Smetto di massaggiarmi le tempie e fisso Felix con la bocca così spalancata, che la mascella mi fa veramente male. "Non puoi intendere quello che penso io."

"È possibile" dice Felix, e guarda Fluffster per avere supporto... sempre senza fortuna.

"No" dico. "*Non* è possibile."

"Di cosa state parlando voi due?" chiede mentalmente Fluffster. "Non vi sto assolutamente seguendo."

"Nero potrebbe essere il padre di Sasha?" annuncia Felix.

"Mio padre?" Balzo in piedi senza sapere perché. *"Nero?"*

Le gambe mi conducono alla porta, mentre il cuore mi batte in maniera irregolare nel petto.

Una serie di piedi umani e di cincillà mi segue di corsa, ma li ignoro.

"Dove vai?" chiede preoccupato Felix.

"Nel suo ufficio." Ficco i piedi negli stivali.

"Nero sta uscendo dall'ufficio" dice Felix. "Ho controllato le telecamere, prima di distruggere la FELLATIO nella sua tasca."

"Allora vado nel suo attico" replico a denti stretti e, prima che qualcuno possa rispondere, varco la porta.

Corro giù per le scale, come inseguita da un altro zombie, attraverso di corsa le macerie dell'atrio, e salto sul primo taxi che trovo.

Mentre guidiamo verso l'Upper East Side, devo ricorrere a tutta la mia esperienza con la meditazione per calmarmi abbastanza, da formulare pensieri semi-coerenti.

Felix può avere ragione?

Nero potrebbe essere in qualche modo mio padre?

Una grande parte di me grida un rifiuto.

Non lo saprei? Non lo sentirei, se lo fosse?

Non avrei percepito qualcosa al nostro primo incontro?

Beh, se devo essere sincera, al primo incontro con Nero ho provato qualcosa... ma la lussuria è l'opposto di ciò che una figlia dovrebbe provare per suo padre.

O no?

Sento la testa sul punto di esplodere, e la cullo tra le mani.

Se salta fuori che è vero, significa che dovrò accecarmi come Edipo nel mito greco? Oppure...

Il tassista si schiarisce la gola, e noto che siamo già vicino all'elegante palazzo di Nero.

"Ho un appuntamento" mento all'addetto alla sicurezza, ed entro di fretta. "Mi chiamo Sasha, e sono qui per parlare con Nero Gorin."

L'uomo sovrappeso dà un'occhiata a un giornale cartaceo sulla scrivania e dice: "Sasha Urban?"

Lo guardo, incredula. "Sì."

"Lei è sulla lista VIP" dice. "Posso vedere un documento d'identità?"

Confusa, mostro all'uomo la patente, e lui mi spiega quale ascensore mi porterà all'attico.

Ho il battito cardiaco alle stelle e la mente vuota durante tutto il tragitto fino alla porta d'entrata di Nero.

Chiamando a raccolta le mie turbolente emozioni, busso energicamente alla porta, così forte da irritarmi le mani.

Nessuna risposta.

Schiaccio il campanello con il dito.

Nulla.

Non è ancora arrivato a casa?

O mi sta guardando attraverso qualche telecamera nascosta, rifiutandosi di vedermi?

"Non me ne vado senza una spiegazione" grido per l'ipotetica telecamera, ed estraggo gli attrezzi da scasso dalla lingua.

Per far cedere l'elaborata serratura di Nero, ci vuole qualche secondo in più, ma la vinco.

"A quanto pare, l'infrazione e l'irruzione possono finire nel tuo ingegnoso dossier su di me" dico agli ipotetici dispositivi di spionaggio di Nero. "Pronto o no, sto arrivando."

# CAPITOLO QUARANTATRÉ

NESSUNO MI ACCOGLIE ALL'INTERNO, perciò adocchio l'ambiente.

Nel grande atrio di Nero c'è una sorta di opulenza spartana. Nonostante l'arte moderna alle pareti, i soffitti alti più di cinque metri donano al posto l'atmosfera di una cattedrale.

Comincio a camminare senza meta.

Ogni mobile a cui passo davanti sembra valere più di dieci anni del mio stipendio, ed è stato selezionato dai migliori arredatori d'interni.

Seguendo un'intuizione, prendo un corridoio a sinistra e mi ritrovo in uno studio d'arte.

"Allora dipingi davvero" sussurro ai microfoni nascosti, fissando i vari paesaggi mozzafiato dipinti a olio su tela.

Poi lo vedo.

*Me.*

O piuttosto, un disegno di me stessa... solo che nella

vita reale non sono così raggiante.

Sono in piedi su una spiaggia bianca, con indosso uno striminzito costume da bagno che ho mandato in pensione subito dopo il college.

"Qua è stato durante un viaggio a Grand Cayman" dico. "Un viaggio che ho fatto *prima* di conoscerci."

Nessuna risposta dagli altoparlanti o dai microfoni segreti.

Esamino il dipinto.

I particolari in cui è sceso l'artista con il mio fisico non sarebbero appropriati, se egli fosse mio padre. Nell'immagine ho almeno una coppa in più, e il mio rapporto vita-fianchi si avvicina molto di più all'ideale rispetto alle mie vere proporzioni.

Questa sono io, vista da un uomo in carne e ossa con gli occhiali della lussuria, non un padre.

Scuotendo la testa nella speranza di schiarirmi le idee, lascio che l'intuito mi porti ancora più all'interno nell'attico, finché non raggiungo un ufficio piuttosto piccolo con dentro una robusta cassaforte.

Anche senza i poteri da veggente, è chiaro che contenga qualcosa d'importante, perciò la studio da vicino.

Non c'è una serratura da scassinare, e purtroppo non ho mai approfondito la manomissione di una cassaforte come parte dei numeri da illusionista.

Né ho letto qualcosa sulle casseforti altamente tecnologiche come queste.

Tocco lo schermo LCD sulla sua porta.

S'illumina e compare uno strano alfabeto.

Quando scorgo una 'R' e una 'N' al contrario, capisco di trovarmi di nuovo di fronte al cirillico.

Interessante.

La password generale di Nero era il mio nome in russo. E se la usasse anche qui?

Scervellandomi per ricordare lo spelling, trovo una lettera che sembra una 'c', poi una 'a', poi una strana lettera che sembra una 'w' appiattita, e finalmente un'altra 'a'.

La cassaforte non si apre, ma sullo schermo c'è il tasto per il carattere spazio, perciò la password potrebbe ancora essere il mio nome intero.

Digito lo spazio e mi concentro sulla seconda parola. Una lettera che assomiglia ad una 'Y', seguita da 'p', poi una che sembra un '6', poi la 'a', e finalmente quella che sembra una 'H' maiuscola scritta piccola.

La cassaforte emette uno scampanellio.

Trattenendo il fiato, tiro la maniglia.

La porta si apre.

Dentro ci sono diverse cartelle, ma le mie mani si lanciano su quella con la scritta 'Саша Урбан', che è il mio nome in russo.

Con le mani un po' tremanti, apro la cartella.

Dentro c'è un intricato foglio ingiallito, tutto in russo.

Guardo il foglio successivo.

Un altro vecchio documento in russo.

Giro pagina e trovo ancora un altro antico documento in russo.

Che cavolo?

Che cosa c'entrano questi con me?

Prendo il telefono per fotografare i tre fogli, li invio per e-mail a Felix, e compongo il suo numero.

"Sasha, dove sei?" chiede, nel rispondere alla chiamata. "Io e Fluffster stiamo..."

"Controlla la tua e-mail" dico con urgenza.

Qualcosa nella mia voce dev'essere eloquente, poiché lo sento trafficare con qualcosa, e poi esalare un respiro sgomento.

"Felix?"

"Non credo ai miei occhi." Sembra sia meravigliato, sia spaventato... una combinazione che mi preoccupa. "Questo è incredibile." Si schiarisce la gola. "Non so nemmeno cosa dire."

"Ti conviene trovare le parole e in fretta." Stringo più forte il telefono.

"Uno è il certificato di nascita russo di una ragazza di nome Alexandra Rasputina" spiega in fretta. "La 'a' alla fine del cognome è la versione femminile del cognome Rasputin. E Alexandra, ovviamente, è la versione formale di Sasha. La data di nascita è martedì 31 ottobre 1916. Viene nominato solo il padre... Grigori Rasputin."

"Pensi che sia mia nonna?" chiedo con voce tremula. "O mia mamma? Mi hanno dato il suo nome?"

"No." Felix sembra decisamente mogio. "Non capisci. Lascia che ti dica degli altri documenti."

"Sì, smettila di temporeggiare."

"Okay, ma questo non ha senso, a meno che non sia una burla" spiega. "È scritto in un russo obsoleto, quindi potrei capire male, ma sembra essere una serie di profezie fatte da Rasputin."

"Eh?" dico, non sapendo cosa c'entri con me, ma affidandomi a Felix per capirlo.

"Già" risponde. "Anche questo è datato 1916, e copre i cent'anni successivi."

"Che cosa?" Osservo il telefono, chiedendomi se sia il caso di videochiamare Felix, per vedere se è pazzo come sembra dalla voce.

"Lo so. Questo ha predetto tutto." Parla più in fretta. "La rivoluzione russa un anno dopo. La seconda guerra mondiale e i nazisti. La data e l'ora esatta di Pearl Harbor. Lo Sputnik e il primo uomo nello spazio... nonché sulla luna." Inspira rumorosamente. "Va avanti così nel corso della storia... ogni guerra, l'ascesa e la caduta di grandi società specificando date e prezzi delle azioni, la bolla delle Dot-com e quella immobiliare, gli attentati dell'undici settembre e..."

"Questo documento dev'essere una burla" replico, con una sensazione di freddo sempre più intenso alle budella. "Una cosa che qualcuno ha costruito di recente. Conosco diversi sistemi per invecchiare un..."

"Può darsi" dice Felix. "Ma secondo le leggende, Rasputin era davvero un potente veggente, perciò in teoria potrebbe aver avuto una visione, che coprisse questo lasso di tempo... Anche se, in base alle tue esperienze, dev'essere stato fuori servizio come veggente per un lungo, lungo periodo in seguito, se non per sempre."

"Va bene" dico, lottando contro le vertigini mentre

m'immagino di vivere cent'anni in una visione, come avrebbe dovuto succedere a Rasputin. "Che cosa c'entra questo con me? Sono l'apice di qualche sua profezia?"

"Ed è qui che entra in gioco il terzo documento" dice Felix. "Questo è ancora più difficile da decifrare perché, oltre ad essere scritto in russo obsoleto, è anche una specie di legalese."

"Che cosa dice?"

"Cercherò di tradurlo il meglio possibile" risponde. "È addirittura più difficile da credere, del precedente."

"Ti uccido, se non la smetti immediatamente di perdere tempo" dico a denti stretti. "Sul serio."

"Bene" commenta Felix. "Ecco qua."

# CAPITOLO QUARANTAQUATTRO

M'INCOLLO dolorosamente il telefono contro l'orecchio, pur di non perdermi nemmeno una parola.

"Ciò che segue è un contratto tra Grigori Rasputin e un uomo, di seguito denominato Nero Gorin" inizia Felix.

"Che cosa?" Fisso i tre fogli gialli, non sapendo quale stia traducendo adesso. La mia mente si aggrappa ad una notizia ghiotta casuale. "Nero aveva un altro nome, prima?"

"Hai sentito Rose e Vlad. Anche *loro* lo considerano vecchio. Deve aver avuto una valanga d'identità nella sua vita" dice Felix. "Adesso lasciami continuare."

"Scusa" dico. "Vai avanti."

"La prima parte è la clausola di segretezza" spiega. "Il gergo giuridico qui è fitto, ma penso che dica che le parti firmatarie del documento non sono autorizzate a divulgare i dettagli dello stesso, a nessuno, per nessuna ragione. C'è anche una lista di argomenti che accettano di non rivelare..."

"Ci torneremo dopo" affermo. "Passa alla prossima parte... ed è meglio che sia il fulcro del documento."

"Le due parti si scambiano dei servizi" dice Felix con un tono che mi aspetterei in un'aula di tribunale. "Grigori Rasputin fornirà a Nero Gorin una profezia di cent'anni, che renderà Nero Gorin il Conoscente più ricco ad aver mai calcato il suolo del pianeta delle Altre Terre chiamato Terra." Felix prende fiato. "In cambio, Nero Gorin si prenderà cura della figlia di Grigori Rasputin, Alexandra... di seguito denominata Sasha... Rasputina, quando apparirà sul pianeta delle Altre Terre chiamato Terra all'inizio del nuovo millennio, secondo il conteggio del tempo locale."

La stanza gira intorno a me.

Sebbene Felix abbia tradotto le parole in inglese, il loro significato non vuole imprimersi nel mio cervello.

"C'è dell'altro" aggiunge piano Felix. "Nero Gorin si assicurerà che Sasha Rasputina sia adottata dalla famiglia umana di nome Urban e che sia trattata bene. Dovrà anche supervisionare la sua istruzione ed agevolare il suo passaggio nella società terrestre..."

"No." Scuoto la testa. "Non può essere vero. Come posso essere nata più di un secolo fa? Quando i miei genitori mi hanno trovato, ero appena una bambina."

"Rasputin potrebbe averti portato in una delle Altre Terre, dove il tempo scorre molto lentamente" dice Felix. "Poi può aver aspettato, per portarti sulla Terra dopo che qui erano trascorsi dei decenni. Qualunque pericolo avesse evitato, si era ormai sgonfiato, oppure ha avuto una visione che gli diceva quando e dove portarti." Felix sembra fastidiosamente razionale. "In realtà, avrebbe anche senso. I tuoi genitori adottivi ti hanno trovato al JFK, vicino all'hub. Qualunque cosa temesse Rasputin sulla Terra, doveva rimanere qui solo per pochi minuti..."

Smetto di ascoltare.

Come una violenta tempesta, un nuovo paradigma sta riallineando tutto quello che io abbia mai saputo.

Tutti i fatti adesso combaciano.

Il legame con la Russia. L'ultimo proprietario di Fluffster. L'essere stata abbandonata all'aeroporto JFK. Nero che mi tiene d'occhio per tutta la vita.

Quando ho saputo per la prima volta di Rasputin, ho pensato che potesse essere un mio antenato, invece è molto di più.

È mio *padre*.

Potrebbe essere ancora vivo? Tra le differenze temporali delle Altre Terre e la maggiore durata della vita dei Conoscenti, è decisamente possibile.

Ma in tal caso, dov'è? Perché ha rinunciato a me?

"Sasha?" dice Felix. "Ci sei?"

"Sto elaborando" rispondo. "Sembra che Nero abbia tutte le risposte. Se conosceva mio padre, potrebbe aver conosciuto mia madre. Potrebbe dirmi dove..."

"Temo che non sia così semplice" replica. "Se mi avessi lasciato finire la parte della clausola di segretezza, te l'avrei detto. Nero non ti può assolutamente parlare del tuo retaggio."

"*Che cosa?*" Resisto a malapena alla tentazione di scagliare il telefono contro la parete.

"Respira, Sasha" dice Felix in tono rassicurante. "Hai scoperto tante cose, oggi. Pensa solo..."

"Parleremo più tardi" lo interrompo. "Voglio scattare delle foto degli altri documenti."

"Aspetta un secondo... Dove hai preso questi documenti?"

"Dalla fonte. Dove credevi?"

"Sei nell'appartamento di Nero, vero?" sussurra Felix.

"Ed è per questo che devo andarmene" dico. "Il tempo potrebbe essere limitato, eccetera."

"Signor Gorin, signore, io non c'entro niente in tutto questo" dice Felix ad alta voce. "Quando Sasha mi ha chiamato, non ne avevo idea. La prego, non mi uccida..."

Riattacco e guardo il foglio successivo.

Sembra uno strano ibrido tra una mappa e un diagramma di Venn. Dovrò capire di che si tratta e cosa c'entra con me in un secondo momento.

Guardo il documento successivo.

È una copia esatta del mio diploma delle superiori.

Faccio scorrere quelli seguenti, e salta fuori che sono ogni pagella, diploma e certificato che abbia mai avuto. Qualcuno si è preso il disturbo di conservare le prove del proprio impegno a rispettare il patto.

Continuo a far scorrere i fogli.

La collezione di Nero è molto più accurata di quella di mamma.

L'ultimo foglio della cartella è la lettera con l'offerta di lavoro che ho firmato, quando ho cominciato a lavorare per Nero.

Ridacchio senza gioia.

Il mio stupido lavoro è l'apice di eventi che durano da cent'anni.

E Nero ha sfruttato tutto ciò per diventare schifosamente ricco.

Poi mi viene un'illuminazione.

Sta ancora cercando di rimanere ricco.

Quando nel 2016 è scaduto il suo inganno di cent'anni, deve aver deciso di usare *me*, la figlia di un potente veggente, per alimentare il flusso di denaro.

Calzerebbe a pennello.

Chiudo di scatto la cartella e fisso il mio nome scritto in russo.

Avevo parlato questa lingua durante i primi anni di vita? Visto che la maggior parte dei neonati inizia a parlare all'età di un anno, devo aver avuto un ridotto lessico in russo, ora dimenticato. A meno che mia madre non parlasse inglese.

Non so ancora nulla di *lei*.

Poi mi colpisce un senso di déjà vu.

Sono già stata in questo punto preciso e ho ancora fissato questa cartella.

Certo.

Quella brevissima visione, in cui ho visto il mio nome in russo.

Quella volta c'è stato un rumore dietro di me...

Con il cuore in gola, mi giro di colpo... proprio mentre sento di nuovo quello stesso rumore.

Era la porta, che viene sbattuta così forte, da saltare via dai cardini.

Con una maschera di furore in viso, Nero entra a grandi passi nella stanza.

# CAPITOLO QUARANTACINQUE

I NOSTRI OCCHI S'INCROCIANO.

La sua furia si trasforma in confusione.

Dal canto mio, noto che indossa solo un asciugamano, e il sangue mi tradisce colorandomi il viso.

Ecco perché non mi ha aperto la porta.

Era nella doccia.

Ad insaponarsi. Strofinarsi. Sciacquarsi.

Deglutisco.

Rumorosamente.

Non ha un grammo di grasso nel corpo imponente e assolutamente virile. Ogni muscolo sembra scolpito in un massiccio blocco di ghiaccio... e di colpo vorrei leccare un ghiacciolo.

Dal canto suo, Nero sembra altrettanto stupito di vedermi, e i suoi occhi grigio-azzurri scorrono su di me con incredulità e anche qualcos'altro.

Qualcosa d'inquietante e infervorato.

Almeno, finché non gli cade l'occhio sulla cartella che tengo ancora in mano.

Scatta in azione.

Con un movimento sfocato, libera la cartella dalle mie mani, la ficca nella cassaforte, e la blocca.

Arretro, addentrandomi nell'ufficio, mentre la mia bocca diventa secca come il Sahara.

Durante quell'attacco di super-velocità, ha perso l'asciugamano.

*Porca miseria.* Grazie al cielo non siamo imparentati. Ma devo dire che, anche se fosse stato mio cugino di secondo grado...

*No, fermati.* Questa è follia.

Comandando agli arti tremanti di muoversi, adocchio l'uscita.

Lui mi si para davanti, bloccandomi la strada. "Quanto hai scoperto?" Sembra gloriosamente ignaro della mancanza dei vestiti... e io decisamente no.

Deglutisco di nuovo. *Anzi, mando giù con forza.* "Tutto. So chi sono... e so tutto delle tue intromissioni e del tuo spionaggio."

La sua mascella s'irrigidisce. "D'accordo. Ma non cambia nulla." La sua voce diventa bassa e ipnotica, e i suoi occhi scrutano i miei, come per fare una radiografia alla mia anima. "Spero che tu lo capisca."

Mi umetto le labbra secche. "Cambia tutto."

Il suo sguardo è sulla mia bocca e segue avidamente i movimenti della lingua. "Abbiamo stretto un patto." La sua voce è bassa e profonda, mentre viene molto vicino. "Tu lavorerai per me, e resterai la mia Pupilla."

Annuisco, con il respiro bloccato in gola. Non posso discutere con lui adesso, perché sono troppo distratta dalla reazione nella parte prima coperta dall'asciugamano.

Una reazione molto forte e molto *grossa*.

A proposito di colpi bassi.

Riesco in qualche modo a ritrovare un briciolo di ragione. "Meglio che vada. Ci... vediamo al lavoro." Cerco di girargli intorno, ma è impossibile.

Occupa tutto lo spazio, rubando tutta l'aria nella stanza.

"Sì, è meglio" concorda piano, ma non si sposta.

Il cuore mi pulsa nelle tempie, e la mia faccia sembra gonfiarsi, quando il suo sguardo scivola di nuovo sulla mia bocca, come in attesa che mi lecchi le labbra di nuovo.

E soffoco l'impulso di fare proprio questo.

Dico invece: "Hai stretto un patto con mio padre. Dovresti... prenderti cura di me."

Le sue narici si dilatano. Chinando la testa, ringhia: "Lo so."

Il suo volto adesso è direttamente sopra il mio, per raggiungere le sue labbra basterebbe alzarsi sulle punte dei piedi, e vorrei correre e gridare.

O accorciare la distanza.

Forse entrambe le cose contemporaneamente, anche se sarebbe impossibile.

Mi sento come divisa in due, disgustata dai suoi complotti ma attratta da lui... per nessun buon motivo.

Cosa peggiore di tutte, a giudicare da come gli

pulsano le vene del collo, potrebbe essere affetto dalla stessa follia.

China la testa un altro po'.

I miei talloni si staccano dal pavimento.

È come se avessimo delle potentissime calamite fatte di terre rare ficcate in bocca, che ci attirano l'uno verso l'altra.

Un muscolo si flette nella sua mascella, mentre i suoi occhi diventano più scuri e le pupille si dilatano, fino a fondersi con l'anello limbare.

Le nostre labbra quasi si toccano. Sento le ventate calde del suo respiro e il sapore alla menta del dentifricio.

Non posso.

*Non dovrei.*

E poi le mie labbra premono contro le sue, il mio corpo si solleva completamente sulle punte dei piedi, mentre gli cingo il collo con le braccia.

La sua reazione è tanto violenta, quanto istantanea. Le sue forti braccia si chiudono su di me, stringendomi contro il suo corpo duro come l'acciaio. La sua bocca diventa vorace, rendendo il bacio più profondo, portandolo oltre, e rispondo senza fiato, incanalando tutta la confusione, la rabbia e la frustrazione nei movimenti della lingua.

Qualcosa di duro preme contro la mia pancia, e tremo con un bisogno crescente di porre fine alla mia maledetta astinenza. La vertiginosa altalena di sensazioni mi acceca, e il desiderio di strapparmi i vestiti è irresistibile. Tra noi ci sono quelle stupide cose, e voglio far sparire ogni ostacolo.

Un ringhio tuona profondo nella sua gola, mentre le sue mani vagano in tutto il mio corpo con una fame crescente, e un barlume di sanità mentale si risveglia da qualche parte in un angolo della mia mente annebbiata dalla libidine.

Che sto facendo?

*È Nero.*

Con uno smisurato sforzo di volontà, mi spingo via... proprio mentre Nero mi lascia andare.

Barcollo all'indietro, annaspando, e vedo il suo petto sollevarsi ad un ritmo altrettanto rapido.

"Va' via" ringhia. Le sue grandi mani sembrano improvvisamente degli artigli.

Che cavolo?

Dolorosi flashback sugli orchi mi mozzano il respiro in un modo completamente nuovo.

Si sposta di lato, tremando visibilmente per lo sforzo di trattenersi, e mi scuoto di dosso la mia paralisi di lussuria.

Girandomi di scatto, scappo dalla stanza, dall'appartamento, dal palazzo.

———

IL TRAGITTO il taxi verso casa passa in un lampo sfocato, e ricordo a malapena come sono salita fino al mio appartamento. Felix e Fluffster mi stanno aspettando dentro ma, ignorando le loro domande, corro in bagno per gettarmi dell'acqua fredda sul viso in fiamme.

Nero mi ha baciata.

Anzi, io ho baciato *lui*.

Allora è confermato.

Sono matta da legare.

Dopo aver aperto la doccia, impostandola sul freddo, mi spoglio e mi metto sotto il getto, rabbrividendo sotto l'acqua gelida, finché il calore indesiderato dentro di me non è che un lontano ricordo.

Potrei anche avere una barca di domande, ma nessuna è proprio sensata... soprattutto l'enigma che è Nero.

Forse sono solo troppo stanca per analizzare tutto?

Sì, è così. Il bacio sconvolgente non c'entra nulla.

Se riesco a farmi una bella notte di sonno, riuscirò sicuramente a comprendere tutto domattina.

Congelata, barcollo fino in camera mia e chiudo la porta, prima di abbandonarmi sul letto ed avvolgermi nella coperta.

Adesso dormo. Niente sogni, se sono fortunata. E domani, in qualche modo, troverò la forza di affrontare Nero.

Tra il suo contratto con mio padre e il mio stesso patto con lui, siamo legati l'uno all'altra.

Nella buona e nella cattiva sorte.

# ACKNOWLEDGMENTS

Grazie per aver letto questo libro! Spero che la storia di Sasha ti piaccia! Le sue avventure continuano in *Gioco di Fantasia (Serie di Sasha Urban: Libro 4)*.

Vorresti leggere altri miei libri? Puoi dare un'occhiata a:

- Le dimensioni della mente - le avventure urban fantasy ricche di azione di Darren, che può fermare il tempo e leggere la mente

Se vuoi sapere di più sulle mie prossime uscite, iscriviti alla newsletter sul mio sito https://www.dimazales.com/book-series/italiano/.

E ora, voltate pagina per un breve assaggio di *I lettori di pensieri.*

# IN ANTEPRIMA RISERVATA: I LETTORI DI PENSIERI

## Descrizione

Tutti pensano che io sia un genio.

Si sbagliano.

Certo, mi sono laureato ad Harvard a diciotto anni e ora guadagno cifre folli con delle speculazioni finanziarie, ma questo non dipende dal fatto che io sia incredibilmente intelligente o un gran lavoratore.

È perché baro.

Vedete, ho un'abilità unica. Posso uscire dal tempo, entrare nella mia personale versione della realtà, il luogo che io chiamo "la Quiete", dove posso esplorare ciò che mi circonda mentre il resto del mondo rimane immobile.

Pensavo di essere l'unico a poterlo fare, almeno fino a quando non ho incontrato *lei*.

Il mio nome è Darren e questa è la storia di come ho capito di essere un Lettore.

## Capitolo 1

A volte penso di essere pazzo. Sono seduto al tavolo di un casinò ad Atlantic City e attorno a me sono tutti immobili. La chiamo la Quiete, come se darle un nome la rendesse più reale – come se darle un nome cambiasse il fatto che i giocatori al mio tavolo siano congelati come delle statue, e che io stia camminando tra loro guardando quali carte hanno ricevuto nell'ultima mano.

Il problema con la teoria che io sia pazzo è che quando "sblocco" il mondo, come ho appena fatto, le carte che i giocatori rivelano sono le stesse che ho visto durante la Quiete. Se fossi pazzo non dovrebbero essere diverse? A meno che io non sia così andato da immaginarmi anche le carte sul tavolo.

Eppure vinco. Se questa fosse solo immaginazione, se la pila di fiche sul mio lato del tavolo non fosse reale, allora tanto varrebbe che io mettessi in discussione ogni cosa. Forse il mio nome non è nemmeno Darren.

No, non posso vederla in questo modo. Se sono

davvero prigioniero di un'allucinazione non voglio tornare alla realtà, perché, se lo faccio, probabilmente mi risveglierò in un ospedale psichiatrico.

E poi amo la mia vita, per quanto pazza sia.

La mia strizzacervelli pensa che la Quiete sia un modo originale con il quale descrivo il "lavoro interiore del mio genio". Ecco, questa cosa mi sembra davvero folle. Ho anche il sospetto che mi desideri, ma questo è un fattore del tutto irrilevante. Basta considerare come lei sia al di fuori della fascia d'età con cui mi interessa uscire, che attualmente è attorno ai ventiquattro. Ancora giovani, ancora sexy, ma che hanno finito la scuola e superato la fase delle uscite per locali. Odio andare per locali quasi quanto ho odiato studiare. In ogni caso, la spiegazione della mia strizzacervelli non funziona, perché non tiene conto di come io venga a conoscenza di particolari che nemmeno un genio dovrebbe sapere – come l'esatto valore e il seme delle carte che hanno gli altri giocatori.

Mi guardo attorno mentre il dealer comincia un nuovo giro. Oltre a me, ci sono altre tre persone al tavolo: Nonnina, il Cowboy e il Professionista, come li ho soprannominati. Sento quella paura quasi impercettibile che accompagna sempre la transizione. È così che chiamo questo fenomeno: la transizione nella Quiete. Preoccuparmi della mia sanità mentale ha sempre reso la transizione più facile, visto che la paura pare aiutare questo processo.

Effettuo la transizione e ogni cosa diventa silenziosa, da qui il nome per un simile stadio.

Mi risulta inquietante perfino adesso. Fuori dalla Quiete, il casinò è pieno di rumori: persone ubriache che parlano a voce alta, slot machine, i suoni squillanti delle vincite, la musica; l'unico luogo più rumoroso sarebbe una discoteca o un concerto. Eppure, in questo esatto momento, potrei probabilmente udire uno spillo che cadesse a terra. È come se io fossi diventato sordo a tutta la confusione che mi circonda.

Essere attorniato da persone congelate nel tempo rende tutto ancora più strano. Vicino a me c'è una cameriera bloccata a metà di un passo, che regge un vassoio con degli alcolici. Poco lontano, una donna sta per abbassare la leva di una slot machine. Al mio stesso tavolo, il dealer ha la mano alzata e l'ultima carta che stava distribuendo è rimasta sospesa innaturalmente a mezz'aria. Cammino verso di lui costeggiando il tavolo e la afferro. È un re, destinato al Professionista. Una volta che la lascio andare, invece di tornare a fluttuare come prima, la carta cade sul tavolo, ma so bene che quando uscirò dalla Quiete tornerà sospesa nell'aria, nell'esatta posizione in cui si trovava prima che la afferrassi.

Il Professionista ha l'aspetto di chi guadagna giocando a poker, o almeno è come ho sempre immaginato una persona del genere. Trasandato, con gli occhiali da sole, l'aria un po' losca. Sta facendo un ottimo lavoro nel mantenersi impassibile, praticamente non ha mosso un singolo muscolo da quando ha cominciato a giocare. Il suo viso è tanto inespressivo che mi chiedo se abbia usato del Botox per mantenere quella facciata scolpita nella pietra. La sua mano è sul tavolo, impegnata a coprire in modo protettivo le carte che gli sono state date.

Quando sposto le sue dita inerti, mi risultano normali. Beh, in un certo senso almeno, visto che la sua mano è sudata e pelosa, quindi toccarla per muoverla è spiacevole ed è effettivamente una cosa non tanto normale da fare, ma ciò che è normale è il fatto che sia calda, anziché fredda. Quando ero un ragazzino, mi aspettavo che le persone fossero fredde nella Quiete, come statue di pietra.

Ora che la mano del Professionista è stata spostata, prendo le sue carte. Con il re che stava fluttuando a mezz'aria, ha una coppia vestita. Buono a sapersi.

A questo punto raggiungo Nonnina. Sta già tenendo in mano tutte le sue carte e le ha aperte a ventaglio per me, così posso evitare di toccare la sua pelle grinzosa e piena di macchie. Questo è un sollievo, visto che di recente sono stato combattuto sul fatto di toccare le persone, o, più precisamente, le donne, nella Quiete. Se dovessi farlo, penserei razionalmente che toccare la mano di Nonnina sia una cosa innocua, o almeno non perversa, ma è meglio evitare questi contatti dove possibile.

In ogni caso, ha una coppia di basso valore. Mi dispiace per lei, perché ha perso parecchio questa sera. Le sue fiche stanno diminuendo rapidamente per le perdite, dovute almeno in parte al fatto che ha una pessima faccia da poker. Anche prima di guardare le sue carte sapevo che non sarebbero state belle: avevo già notato la sua delusione non appena le era arrivata la sua mano. Ho anche riconosciuto un barlume di trionfo nei suoi occhi qualche partita fa, quando ha vinto con un tris.

L'intero gioco del poker è in larga misura un esercizio per imparare a leggere le persone, qualcosa in cui voglio davvero migliorarmi. Dove lavoro mi dicono spesso che sono bravissimo a leggere le persone, ma in realtà non è vero, sono semplicemente bravo a usare la Quiete per farlo credere. Voglio imparare a leggere le persone per davvero, perché sarebbe bello sapere ciò che pensano tutti.

Quello di cui non mi importa molto del poker sono i soldi. Guadagno già abbastanza bene da non dover dipendere da una grossa vincita nel gioco d'azzardo. Non mi importa di vincere o perdere, anche se è stato divertente quintuplicare i miei soldi al tavolo del Black Jack. Ho fatto l'intero viaggio per provare il gioco d'azzardo, visto che adesso, avendo compiuto ventun anni, finalmente *posso*. Non avendo mai aspirato ad avere delle carte d'identità fasulle, questa è una vera e propria tappa fondamentale.

Allontanandomi da Nonnina, passo al giocatore successivo, il Cowboy. Non resisto all'impulso di togliergli il suo cappello di paglia per provarlo e mi chiedo se sia possibile prendermi i pidocchi, in questo modo. Siccome non sono mai stato capace di sbloccare qualcosa di inanimato nella Quiete o di influenzare il mondo reale in modo permanente, immagino che non mi sarà possibile nemmeno prendermi dei parassiti.

Dopo aver mollato il cappello, guardo le sue carte. Ha una coppia d'assi, cosa che rende la sua mano migliore di quella del Professionista. Forse è un professionista anche il Cowboy. Ha una buona faccia da poker, per quello che ho potuto notare, e sarà interessante vedere entrambi in questo round.

A quel punto arrivo al mazzo e guardo le carte che ci sono in cima, memorizzandole. Non lascio mai nulla al caso.

Quando ho terminato di servirmi della Quiete, ritorno dove c'è il me stesso immobile. Oh, già, ho accennato al fatto che vedo me stesso seduto al mio posto, congelato come tutto il resto della gente? Questa è la parte più strana, è come avere un'esperienza extracorporea.

Avvicinandomi al mio corpo immobile, lo guardo. Di solito evito di farlo, in quanto è troppo inquietante: nessun quantitativo di tempo trascorso a fissare se stessi allo specchio, o a guardare i propri video su YouTube, può preparare all'esperienza di vedere da vicino il proprio corpo tridimensionale. È qualcosa che non dovrebbe succedere, a parte, immagino, nel caso di gemelli identici.

È difficile da credere che questa persona sia me. Sembra più un ragazzo qualunque, o meglio, forse qualcosina di più di quello. È un ragazzo che troverei interessante, che sembra figo, intelligente. Penso che le donne probabilmente lo considererebbero attraente, anche se so che non è un pensiero modesto.

Non che io sia un esperto nel valutare quanto un

uomo sia attraente, ma in alcune situazioni si tratta semplicemente di buonsenso. Riconosco quando un tizio è brutto, e questo me congelato non lo è. So anche che, generalmente, la bellezza fisica richiede un viso simmetrico, e la me-statua ce l'ha. Una mascella volitiva non guasta, e ho anche quella. Avere spalle larghe è un punto a favore e aiuta anche essere alti. Fin qui ho tutto. Ho anche gli occhi azzurri, che sembrano un ulteriore bonus. Le ragazze mi hanno detto che amano i miei occhi, anche se, ora come ora, gli occhi del me congelato risultano inquietanti. Sono velati, come se fossero quelli senza vita di una statua di cera.

Rendendomi conto di essermi soffermato su quello studio fin troppo a lungo, scuoto la testa, mentre immagino la mia strizzacervelli che analizza un simile momento. Chi potrebbe immaginare di ammirare se stessi in quel modo come parte della propria malattia mentale? Posso figurarmela alla perfezione mentre annota *Narcisista* sul suo blocco e lo sottolinea più volte per enfatizzarne l'importanza.

Ma basta, per ora. Devo lasciare la Quiete. Sollevando la mano, tocco il me stesso congelato sulla fronte e sento di nuovo tutti i rumori nel momento in cui torno alla realtà.

Tutto è di nuovo normale.

La carta che ho guardato solo un istante prima, il re che ho lasciato sul tavolo da gioco, è di nuovo nell'aria e da lì segue la traiettoria che gli era stata destinata, atterrando vicino alle mani del Professionista. Nonnina sta ancora guardando le sue carte con grande disappunto e il Cowboy ha di nuovo il capello sulla testa, malgrado io gliel'abbia tolto durante la Quiete. Ogni cosa è esattamente com'era prima.

A un certo livello, il mio cervello non smette mai di sorprendersi per la mancanza di continuità tra l'esperienza nella Quiete e quella al di fuori di essa. Come umani, siamo programmati per mettere in discussione la realtà, quando succedono cose simili. Cercando di dimostrarmi più furbo della mia strizzacervelli, ai tempi dei primi incontri, una volta ho letto un intero libro di psicologia durante un appuntamento. Lei naturalmente non l'ha notato, visto che l'ho fatto mentre ero nella Quiete. Il libro parlava del fatto che perfino i bambini di due mesi si sorprendono, se vedono qualcosa al di fuori dell'ordinario, come ad esempio la gravità che funzionasse al contrario, quindi non c'è da stupirsi che il mio cervello abbia difficoltà ad adattarsi. Fino ai miei dieci anni, il mondo si comportava normalmente; da allora ogni cosa è diventata strana, per usare un eufemismo.

Abbassando lo sguardo sulle carte, mi rendo conto di avere un tris. La prossima volta guarderò le mie carte prima di effettuare la transizione, visto che se ho qualcosa di buono in mano potrei sfidare il fato e giocare in modo leale.

Poiché so già che carte hanno tutti, il gioco si svolge in modo prevedibile, fino a quando Nonnina si alza. Deve avere perso abbastanza soldi, ormai.

Ed è in quel momento che vedo la ragazza per la prima volta.

È sexy. Bert, l'amico che ho dove lavoro, afferma che io ho un "tipo", ma non sono d'accordo. Non mi piace pensare di essere così superficiale o prevedibile, eppure, in realtà, potrei essere un po' entrambi, perché questa ragazza rientra alla perfezione nell'analisi che ha fatto Bert su quale sia il mio tipo. E la mia reazione è di estremo interesse, giusto per non esagerare.

Grandi occhi azzurri, zigomi ben definiti in un viso ovale con una sfumatura esotica, lunghe gambe affusolate, come quelle di una ballerina. Ha i capelli ondulati legati in una coda, un tipo di pettinatura che mi piace molto, e non ha la frangia, cosa che rende il tutto ancora migliore. Odio le frange e non so per quale motivo le ragazze si facciano delle cose simili. Anche se la mancanza della frangia non è uno dei punti salienti della descrizione del mio tipo fatta da Bert, probabilmente dovrebbe esserlo.

Continuo a guardarla mentre si unisce al mio tavolo. Con i tacchi alti e la gonna attillata, è vestita fin troppo bene per questo posto, o forse sono io che sono vestito in modo troppo informale, con i miei jeans e maglietta. In ogni caso non mi importa, perché ho tutta l'intenzione di parlarle.

Considero l'idea di entrare nella Quiete e avvicinarmi a lei, così da fare qualcosa di estremamente inquietante come guardarla da vicino, o magari perfino frugare nelle sue tasche, cercando qualcosa che mi aiuti per quando le parlerò, ma alla fine, forse per la prima volta, decido di non farlo.

So che il ragionamento per cui ho infranto la mia abitudine è strano, ammesso che si possa considerare un ragionamento, ma la verità è che mi sono immaginato una simile sequenza di avvenimenti: lei accetta di uscire con me, ci frequentiamo per un po', la nostra relazione si fa seria e, grazie alla profonda connessione che instauriamo, le rivelo della Quiete. A quel punto lei si rende conto che ho fatto qualcosa di inquietante, si infuria e infine mi scarica. È ridicolo pensarlo, naturalmente, considerando che non abbiamo ancora nemmeno parlato. Bel modo di fasciarsi la testa prima di rompersela. Quella ragazza potrebbe avere un QI al di sotto dei settanta, o la personalità di un comodino. Ci potrebbero essere venti motivi diversi per i quali io decida di non voler uscire con lei e, tra l'altro, non dipende nemmeno tutto da me. Può anche succedere che lei mi dica di andare a fanculo la prima volta che provo a cominciare una conversazione.

Eppure, lavorare nelle speculazioni finanziarie mi ha insegnato a speculare. Per quanto quel ragionamento possa essere folle, seguo comunque la mia decisione di non effettuare la transizione perché so che è come si comporterebbe un uomo ben educato. Attenendomi a questo momento di insolita cavalleria, decido anche di non barare in questa mano.

Mentre le carte vengono di nuovo distribuite, penso a quanto mi faccia sentire bene aver scelto di comportarmi in modo onorevole, anche se questo non lo saprà nessuno. Forse dovrei cercare di rispettare la privacy altrui più spesso. *Sì, proprio.* Devo essere realista. Non sarei dove sono ora se avessi seguito una simile risoluzione. In effetti, se avessi stabilito di rispettare la privacy della gente con cui sono entrato in contatto, avrei perso il mio lavoro in pochi giorni e con esso molte delle comodità a cui mi sono abituato.

Copiando la mossa del Professionista, copro le mie carte con la mano non appena le ricevo. Sto giusto per dare un'occhiata a quello che mi è capitato, quando succede qualcosa di insolito.

Il mondo diventa silenzioso, esattamente come succede quando effettuo la transizione... ma questa volta non ho fatto nulla.

E in quel momento vedo *lei*, la ragazza che mi si è seduta di fronte, quella a cui stavo pensando. È in piedi accanto a me e sta allontanando la sua mano dalla mia o, per meglio dire, dalla mano del me congelato, visto che io sono in piedi accanto a lei, impegnato a guardarla.

E anche lei è seduta al tavolo, di fronte a me, una statua immobile come tutti gli altri.

La mia mente va in sovraccarico mentre mi ritrovo con il cuore in gola. Non ho considerato nemmeno per un istante la possibilità che la seconda ragazza sia una sua gemella, o una cosa del genere. So che è lei. Sta facendo ciò che ho fatto io solo pochi minuti prima. Sta camminando nella Quiete. Il mondo attorno a noi è congelato, ma noi non lo siamo.

Un'espressione d'orrore si allarga sul suo viso mentre si rende conto della stessa cosa. Prima che io possa reagire, balza sul tavolo, allungandosi a toccare la sua stessa fronte, e il mondo torna di nuovo normale.

Lei mi guarda dall'altro lato del tavolo, scioccata, con gli occhi sgranati e il viso pallido, poi si alza in piedi e, senza una parola, si gira e comincia a camminare per allontanarsi, prima di mettersi a correre nel giro di un paio di secondi.

Una volta superato lo shock, mi alzo per inseguirla. Non è la cosa più intelligente da fare, perché se si accorge di un ragazzo sconosciuto che la sta inseguendo, uscire con lui sarà l'ultima cosa che vorrà fare, ma adesso non mi importa più di quello. Quella ragazza è l'unica persona che ho incontrato che può fare ciò che faccio io, è la prova che non sono pazzo e potrebbe avere ciò che voglio di più al mondo.

Potrebbe avere delle risposte.

———

Scopri di più su www.dimazales.com/book-series/italiano/!

# NOTE SULL'AUTORE

Dima Zales è autore bestseller del *New York Times* e di *USA Today* con romanzi fantasy e di fantascienza. Prima di diventare scrittore, ha lavorato nel settore dello sviluppo software a New York, sia come programmatore che come dirigente. Dima ha fatto di tutto, dai software di trading ad alta frequenza per importanti banche alle mobile app per le riviste più famose. Nel 2013 ha lasciato l'industria del software per dedicarsi alla sua carriera di scrittore e si è trasferito a Palm Coast, in Florida, dove vive attualmente.

Per saperne di più visita www.dimazales.com/book-series/italiano/.